Suza Hensson

IM SCHUTZ DES DRACHEN

Roman

Wanted Men: Band 2

Impressum

© 2021 Suza Hensson

Herstellung und Verlag: BoD – Books on Demand, Norderstedt
ISBN: 9783755700883
Coverdesign: Dream Design - Cover and Art

Bibliografische Information der Deutschen Nationalbibliothek:
Die Deutsche Nationalbibliothek verzeichnet diese Publikation in der
Deutschen Nationalbibliografie; detaillierte bibliografische Daten sind
im Internet über http://dnb.dnb.de abrufbar.

Prolog

April 2014

Die Nacht, die alles veränderte, war sternenklar; die Dunkelheit hier draußen schwärzer, als sie es je erlebt hatte. Mit nackten Füßen blieb sie im tiefen Sand stehen und lauschte auf die Geräusche, die sie umgaben. Ein Flattern und Zirpen. Irgendetwas Kleines, Schnelles, das ihr über den Fuß krabbelte. Etwas, das ihr Gesicht streifte.

Sie legte den Kopf in den Nacken und sah in das endlose, vollkommene Universum hinauf. Bis sie ihn herannahen hörte und sie ein Frösteln überkam.

Sie schlang sich die Arme um den Leib. »Warum hier?«, fragte sie.

Er wirkte erschöpft. Sie hatten nicht geschlafen. Außerdem hatten sie den Wagen vor drei Kilometern stehenlassen und zu Fuß durch den tiefen Sand bis hierhin laufen müssen.

»Hier ist es sicher«, sagte er.

Sie sah sich um. In dem dunklen Betongebäude, das in ihrer Nähe aus dem Sand ragte, erkannte sie trotz der Dunkelheit zahllose Einschusslöcher.

»Meinst du?«

»Ganz bestimmt.« Er ließ den Rucksack von seinem Rükken in den Sand gleiten, als würde er dreißig Kilo wiegen. Aber das tat er nicht. Sie wusste genau, was drin war.

»Vertrau mir«, sagte er.

Sie sah den Rucksack an, der zwischen ihnen lag wie ein dunkler, runder Findling, und spürte, wie Angst und Zweifel wieder in ihr zu nagen begannen.

So vertraut. So lästig.

Eine Weile standen sie einfach nur schweigend nebeneinander. Er fuhr sich mit dem langen Ärmel seines beigefarbenen Hemdes über die schweißnasse Stirn. In der Dunkelheit sahen seine hellblauen Augen dunkel aus. Millionen Sterne spiegelten sich darin. Er wirkte unheimlich ruhig, aber sie kannte ihn und wusste, wie angespannt er war.

Er wartete.

Sie sah sich um, lauschte in die Nacht, aber da war nichts. Sie konnte ihm vertrauen, der Ort war sicher.

Sie schluckte. »Geh schon vor«, durchbrach sie irgendwann die Stille. »Ich brauche noch einen Moment.«

Sein Gesicht blieb ausdruckslos. Er rollte die Schultern, griff wieder nach dem Rucksack und stapfte durch den tiefen Sand auf das verwitterte Gebäude zu.

Sie sah ihm nach, ihr Herz klopfte wild und Angst schnürte ihr die Kehle zu. In ihrer Hosentasche ertastete sie das Leder ihrer Handyhülle. Sie wusste, es gab noch einen einzigen, einen allerletzten Ausweg.

Es war fast drei Uhr nachts, aber wenn es um sie ging, existierten für ihn keine Uhrzeiten. Sie entfernte sich ein paar Schritte von dem Gebäude, zog ihr Handy aus der Tasche und wählte mit zitternden Fingern seine Nummer.

Der Ort war sicher, ja. Aber er, er würde sie überall finden. Sie hatte ihm ein Zeichen hinterlassen und er würde kommen und sie hier herausholen.

Sie wartete. Das Klingeln dauerte an. Es dröhnte in ihrem Kopf.

Er ging nicht dran. Diesmal nicht.

Als der Rufton irgendwann endete, ließ sie das Handy sinken und wusste, dass es endgültig war.

Reglos stand sie da. Erleichterung durchflutete sie, während ihr Herz in ihrer Brust hämmerte.

Er war nicht drangegangen. Es war entschieden.

Tränen stiegen ihr in die Augen und sie ließ sie einfach laufen. Als ihr bewusst wurde, dass sie ihr Handy immer noch in der Hand hielt, ließ sie es fallen und schob mit dem Fuß Sand darüber, bis es nicht mehr zu sehen war. Dann drehte sie sich um und ging auf das Gebäude zu.

Teil 1

Eins

Tom wusste, sie würde ihn nicht verlassen. Nicht wirklich. Deshalb blieb er auch sitzen, als sie Matilda hochhob, obwohl die mittlerweile fast zu schwer für sie war, und ihm einen hasserfüllten Blick zuwarf. Aber sie hasste ihn ja nicht wirklich.

»Heute ist ihr *Geburtstag*.«

Er sagte nichts und sie verließ die Küche und stapfte die Treppe hinauf. Er wusste, was jetzt kam: Sie setzte Matilda im Schlafzimmer auf dem Bett ab, riss die Schranktüren auf und stopfte ein paar Anziehsachen in ihre dunkelgrüne Adidas-Sporttasche. Dann holte sie den rosafarbenen Kinderkoffer aus dem obersten Schrankfach und ging nach nebenan ins Kinderzimmer, wo sie die Prozedur mit den Sachen von Matilda wiederholte.

Stumm und mit weit geöffneten Augen folgte Matilda ihr, sammelte so schnell sie konnte ihre wichtigsten Spielsachen ein und packte sie in den Koffer, bevor Judith ihn schloss.

Und wenn er dabei im Türrahmen stand und zusah, sich für seine unmögliche Art entschuldigte und ihr versprach, sich zu ändern, wurden ihre Bewegungen nur noch energischer, ihr Blick noch giftiger.

Den Weg zum Auto musste sie, seit Matilda älter war und ihren Koffer selbst tragen konnte, nur noch einmal zurücklegen, das machte ihn eindrucksvoller als in den vergangenen Jahren.

Und dann verschwand sie für zwei bis drei Tage und ließ nichts von sich hören. Das war ihre Strafe für ihn und sie hatte ihre Wirkung. Weil er wusste, dass sie zu Kent ging.

Und das wollte er nicht.

Er schaffte es sitzenzubleiben, bis er hörte, dass sie in Matildas Zimmer hinüberging, dann stand er auf und lief mit ein paar Schritten die Treppe hinauf. In der Tür zum Kinderzimmer blieb er stehen und sah zu, wie Judith die Schranktür aufriss. Ihre Wangen waren gerötet.

»Jetzt versaust *du* ihr den Geburtstag«, sagte er. »Meinst du, sie will den Tag auf der Autobahn verbringen?«

In der Hoffnung auf ein wenig Unterstützung von ihrer Seite sah er Matilda an, aber die schien sich ihre Meinung darüber, wer ihr den Geburtstag verdarb, zweifelsfrei gebildet zu haben.

Judith stopfte einen ziemlich großen Stapel Kleidung in den Koffer. »Keine Sekunde lang kaufe ich dir ab, dass dich das auch nur im Geringsten interessiert«, sagte sie, aber Tom konnte den Blick nicht mehr von dem Koffer wenden.

»Was soll das? Wieso nimmst du alle ihre Hosen mit?«

Judith räumte das nächste Schrankfach leer. Matildas Koffer war mittlerweile zum Bersten gefüllt.

»Dumme Frage. Damit sie in Zukunft nicht ohne rumlaufen muss.«

»Lass den Mist, Judith.« Sein Tonfall war ungewohnt scharf, aber das schien ihren Packeifer nur noch zu steigern.

»Ich hab's dir gesagt, Tom.« Sie sah ihn nicht an, sondern drückte den Koffer zu und versuchte, den Reißverschluss zu schließen. »Ich habe dir gesagt, dass es reicht.«

»Das meinst du nicht ernst.«

»Und wie ernst ich das meine.« Der Reißverschluss klemmte, aber mit Gewalt bekam sie ihn zu. Sie richtete sich auf und als sie ihn ansah, glänzten ihre Augen ganz seltsam.

»Jetzt tu doch nicht so, als ob es dich wer weiß wie kümmert, dass du uns loswirst«, sagte sie. »Dass dir am Familienleben nichts liegt, hast du in den letzten Jahren oft genug bewiesen.« Sie ging an ihm vorbei. Sie trug Matildas Koffer selbst, weil er so schwer war. Ihr Spielzeug hatte nicht mehr reingepasst. Matilda hatte die Arme voll damit, als sie hinter ihrer Mutter herlief.

Tom folgte den beiden die Treppe hinunter. In der geöffneten Haustür blieb er stehen und sah zu, wie Matilda auf der Beifahrerseite in den alten Passat kletterte und Judith den Koffer ins Auto hievte. Dann kam sie zurück und ging an ihm vorbei, um den zweiten zu holen.

Tom rührte sich nicht, bis sie die Treppe aus dem oberen Stockwerk wieder herunterkam, die Schublade der Flurkommode aufzog und die rote Mappe herausholte, in der sie Matildas Unterlagen aufbewahrten. Dann ihr Sparbuch.

»Judith …«

»Ich verlasse dich, Tom.«

»Nein.«

»Doch.« Sie nahm Laikas Leine vom Haken neben der Kommode und das hatte sie, ebenso wie die Sache mit der Mappe und dem Sparbuch, noch nie getan.

»Warte …«

»Worauf? Darauf, dass du dich änderst? Dass ich nicht lache. Wir haben Matilda einen schönen Geburtstag versprochen. Und wir streiten jetzt seit«, sie warf einen Blick auf ihre Armbanduhr, »mehr als drei Stunden. Ist dir das eigentlich klar?«

Sie geht, wie sie sonst auch geht, sagte er sich. Für ein paar Tage. Er brauchte sich einfach nur volllaufen zu lassen und darauf zu warten, dass sie zurückkam und sie wieder von vorne anfangen konnten.

Aber etwas in ihrem Tonfall, in ihrer ganzen Art, machte ihn nervös. Sie sah ihn an und er merkte, dass er ihr den Weg nach draußen versperrte.

»Geh zur Seite.«

»Wo gehst du hin?« Er wusste nicht, wieso er fragte. Er wusste, wohin sie ging.

»Wir fahren nach Berlin und feiern eine Party. Wie es sich gehört.«

Sie fuhr zu einem anderen. Wahrscheinlich schlief sie auch mit ihm, wenn sie und Matilda bei ihm waren. Auch wenn sie immer sagte, dass sie das nicht tat. Er glaubte ihr nicht.

Als würden sich seine Gedanken in seinem Gesicht widerspiegeln, verlor Judith plötzlich etwas von ihrer Selbstsicherheit. Sie ging einen halben Schritt zurück und stieß gegen Laika, die hinter ihr stand und erschrocken fiepte.

»Komm schon, Tom, du weißt, dass wir zu Kent fahren. Du hast es immer gewusst. Also lass mich einfach vorbei.«

Er machte einen Schritt auf sie zu und griff nach ihr, erwischte sie am Arm, obwohl sie auswich. Sie schrie auf, aber er zog sie zu sich heran und stieß sie heftig auf den Hof hinaus. Sie stolperte die ausgetretene Treppe hinunter und starrte ihn an, die Augen aufgerissen, so dass sie mehr denn je aussah wie Matilda.

»Tom!«

Er warf den Koffer hinter ihr her und es gelang ihr, ihn festzuhalten, so dass er nicht umkippte. Er sah, dass ihre Hände zitterten.

»Hau ab!«, schrie er sie an und merkte, dass es ihm auf einmal nicht schnell genug gehen konnte, sie loszuwerden. »Los, hau ab! Geh zu Kent und fick ihn!«

Den Bruchteil einer Sekunde schien sie zu wanken, unsicher, wie sie reagieren sollte, aber der Moment war ebenso schnell vorbei wie er gekommen war. Sie packte den Koffer mit der einen Hand, Laikas Halsband mit der anderen und beeilte sich, zum Auto zu kommen. Sobald sie ihm den Rükken zugekehrt hatte, warf Tom die Tür zu und lehnte sich dagegen. Er atmete heftig, obwohl er sich kaum bewegt hatte, und schloss die Augen, während er zuhörte, wie Judith den Passat startete und mit knirschenden Reifen den Hof verließ.

Scheiße, was war bloß in ihn gefahren? Sie stritten sich ständig, fast jeden Tag, aber er schrie sonst nicht und noch nie, in über dreißig Jahren nicht, hatte er Judith grob angefasst.

Aber was fing sie auch an, von diesem Kent zu reden?

Als er den Wagen nicht mehr hörte, stieß er sich von dem dunklen Holz ab und lief die Treppe in sein Arbeitszimmer hinauf. Einen Moment lang spielte er mit dem Gedanken, sie anzurufen und sich zu entschuldigen, aber als er sich in seinen Stuhl fallen ließ und den leeren Hundekorb neben seinem Schreibtisch sah, verflog das Bedürfnis wieder. Dass sie Laika mitgenommen hatte, war eine absolut unnötige Aktion und nur darauf ausgelegt gewesen, ihn weiter zu schwächen. Seit Matilda auf der Welt war, und das waren heute auf den Tag genau fünf Jahre, war ausschließlich er es gewesen, der sich um den Hund gekümmert hatte. Laika gehörte ihm, Matilda ihr. So war die Aufteilung.

Er lehnte sich zurück, schaltete den Monitor seines Computers ein und überlegte, ob er erst den nächsten Auftrag abarbeiten und wegschicken, oder sofort mit dem Trinken anfangen sollte. Aber der Stress, den er seit heute Morgen zu ertragen gehabt hatte, beantwortete diese Frage schnell und er stand auf und schenkte sich einen Whisky ein. Die Flasche nahm er gleich mit zum Schreibtisch zurück und die nächsten Stunden dachte er fast nicht mehr an Judith.

***

»Wie geht es dir heute?«

»Es geht schon.«

»Besser als gestern?«

»Es geht schon.«

»Möchtest du ein Glas Wasser?«

»Nein.«

»Musik hören?«

»Vielleicht.« Ihre Mutter sprach mit geschlossenen Augen und hob den Kopf nicht vom Kissen. Als Luisa die Vorhänge öffnen wollte, runzelte sie die Stirn, als schmerzte sie die Helligkeit, und Luisa ließ sie geschlossen, obwohl es im Zimmer schlecht roch und der Himmel blau war. Kleine, schneeweiße Wolken trieben darüber hinweg.

Sie öffnete das Fenster einen Spaltbreit und schaltete den CD-Player ein, der auf dem Schreibtisch vor dem Fenster stand. Dann setzte sie sich in den Sessel neben das Bett, zog die Beine an und nahm die Hand ihrer Mutter. An der dünnhäutigen Stelle zwischen Daumen und Zeigefinger konnte sie ihren Puls spüren wie ein kleines, schnelles Tier, das auf der Flucht vor irgendetwas Großem ist.

Eine Weile schwiegen sie, während Musik von Eros Ramazzotti leise durch den Raum schwappte. Die Hand, die in ihrer lag, war so schlaff, dass Luisa glaubte, ihre Mutter sei eingeschlafen. Dann öffnete sie die Augen.

»Ich habe Albträume«, sagte sie in dem Moment, in dem das erste Lied vorbei war.

Luisa hatte ebenfalls Albträume. Sie träumte, dass ihre Mutter gestorben war. In ihren Träumen ging sie den Flur entlang, der viel länger als in Wirklichkeit war, zum Schlafzimmer ihrer Mutter. Hatte sie endlich die Tür erreicht, klemmte sie und war schwer zu öffnen. Sie musste sich mit ihrer ganzen Kraft dagegenstemmen. Und dann lag sie da auf dem Bett, nackt und grau und eingefallen, die Augen blicklos zur Decke gerichtet. Für immer verstummt.

»Ich habe Albträume«, wiederholte ihre Mutter. »Seit ich hier bin, träume ich schlecht.«

»Was träumst du?«

»Von einem endlosen Feld, über das ich laufe und laufe und ich komme doch nicht vom Fleck.« Sie schluchzte auf, als gäbe es keine schlimmere Vorstellung. »Ich komme einfach nicht voran, so sehr ich mich auch anstrenge. Da ist überall Treibsand.«

»Ich kann Doktor Rother Bescheid sagen. Er hat bestimmt Tabletten dagegen.«

Ihre Mutter entzog ihr die Hand und drehte den Kopf zur Wand. »Du solltest nach Hause fahren«, sagte sie. »Du bist schon viel zu lange hier.«

»Ach was.« Luisa versuchte, einen unbeschwerten Ton anzuschlagen. »Mir gefällt es hier. Ich kann mich gut konzentrieren.«

»Das glaube ich dir nicht.«

»Es stimmt aber.«

Es stimmte nicht. Sie vermisste das unbeschwerte Zusammensein mit Arne, den sie normalerweise fast jeden Tag sah. Und von ihrer Bachelorarbeit hatte sie, seit sie hier war, gerade mal eine halbe Seite geschrieben, obwohl sie sich einen Stapel Bücher mitgebracht hatte und die Arbeit in einer Woche abgeben musste. Es war zwar ruhig hier, aber sie konnte sich dennoch nicht konzentrieren, wegen der Träume nachts und weil ihre Mutter nur ein Zimmer weiter lag und von innen zerfiel.

»Worüber schreibst du?«, fragte sie.

»Über Ängste.«

Und zwar dreißig Seiten, für die sie mindestens vier Wochen eingeplant hatte. Drei davon waren bereits um.

»Was für Ängste?«

»Bindungsängste.«

Ihre Mutter lachte. Sie lachte eine ganze Weile, dann begann sie zu husten. »Bindungsängste. So ein Quatsch. Du solltest lieber über richtige Ängste schreiben«, sagte sie, dann verstummte sie mit geschlossenen Augen.

Als die CD einmal durchgelaufen war, stand Luisa auf, schaltete den Player aus und verließ das Zimmer.

Zuerst wollte sie sich wieder an ihre Arbeit setzen, aber weil das sowieso darauf hinauslaufen würde, dass sie die kommenden Stunden auf den blinkenden Cursor ihres Laptops starrte, verließ sie stattdessen das Haus, durchquerte den Vorgarten und zog ihr Handy aus der Tasche.

Sie hatte schon fast das Ufer des Sees erreicht und überlegte, ob sie ihn einmal umrunden wollte, als ihre Schwester abhob und einen Gruß in den Hörer nuschelte.

»Weißt du, wie lange es dauert, einmal um den See zu gehen?«, fragte Luisa.

»Welchen See?«

»Den bei Mama.«

»Keine Ahnung. Ewig. Der ist doch riesig. Deswegen rufst

du an? Um mich das zu fragen?«

»Nein. Eigentlich will ich deinen Kenntnisstand auffrischen. Also, Mama wird nicht mehr lange durchhalten, Amelie. Es ist schlimm. Sie redet wirres Zeug und hat Albträume von endlosen Feldern und Treibsand.«

Luisa ging los, nach links, obwohl sie nicht wusste, ob die Straße überhaupt einmal um den ganzen See herumführte. Sie konnte immer noch umkehren.

Am anderen Ende der Republik brummte Amelie Unwilliges in den Hörer und öffnete eine Getränkedose.

»Treibsand? Artax aus der Unendlichen Geschichte ist im Treibsand versunken, weißt du noch?«

»Amelie, Mama geht's nicht gut.«

»Ja, ich weiß es ja.«

»Ihr Arzt hat die Morphiumdosis erhöht. Du weißt, was das bedeutet. Und sie weiß es auch.«

Amelie schlürfte und seufzte und das nervte Luisa fast noch mehr als ihre Abwesenheit.

»Was soll das? Denkst du nicht, es ist Zeit für dich, endlich herzukommen?«

»Ja ... doch ...«

»Ja, doch?«, echote Luisa. »Das hört sich verdammt nochmal nicht danach an, als würdest du dich gleich ins Auto setzen. Ich brauche dich hier. Ich muss in einer Woche meine Bachelorarbeit abgeben und hab nicht mal eine Seite geschrieben.«

Amelie schwieg eine Weile. Luisa hörte sie herumlaufen und die Dose in der Hand zerdrücken.

»Am Montag fangen meine Kurse an.«

»Was du nicht sagst. Weißt du was? Meine auch.«

»Dann musst du eben auch zurückkommen. Meine Güte, das Leben geht weiter.«

»Und wer kümmert sich um unsere Mutter?«

»Ich weiß nicht«, sagte Amelie. »Kann sie nicht in ein Hospiz oder so?«

»Hör auf zu quatschen, du willst sie nicht wirklich alleine sterben lassen. Komm wenigstens für ein paar Tage her, um mich abzulösen.«

Und dich von ihr zu verabschieden, blöde Kuh.

Amelie seufzte wieder, leiser diesmal. »Ist ja gut.«

»Was soll das heißen?«

»Das heißt, ich … gucke, ob ich es einrichten kann, okay?«

Es war nicht okay, aber Luisa schluckte ihren Ärger hinunter. Sie verließ die Straße und schlug sich nach rechts in einen zugewachsenen Waldweg hinein, der näher an den See heran- und hoffentlich um ihn herumführte. Sie hätte ihrer Schwester gerne gesagt, dass sie ein egozentrisches Miststück war, es lag ihr schon auf der Zunge, aber sie waren beide erwachsen, sahen sich nicht mehr häufig und versuchten, einen Streit am Telefon so gut es ging zu vermeiden. Das tat auch Amelie, denn sie wechselte das Thema.

»Wie sieht es aus, gibt es mittlerweile Telefonleitungen und geteerte Straßen, oder ist immer noch nichts los in *Parlow*?«

Luisa schob ein paar Zweige beiseite und bemühte sich, den Weg nicht aus den Augen zu verlieren. Seit sie losgegangen war, hatte sie außer ein paar Staren beim Nestbau, einer dösenden Katze und einer Handvoll Enten kein Lebewesen zu Gesicht bekommen.

»Alles unverändert hier, würde ich sagen.«

»Scheiße. Mein Navi würde das Kaff also sowieso nicht wiederfinden.« Luisa hörte, wie sie sich eine Zigarette anzündete und die Balkontür öffnete. Kurz darauf das leise

Tuckern eines Frachtschiffes. Es erinnerte sie daran, dass Amelie so nah am Rhein wohnte, dass sie von ihrem Balkon aus direkt ins Wasser spucken konnte, wenn sie wollte.

Unwillkürlich blieb Luisa stehen. Sie hätte gerne mit ihrer Schwester getauscht. Diese ganze Verantwortung jemand anderem überlassen. Jemandem, der stärker war als sie. Aber sie wollte auch wissen, was das war, das ihre Mutter so nah an den Abgrund getrieben hatte.

***

Er hatte geglaubt, wenn er das erste Mal nach beinahe sechs Jahren durch Tor eins auf die Straße trat, würde irgendwas mit ihm passieren. Er hatte nicht genau gewusst was, dafür war zu viel Zeit vergangen, aber er war davon ausgegangen, dass da *irgendwas* sein würde. Freude vielleicht, oder Erwartung, oder Erleichterung.

Aber alles, was er fühlte, war ein leises Unbehagen, als sich das schwere Tor summend hinter ihm schloss und ihn aussperrte.

Sarah hatte ein Stück die Straße hinunter im Schatten geparkt. Sie stand neben einem dunkelgrünen BMW. Mit ihrem hellen Haar, der khakifarbenen Hose und der weißen Bluse sah sie hübsch aus; wie eine Blume. Sie winkte ihm zu und er entfernte sich von der sechs Meter hohen Mauer, die das rotweiße Ziegelgebäude hinter ihm umgab, und ging ihr entgegen.

Er hatte eine Tasche mit ein paar Sachen dabei und er trug seit langer Zeit wieder so etwas wie eigene Klamotten. Er hatte sie am Vortag im Gefängnisladen gekauft, aber er hatte sich so lange nichts mehr selber ausgesucht, dass es ihm schwergefallen war, auch wenn die Auswahl nicht groß gewesen war. Letztendlich hatte er irgendwas genommen, das passte: eine schwarze Outdoorhose, die ihm wegen der vielen Taschen gefiel, und ein dunkelgrünes T-Shirt mit dem Chiemsee-Klippenspringer auf dem Rücken.

»Hi«, sagte er, wechselte den Rucksack auf die linke Schulter und umarmte Sarah mit dem rechten Arm. Sie roch gut, nach Vanille und irgendwas, das ihn an Frühling erinnerte. Vielleicht waren es aber auch die blühenden Bäume, unter denen sie geparkt hatte.

Über ihren Kopf hinweg besah er sich den Wagen näher. Es war ein ziemlich neuer X5. Jaxon musste zugeben, dass er ihr so viel Geschmack gar nicht zugetraut hätte. Wahrscheinlich gehörte er ihrem Freund. Und wahrscheinlich hatte dieser tatsächlich so viel Geld, wie sie behauptet hatte.

Er wollte sich von ihr lösen, aber Sarah hatte ihre Arme um seine Taille geschlungen und wollte ihn noch nicht loslassen und so wartete er. Sein Blick wanderte in die Ferne und die Erkenntnis, dass die Zeit der Überwachung und des Eingesperrtseins vorbei war, überwältigte ihn. Er konnte wieder gehen, wohin er wollte, essen, worauf er Lust hatte, anrufen, wen er sprechen wollte. Er hatte seine Freiheit zurück.

Er löste sich aus der Umarmung. »Fahren wir.«

Ihre Wohnung war schön; im gewissen Sinne ebenso geschmackvoll wie ihr Auto, das sie in der Garage unter dem Haus geparkt hatten. Sie lag im dritten Stock eines Neubaus, war klein und hell und hatte einen Balkon mit Blick auf den Kemnader Stausee. Die Möbel sahen neu aus, der Fußboden war mit Parkett ausgelegt und an den Wänden hingen Kunstdrucke. Modernes, abstraktes Zeug in kräftigen Farben, nichts Kitschiges.

Jaxon blieb im Flur vor einem rotgerahmten Bild stehen, auf dem rote, weiße und schwarze ineinander verschlungene Kästchen zu sehen waren. Als er bemerkte, dass direkt darunter die Kommode aus dem Haus seiner Mutter stand, ging er einen Schritt zurück. Sie hatte an der Wand zwischen Wohnzimmer und Küche gestanden, erinnerte er sich. Sie hatten ihre Mützen und Schals für den Winter darin aufbewahrt. Kurz bevor er Levin erschossen hatte, hatte er sie das letzte Mal gesehen.

»Schön hast du es hier«, sagte er, als ihm auffiel, dass Sarah ihn gespannt beobachtete.

»Ja. Du weißt ja, Phil wohnt auch hier«, sagte sie, wie um ihn daran zu erinnern, und öffnete die Tür direkt neben der Kommode.

»Das ist dein Zimmer, wenn du möchtest.«

Es war eine Art Arbeitszimmer mit einem Schlafsofa. Vielleicht war es auch ein Gästezimmer. Etwas größer als seine Zelle, aber nicht viel. Und die hatten sie die meiste Zeit zu viert bewohnt, seit Sandros Entlassung vor ein paar Monaten zu dritt.

»Gefällt es dir?«

Jaxon legte seinen Rucksack auf dem Sofa ab, nickte und sagte: »Danke.«

Sarah ging an ihm vorbei zum Fenster, das zur Straße hinausging, und zog die weißen Vorhänge zur Seite. Auf der Fensterbank wuchs in einem länglichen Tongefäß etwas, das wie Kräuter aussah. »Bedank dich nicht«, sagte sie.

»Warum nicht?« Jaxon musterte die offenen Holzregale, den Schreibtisch, das Bild über dem Sofa. Dies würde sein Zimmer werden. Vorübergehend. Es war eine Voraussetzung für seine Entlassung gewesen, dass er bei seiner Schwester einzog. Oder bei einem seiner Elternteile. Ob er wollte, oder nicht.

Sarah drehte sich um. Ihr Gesichtsausdruck hatte sich plötzlich verändert. »Weil du mein Bruder bist«, sagte sie, »und so lange hierbleiben kannst, wie du willst oder musst.« Sie sprach in einem Tonfall, den sie immer dann anschlug, wenn sie über ihre Schuld bei alldem sprach.

»Hör schon auf«, sagte er. »Wenn du all das tust, weil du denkst, du hast irgendwas wiedergutzumachen, sollten wir da dringend drüber sprechen.«

Den letzten Satz hatte er von Linda, seiner Psychologin, aber das wusste Sarah ja nicht.

»Nein, so ist es nicht.«

»Ich denke schon, dass es so ist.«

»Ich denke bloß, dass wir als Familie zusammenhalten sollten. Und was die Schuldfrage angeht …«

»Solltest du aufhören, überhaupt noch daran zu denken, was passiert ist.« Er selbst hatte das bereits vor Jahren getan, nachdem er sich mit Linda so hinreichend erschöpfend mit seinen Taten auseinandergesetzt hatte, dass es seiner Meinung nach einfach keinen Aspekt gab, den sie noch nicht beleuchtet hatten.

Sarah mied seinen Blick und sah stattdessen die Buchrücken auf dem Regal an, vor dem sie stand.

»Das sagst du, als ob das so einfach wäre.«

Jedenfalls einfacher, als im Gegenteil ständig daran zu denken, fand er und ließ sich zwischen die Kissen auf das Sofa fallen. Er fühlte sich plötzlich müde, obwohl es erst zehn Uhr morgens war.

Sarah drehte sich um. »Ich lass dich dann mal alleine, was?«

Als sie ging, zog sie die Tür hinter sich zu und Jaxon saß eine ganze Weile bewegungslos auf dem Sofa und versuchte sich klarzumachen, dass sie nicht abgeschlossen war.

Schließlich stand er auf und öffnete sie einen Spaltbreit.

***

Judiths Behauptung, er würde keinen einzigen Tag im Jahr mal nicht arbeiten, war übertrieben. Seit Matilda auf der Welt war, legte er seine beruflichen Aktivitäten weitestgehend um den Sonntag herum und meistens verbrachten sie den Tag zu dritt. Weil Judith wollte, dass Matilda wie ein normales Kind aufwuchs, taten sie familiäre Dinge wie Kochen, Schwimmen gehen oder Gesellschaftsspiele spielen.

Wieso hatte er das Argument bei ihrem Streit eigentlich nicht vorgebracht, fragte sich Tom, während er über den Hof zum Tor schlenderte. Es war erst zehn Uhr morgens und er litt sonst nie an Antriebslosigkeit, aber er hatte es versäumt, sich rechtzeitig umzuorganisieren und der Sonntag lag lang und leer vor ihm.

Er sollte etwas angehen. Er könnte heute sogar etwas tun, das Judith friedlich stimmen würde, wenn sie im Laufe des Tages zurückkommen würde. Die zerbrochenen Dachziegel austauschen, zum Beispiel. Oder der Frage nachgehen, warum die Dusche im ersten Stockwerk seit zwei Monaten ausschließlich kaltes Wasser lieferte. Er könnte auch etwas ganz anderes tun. Für die nächste Woche vorarbeiten, zum Beispiel, oder eine Runde um den See gehen.

Aber auf gar keinen Fall sollte er am Tor herumstehen und die Straße hinuntersehen. Und ebenso wenig sollte er auch nur daran denken, Judith anzurufen, die höchstwahrscheinlich in ebendiesem Moment neben dieser Missgeburt Kent aufwachte und ihm ihren Traum von vergangener Nacht ins Ohr flüsterte.

Mit einer ruckartigen Bewegung drehte er sich vom Tor weg. Kalt duschen störte ihn nicht im Geringsten und ohne Hund spazieren zu gehen, kam ihm ziemlich sinnlos vor.

Er war gerade den halben Weg zum Haus zurückgegangen und entschlossen, den Tag im Arbeitszimmer zu verbringen und Judith, wenn sie später zurückkam, zur Abwechslung mal eine richtige Szene zu machen, als er das Mädchen sah. Vielleicht war es auch kein Mädchen mehr, ihr Alter war schwer zu schätzen. Sie folgte dem Trampelpfad, der am See entlangführte. Als sie ihn sah, änderte sie ihren Kurs und kam auf ihn zu.

»Hallo«, sagte sie, von dem Anstieg leicht keuchend. »Hier gibt's ja doch jemanden. Ich bin, seit ich losgelaufen bin, keiner Menschenseele begegnet.« Sie kam näher und lächelte ihn an und irgendwie sah es aus, als würde ihr das überhaupt keine Mühe machen.

»Das hier ist Privatgelände.«

»Wirklich?« Sie sah sich um, als würde sie sich erst jetzt ihrer Umgebung bewusstwerden. »Das hab ich gar nicht mitbekommen. Ich komme von dahinten und plötzlich war der Weg zu Ende.«

»Er war am Zaun zu Ende.«

»Da war kein Zaun.«

»Doch, da ist einer. Er ist nur kaputt an der Stelle.«

Und ihn zu reparieren, stand auf seiner Prioritätenliste

bisher ziemlich weit unten. Weil hier in sechs Jahren noch nie irgendjemand außer er selbst entlanggegangen war.

»Ach so. Das wusste ich nicht.« Sie sah plötzlich aus, als würde sie sich unbehaglich fühlen und Tom beschloss, ein bisschen freundlicher zu ihr zu sein. Sie war doch noch ein Mädchen, fand er, bestimmt nicht viel älter als zwanzig. Außerdem war sie hübsch. Ihre grünen Augen und geschmeidigen Bewegungen erinnerten ihn an die einer Katze. Sie hatte dunkle Haare bis zu den Ellbogen. Um die schmalen Handgelenke trug sie bunte Bänder. Ihrem Stil und Dialekt nach zu urteilen, kam sie nicht von hier, doch er erinnerte sich daran, sie in letzter Zeit ein paar Mal in der Gegend gesehen zu haben.

»Ich kann dich am Tor vorne rauslassen«, sagte er und wies sich mit dem Schlüssel in der Hand über die Schulter. »Ansonsten musst du den Weg zurückgehen.«

Das Mädchen sah zum Tor hinüber. Dann sah sie sich das Haus an und sein Auto, das davorstand. Es war ein nagelneuer, mattgrauer VW Amarok, der noch kein einziges Mal Regen gesehen hatte. Judith fand ihn familienuntauglich und sah nicht ein, wozu Tom unbedingt einen Pickup brauchte. Aber ihm gefiel er so sehr, dass er sogar überlegte, ihm aus der Scheune neben dem Haus eine Garage zu bauen. Eigentlich auch etwas, das er heute angehen könnte.

Das Mädchen ging neben ihm her. »Wohnst du hier?«, fragte sie.

»Die meiste Zeit.«

»Dann kennst du bestimmt meine Mutter. Gabriella. Sie wohnt direkt auf der anderen Seeseite.« Sie wies über den See hinweg und Tom folgte ihrem Blick und konnte das Haus auf der anderen Seite erahnen. Hell und flach duckte es sich unter alte, ausladende Linden.

»Ich glaube nicht. Ich bin nicht so oft da drüben.« Er angelte nach dem Schloss, steckte den Schlüssel hinein und zog die Kette aus dem Tor.

»Ich glaube, du bist ihr nächster Nachbar«, sagte sie, während sie durch das geöffnete Tor auf die verlassene Kopfsteinpflasterstraße hinaustrat. Sie drehte sich zu ihm um und da war etwas in ihrem Blick, das ihn festhielt, so dass er nicht gleich wieder wegsehen konnte. Er lehnte mit der Schulter am Tor. Die Kette klirrte leise, als er sie in seine offene Hand fallen ließ und wieder herausholte.

»Bist du zu Besuch bei deiner Mutter?«

Sie nickte. »Ich kümmere mich um sie. Sie ist … sehr krank.«

»Ach so.« Tom beschloss, lieber nicht zu fragen, was das genau bedeutete. Er vermied das Thema Krankheiten, so gut es ging.

»Und du?«, sagte sie unvermittelt, als spürte sie, dass ihm das Thema nicht behagte. »Was tust du hier so den ganzen Tag? Du wohnst doch bestimmt nicht ganz alleine hier, oder?«

»Tja.« Tom sah über die Schulter zum Haus zurück. Matildas Fahrrad lag davor, eine Schaukel war an einem der untersten Äste einer der belaubten Bäume befestigt, gefährlich nah an seinem Pickup. Er hatte sie aus einem Brett und ein paar alten Seilen gebastelt, als Matilda drei Jahre alt geworden war.

»Gute Frage, eigentlich.«

Zwei

Die Ursachen der Bindungsangst liegen für gewöhnlich in einem gestörten Verhältnis zu den Eltern, las Luisa zum wiederholten Mal ihre rosa markierte Textpassage.

Sie kaute auf dem Ende ihres Kugelschreibers herum und überlegte, ob sie diese These auf ihr Fallbeispiel anwenden konnte. Der Augenblick war günstig. Ihre Mutter hatte einen relativ guten Tag gehabt, den besten seit Langem. Sie hatten sogar gemeinsam zu Mittag gegessen und jetzt schlief Gabriella sicher noch eine Weile und würde sie nicht wegen irgendwelcher Getränke- oder Musikwünsche ans Krankenbett rufen. Luisa wusste, wenn es ihr jetzt nicht gelänge, etwas Sinnvolles niederzuschreiben, würde sie es nie schaffen.

Sie rutschte auf dem alten Holzstuhl in eine bequemere Position und versuchte, ihre Gedanken in die richtigen Bahnen zu zwingen. Warum nochmal hatte sie sich ausgerechnet für das Thema Bindungsängste entschieden?

Ihr Blick schweifte aus dem Küchenfenster in den hinteren Garten und den dahinterliegenden Wald. Weil sie den Verdacht gehabt hatte, selbst darunter zu leiden. Die Beziehungen, die sie bislang geführt hatte, waren alle oberflächlich und schnelllebig gewesen. Aber nach sechs Semestern Psychologie wusste sie, dass das weniger an ihr, sondern vielmehr an den Männern lag, mit denen sie ausging. Und die jedes Mal, wenn es drohte, verbindlicher zu werden, um ihre Freiheit fürchteten und Panik in den Augen bekamen.

Motorengeräusch vor dem Haus unterbrach Luisas Gedanken. Ein schweres Fahrzeug parkte vor dem Bungalow, kurz darauf hörte sie Türenschlagen und Schritte, die sich dem Haus näherten.

Dankbar für die Ablenkung stand sie auf, ging in das Wohnzimmer hinüber und erkannte Arnes verbeulten Transporter, der neben dem Gartenzaun stand. Ihr Herz machte einen Satz.

»Das gibt's doch nicht«, rief sie in dem Moment, in dem sie die Haustür aufzog und ihm gegenüberstand. »Was machst du denn hier?«

Arne grinste sie an und sie fiel ihm in die Arme. Sein Körper roch nach Zigarettenrauch und harter Arbeit und sie merkte erst jetzt, wie gottverdammt einsam sie hier war.

»Warum hast du denn nicht Bescheid gesagt, dass ihr in der Nähe seid?«

»Ich wollte dich überraschen.« Er küsste sie, dann ließ er sie los und ließ seinen Blick erst über sie, dann über die Hausfassade wandern.

»Ich dachte, wir könnten hier eine nette Nacht zusammen verbringen, bevor es morgen früh weitergeht.«

Luisa antwortete nicht. Sie konnte nicht fassen, in dieser Blase aus Stille und Krankheit, in der sie sich seit drei Wochen befand, so unverhofft einer vertrauten Person aus ihrem wahren Leben gegenüberzustehen.

»Ist irgendwas zu essen da? Ich bin am Verhungern.« Mit dem Rucksack über einer Schulter und seinen schweren Sicherheitsschuhen stiefelte Arne an ihr vorbei in die Küche. Luisa folgte ihm und begann damit, ihre Unterlagen auf dem Küchentisch zusammenzuschieben und im Ordner zu verstauen.

»Aah.« Arne hob die Deckel der Töpfe auf dem Herd an und entdeckte das restliche Curry vom Mittagessen. »Kann ich einen Teller haben?«

»Klar.« Luisa klappte den Ordner zu und reichte ihm einen der blauen Porzellanteller aus dem Buffetschrank. Sie sah zu, wie er ihn mit Curry belud und sich am Kopfende des Tisches fallenließ.

»Das war vielleicht eine Maloche«, sagte er, nachdem er die ersten Löffel verschlungen hatte. »Artur war heute nicht da, also waren wir nur zu dritt. Wir haben sechs Stunden für den Abbau gebraucht. Und dann ist auch noch der Neue von der Traverse gefallen, kurz vor Schluss.« Er machte eine Redepause und löffelte weiter. Luisa sah ihm beim Essen zu. Trotz des harten Arbeitstages und der Autofahrt wirkte er aufgeräumt, beinahe entspannt.

»Ich verstehe nicht, warum Artur diese Hiwis immer anheuert«, fuhr er irgendwann fort. »Die machen mehr Stress als alles andere ...«

»Kannst du leiser reden? Meine Mutter schläft.«

»Ich dachte, ich brauche drei Stunden von Leipzig bis hierhin. Aber der Berliner Ring war sowas von ...«

»Arne!«

»Was?« Er sah sie mit einem Ausdruck an, als wäre ihm gar nicht bewusst, dass ihre Mutter hier wohnte; als würde sie einfach ihre Ferien an diesem lauschigen Plätzchen verbringen. Aber wahrscheinlich hatte er wirklich nicht daran gedacht. Luisa hatte Arne erst letztes Jahr bei einem Philipp-Poisel-Konzert kennengelernt und es bisher versäumt, ihn ihrer Mutter vorzustellen. Aber Luisa wusste auch so, dass sie ihn nicht mögen würde. Gabriella hatte eine beinahe pathologische Abneigung gegen biertrinkende Arbeitertypen wie ihn.

»Meine Mutter.« Luisa wies in Richtung Schlafzimmer. »Du weißt doch, dass sie krank ist.«

»Ja, natürlich.« Arnes Tonfall war neutral, aber Luisa wusste, dass ihm dieses Thema gerade noch gefehlt hatte. Er senkte den Blick wieder auf sein Curry und fuhr zu essen fort. Als er fertig war, schob er den leeren Teller von sich und sah sich um.

»Und was machst du hier den ganzen Tag lang?«, fragte er.

Luisa zuckte die Achseln. »Ich schreibe meine Bachelorarbeit«, sagte sie, obwohl davon keine Rede sein konnte. Bevor sie hergekommen war, hatte sie geglaubt, diese Wochen würden genau die richtige Zeit und Parlow der richtige Ort sein, um zu schreiben. Dass die Sterbebegleitung ihrer Mutter sie gedanklich dermaßen vereinnahmen würde, hatte sie nicht erwartet.

Sie bemerkte, dass Arne sie musterte. »Du wirkst ganz schön gestresst, Lu.«

Luisa ließ die Schultern fallen. Ihr fiel auf, dass sie immer noch am Buffetschrank stand und an ihrem Daumennagel kaute. Eine Unart, die sie eigentlich bereits abgelegt hatte, als sie vierzehn gewesen war.

Arne lehnte sich zurück, zog mit einer Armbewegung Zigaretten und Feuerzeug aus seiner Jacke an der Stuhllehne und klopfte sich eine Kippe aus der Schachtel. »Wann willst du eigentlich zurückkommen?«

Luisa starrte auf seine Hände und spürte, wie ihr das Blut in die Wangen stieg.

»Würdest du die Zigaretten wegpacken? Meine Mutter liegt zwei Räume weiter und stirbt gerade an Lungenkrebs!« Ihre Stimme klang schrill und sie versuchte mühsam, sich wieder zu beruhigen, da war Arne schon aufgestanden und stand vor ihr.

»Hey«, sagte er und zog sie an sich. Er senkte den Kopf

und streifte mit den Lippen ihren Hals. »Du solltest wirklich mal abschalten.«

Luisa sah den Flur entlang Richtung Schlafzimmertür und musste den Reflex unterdrücken, ihn von sich zu schieben.

»Vergiss das alles mal für eine Weile«, drängte Arne. »Ich bin einen riesigen Umweg gefahren, um bei dir zu sein. Also tu mir den Gefallen, okay?«

Er hat Recht, dachte Luisa. Doktor Rother hatte ihr vor zwei Wochen schon gesagt, dass sie sich Auszeiten nehmen musste, wenn sie auf den Beinen bleiben und all das durchstehen wollte. Wenigstens für ein paar Stunden.

»Okay.« Luisa stieß ein Seufzen aus. »Lass uns zum See runtergehen.«

Arne hob den Kopf. »Was?« Er schielte in Richtung Wohnzimmer. »Ich habe eher an das Sofa gedacht, um ehrlich zu sein.«

Luisa schüttelte den Kopf. »Ich muss mal raus hier.«

***

Als Judith zurückkam, flickte Tom gerade das Dach. Für ihn ohnehin keine vollkommen schwindelfreie Angelegenheit. Er hielt in seiner Arbeit inne, steckte den Hammer in seinen Werkzeuggürtel und ließ sich auf die spröden, ausgeblichenen Ziegel sinken. Die Erleichterung durchflutete ihn mit einer Heftigkeit, die eigentlich nur damit zusammenhängen konnte, dass sie einen Tag länger weg gewesen war als sonst. Und er heute damit angefangen hatte, sich mit dem Gedanken auseinanderzusetzen, sie könnte ihn wirklich verlassen haben.

Dann erinnerte er sich wieder daran, dass er eigentlich sauer auf sie war.

Sie parkte ihren Passat neben seinem Pickup, stieg aus und überquerte den Hof, ohne ihn zu beachten. Entweder, weil sie ihn wirklich nicht bemerkte, oder weil sie keine Lust auf ihn hatte.

Sie war alleine, was er seltsam fand, außerdem ließ sie die Haustür offen, als würde sie gleich wieder wegwollen.

Tom wartete eine Minute, bis sein Kreislauf wieder rund lief, dann machte er sich an den Abstieg und betrat hinter ihr das Haus. Judith war im oberen Stockwerk, im Kinderzimmer.

»Hallo!«, rief er nach oben, dann ging er in die Küche, legte den schweren Gürtel auf die Anrichte und holte eine Flasche Gin aus dem Schrank.

Wenig später erschien Judith in der Küche, das Gesicht unergründlich und noch bleicher als sonst. Tom hielt in der Bewegung inne. Er wollte sie fragen, was los war, aber er starrte sie nur an. Sein erster Gedanke war, dass etwas mit Matilda war.

»Ich hatte gehofft, du wärst nicht da, wenn ich zurückkomme«, sagte sie.

Irgendwie machte das, was sie sagte, keinen Sinn und Tom schloss den hölzernen Hängeschrank so vorsichtig, als wäre er aus Porzellan. Er drehte sich zu ihr um. Sein Mund fühlte sich trocken an. Es wurde höchste Zeit für seinen Drink.

»Ich gehe weg«, sagte sie und obwohl sie seinem Blick nicht auswich, spürte er, dass es ihr schwerfiel. »*Richtig* weg, meine ich.«

Tom räusperte sich. »Warum?«

Sie zuckte die Achseln, als läge die Antwort auf der Hand

und wäre ohne große Bedeutung. »Ich steige aus.«

»*Du steigst aus*? Woraus steigst du aus?«

»Aus allem.«

Er schüttelte den Kopf und setzte zu einer Erwiderung an, aber sie fiel ihm mit einer Handbewegung ins Wort. »Und genau *deshalb* hatte ich gehofft, dir nicht noch mal zu begegnen«, rief sie. »Damit du gar nicht erst versuchen kannst, mich davon abzubringen. Es ist beschlossene Sache, Tom. Am besten gibst du dir hier unten ordentlich die Kante und ich gehe wieder nach oben und packe, in Ordnung?«

Einen Atemzug lang war er versucht, ihr den Rücken zuzudrehen und ihrem Vorschlag zu folgen, sie einfach fortgehen zu lassen. Aber er wusste ja, auf wessen Mist diese Idee gewachsen war. Und ebenso, dass Judith kaum allein mit Kind und Kegel das Land verlassen würde.

»Ich hoffe, du hast ihn nicht als Umzugshilfe herbestellt«, blaffte er, »weil er sich nämlich eine Kugel einfängt, wenn er auch nur einen Fuß auf dieses Grundstück setzt.«

»Hör auf damit, Tom.« Sie klang gereizt. »Hier fängt sich niemand eine Kugel ein.«

Er goss sich einen ordentlichen Schwung Gin auf das Eis, nahm einen Zug und stellte das Glas wieder ab. Die Stille zwischen ihnen war ohrenbetäubend.

»Es wird nicht funktionieren«, sagte er.

»Wieso nicht?«

»Wenn ihr es richtig machen wollt, braucht ihr Geld. Und du hast keins. Dein Kent mag ja seine versteckten Qualitäten haben, aber zufällig weiß ich, dass er im Kohlemachen eine richtige Null ist.«

Und um nichts anderes ging es in der Branche, in der Kent seit fast zwanzig Jahren vergeblich versuchte, erfolgreich zu sein. Tom begriff nicht, wieso er es nicht längst aufgegeben hatte. Wahrscheinlich ließ er nicht davon ab, weil ihm der Lifestyle gefiel. Und Judith natürlich.

»Er hat einen Plan.« Sie sprach jetzt leiser und sah an ihm vorbei in den Garten.

»Da bin ich aber mal gespannt, auf seinen Plan. Ist bestimmt absolut wasserdicht. Wen hat er denn alles im Boot? Etwa Dima?«

»Das geht dich nichts an.«

»Natürlich geht es mich was an.«

»Ich will mit dir da nicht drüber sprechen.«

»Du willst nicht? Du meinst, du darfst nicht.« Wahrscheinlich hatte Kent ihr Verschwiegenheit eingetrichtert, aber Tom kannte Judith und war sich sicher, sie würde den Plan liebend gern mit ihm auf eventuelle Schwächen hin durchgehen.

»Wie auch immer, ich werde es nicht tun.« Sie hatte die Arme verschränkt und jetzt senkte sie die Brauen so tief über die Augen, dass er gegrinst hätte, wenn die Situation nicht so ernst gewesen wäre. Es stimmte schon: Sie stritten sich den lieben langen Tag. Aber was sie vergessen hatte zu erwähnen, war, dass sie sich jede Nacht wieder versöhnten.

»Dann eben nicht. Aber tu mir einen Gefallen und bleib aus der Schusslinie.« Er sah sie kaum an, während er das sagte, und klang gleichgültig, aber in Wahrheit drehte sich ihm der Magen um bei dem Gedanken daran, Judith könnte in eine üble Geschichte geraten. Auf Kent war in dieser Hinsicht kein Verlass, das wusste er.

»Du solltest damit aufhören, Tom«, sagte sie. Und noch bevor er fragen konnte, womit, fuhr sie fort: »Hör auf, dir einzubilden, du wüsstest, was das Beste für mich ist, denn das weißt du nicht. Und fang an, meine Entscheidungen zu respektieren.« Sie klang verärgert, aber er ging nicht darauf ein. Judith war groß, fast so groß wie er, dabei aber so feingliedrig und hellhäutig, dass sie in seinen Augen beinahe zerbrechlich wirkte.

»Pass auf dich auf«, sagte er und versuchte ein Lächeln, damit sie wenigstens in Frieden auseinandergingen. Etwas, das ihnen bisher noch kein einziges Mal gelungen war.

***

Das vertraute Weckerklingeln ihres Handys riss Luisa Dienstagfrüh aus dem Schlaf. Sie streckte den Arm aus, tastete nach ihrem Telefon und schaltete das Piepsen aus. Während sie sich im Bett aufsetzte, lauschte sie in das Nebenzimmer und versuchte herauszufinden, ob ihre Mutter noch schlief. Aber alles, was sie hörte, war das ohrenbetäubende Vogelgezwitscher aus dem Garten und Arnes Grunzen, als er sich neben ihr im schmalen Bett umdrehte.

Es drängte sie, nach ihrer Mutter zu sehen. Gabriella hatte gestern einen guten Tag gehabt, was ihrer Erfahrung nach bedeutete, dass der heutige umso schlechter werden würde. Sie würde etwas zu trinken und ihre Tabletten brauchen. Eventuell auch Frühstück, wenn es ihr gut genug ging.

Luisa schwang die Beine aus dem Bett, da schlang Arne seinen Arm um ihre Taille und zog sie dicht an sich heran.

»Bleib hier«, brummte er, ohne überhaupt die Augen geöffnet zu haben. Luisa spürte seine Erregung und die schläfrige Hitze seines Körpers, die auf ihren überging, und stemmte sich ihm entgegen.

»Lass mich los.«

»Was ist los mit dir?«

»Du sollst mich loslassen!«

»Warum denn? Ich muss in zehn Minuten los. Und ich bin scharf.«

Luisa wand sich aus seinen Armen und stand vom Bett auf. Nebenan hörte sie die schwache Stimme ihrer Mutter rufen.

»Sag mal, merkst du noch irgendwas?« Sie angelte ihre Strickjacke vom Kleiderhaken an der Tür und zog sie sich über.

»Äh, wie bitte?« Irritiert runzelte Arne die Stirn. Luisa konnte es ihm nicht verdenken. Er kannte sie seit zehn Monaten als dauerentspannte Studentin, die ihn jederzeit in ihrer unaufgeräumten Bude willkommen hieß und meistens für einen Quickie zu haben war. Ganz besonders frühmorgens, wenn er im Anschluss zur Arbeit fuhr und sie noch zwei Stunden weiterschlafen durfte.

»Meine Mutter liegt direkt hinter dieser dünnen Holzwand da«, zischte sie und wies auf die Schlafzimmerwand, an die Arne sich gerade lehnte. »Sie hat vermutlich nur noch wenige Tage zu leben. Meinst du, da schiebe ich hier seelenruhig eine Nummer mit dir, während sie nebenan auf ihr Morphin wartet?«

Arne verdrehte die Augen. »Meine Güte, warum denn nicht? Es dauert doch nur ein paar Minuten.«

Luisa schüttelte den Kopf. Ihr Magen schmerzte. Um halb acht kam die Pflegekraft und löste sie ab, aber bis dahin war sie verantwortlich. »Ich bin hierhergekommen, um mich um meine Mutter zu kümmern. Und das alles, diese ganze Zeit hier und das Abschiednehmen, ist furchtbar schlimm für mich.«

Arne war ebenfalls aus dem Bett aufgestanden. Abwehrend hob er beide Hände. »Ja, Lu, das alles ist mir schon klar. Aber weißt du was? Ich habe gestern vierzehn Stunden gearbeitet. Und ich werde heute wieder vierzehn Stunden arbeiten. Und die Zeit dazwischen ist einfach zu kurz, um mich mit diesem Drama hier auseinanderzusetzen, okay?«

Luisa schlüpfte in ihre Hausschuhe und wickelte sich ein Tuch um den Hals. Arnes Verhalten überraschte sie zwar nicht, dennoch verletzte es sie und sie drehte ihm den Rücken zu.

»Ich glaube, es war keine gute Idee von dir, herzukommen«, sagte sie. »Das hier ist die falsche Zeit und der falsche Ort für uns beide, zusammen zu sein.«

Sie öffnete die Tür und verließ den Raum.

Morphium wirkt gut gegen starke Schmerzen, aber es macht auch müde und verwirrt die Gedanken. Da die Wirkung der Tabletten zeitverzögert eintritt, verbrachte Luisa die Zeit zwischen sechs und acht Uhr morgens in Gabriellas Zimmer, um an ihren letzten wachen und klaren Momenten teilzuhaben.

»Ich habe dir gesagt, dass du auf dich aufpassen sollst.«

»Was?« Luisa hatte die orangegelben Vorhänge beiseitegeschoben und sah aus dem Fenster, wo Arne gerade seinen Transporter startete.

»Ich habe es dir gesagt, aber du hast nicht auf mich gehört.«

Das stimmte. Luisa war fünfzehn gewesen, als sie zum ersten Mal einen Freund mit nach Hause gebracht hatte. Kilian war drei Jahre älter gewesen als sie und hatte an der Tankstelle gearbeitet, an der sie und ihre Freundinnen sich regelmäßig Zeitschriften und Süßigkeiten für ihre Pyjamapartys geholt hatten. Ihre Mutter, die einen ruhigen, fast schon melancholischen Charakter hatte, war außer sich geraten. Sie hatte Luisa gedroht, sie Zuhause einzusperren, sollte sie jemals versuchen, ihren Tankwart wiederzusehen. Was sie erst recht in seine Arme getrieben hatte.

»Du weißt doch wirklich gar nichts über Arne. Du hast ihn noch nicht einmal kennengelernt.« Luisa gelang es, ruhig zu sprechen, obwohl sich die über Jahre eingefahrenen Emotionen wieder in ihr Bahn zu brechen drohten. Sie lachte auf. »Ich weiß ja selber kaum was über ihn.«

Gabriella sah an ihr vorbei aus dem Fenster und redete weiter, als hätte Luisa nichts gesagt.

»Ich kannte auch mal so einen Mann.«

Luisa kniff die Augen zusammen. »Was genau meinst du mit *so einen Mann*?«

»Rocco.«

Luisa war sich sicher, den Namen noch nie gehört zu haben. »Wart ihr zusammen?«

Gabriella nickte. »Eine kurze Zeit. Es ist … lange her. Ich war noch sehr jung.« Ihr Blick wanderte vom Fenster weg und fokussierte sich auf Luisa. »Jünger als du jetzt.«

Luisa schwieg. Gabriella hatte ihre Abneigung Luisas Liebhabern gegenüber nie wirklich begründet. Luisa war davon ausgegangen, dass ihre Mutter sie für unzuverlässig hielt und befürchtete, sie könnten ihrer Tochter in irgendeiner Form schaden. Sie hatte das Gefühl gehabt, damit vertraute ihre Mutter ihr ebenfalls nicht, weswegen es häufig Streit zwischen ihnen gegeben hatte. Aber Luisa wusste, die Zeit der Auseinandersetzungen zwischen Gabriella und ihr war vorbei.

»Was ist passiert?«, fragte sie, als Gabriella nicht weiter-sprach.

Ihre Mutter verzog das Gesicht. »Es ist … nicht gut aus-gegangen für mich«, sagte sie. »Und … es hat wehgetan.« Sie schloss die Augen.

Luisa setzte sich in den Sessel neben dem Bett und zog sich die Strickjacke über die Knie. Die Sonne schickte erste Strahlen in das Zimmer, aber es war immer noch April und frühmorgens noch kühl.

Sie musste an Arne denken und daran, wie sehr sie sich gefreut hatte, als er gestern Abend aufgetaucht war. Wie sie zunächst geglaubt hatte, mit seiner Anwesenheit würde die Situation für sie hier einfacher werden.

Vielleicht, dachte sie, lag es ja doch auch an ihr, dass ihre Beziehungen stets an der Oberfläche blieben. Weil sie sich immer wieder genau solche Männer aussuchte.

***

»Sie hat es nur wegen Matilda getan.« Es war verdammt anstrengend, zu sprechen. »Das ist so ein Mutterding von ihr. Sie glaubt, sie ist es ihr schuldig, oder so Zeugs. Mit mir hat das überhaupt nichts zu tun.«

Tom war vor Stunden zu Simon und Dima gefahren, um sich Nachschub zu holen. Dann hatte er irgendwie den Absprung verpasst und es nicht mehr rechtzeitig zurück-geschafft. Jetzt saß er vor dem Sofa auf dem Fußboden und konnte sich nicht einmal mehr richtig artikulieren, ge-schweige denn aufstehen.

»Ich hab sie gesehen«, sagte Simon. Aus Solidarität zu

Tom hatte er sich ebenfalls auf den Boden gesetzt und war mit Dima zusammen in die Kifferei eingestiegen.

»Hast du nicht.«

»Doch. Freitag.«

»Habt ihr geredet?«

»Ja. Hab sie gefragt, was sie hier macht und so.«

Tom legte den Kopf rücklings auf das Sofa und lachte gegen die Decke, unter der der Rauch hing wie alte Küchentücher. »Das kann ich dir genau sagen, was sie hier macht.«

»Sie hat erzählt, dass sie mit Matilda bei Kent eingezogen ist.«

»Und hat sie dir auch erzählt, was sie zusammen vorhaben? Diese … konspirative Sache? Oder, warte mal.« Tom starrte mit schmalen Augen über den niedrigen Glastisch hinweg und wies mit seinem Joint auf Simon. »Wahrscheinlich steckst du da selbst mit drin.«

Dann geriet Dima in sein Blickfeld und er drückte die Tüte schnell im Aschenbecher aus, weil ihm plötzlich die abgedrehtesten Gedanken kamen. Er musste wieder einen klaren Kopf bekommen. Er war eifersüchtig auf Simon, weil der jetzt Judith in seiner Nähe hatte und sie zufällig auf der Straße treffen konnte, und fragte sich, ob es eigentlich Fluch oder Segen war, dass er achtzig Kilometer entfernt von Berlin wohnte. Er hatte seit Ewigkeiten eine Wohnung hier, in diesem Kiez sogar. Vielleicht sollte er sich angewöhnen, öfter hier zu sein.

»Komm schon, Tom, wer würde das nicht verstehen? Sie hat keine Lust mehr auf die Leute, mit denen du Geschäfte machst. Und auf dieses Kaff, in dem du haust, wahrscheinlich auch nicht. Sie bringt Matilda jetzt morgens sogar in den Kindergarten.«

»Halt die Klappe!«

Aber natürlich klang ziemlich vernünftig, was Simon sagte. Judith hatte sich schon immer Spielkameraden und einen Kindergarten für Matilda gewünscht. Sie hatte oft gesagt, dass sie ein anderes Leben für ihre Tochter wollte. Sie hatte versucht, Tom dazu zu bringen, mit ihr zusammen auszusteigen. Aber ein Raubzug auf einem Frachter im Rotterdamer Hafen vor knapp sechs Jahren war Simon und sein letzter Versuch in diese Richtung gewesen. Er hatte eine halbe Ewigkeit und Judith an seiner Seite gebraucht, um sich von seinen Verletzungen zu erholen. Und dabei festgestellt, dass Einsteigen wesentlich einfacher war als Aussteigen.

»Sie werden es nicht hinkriegen«, sagte er.

»Wieso bist du dir da so sicher?«

»Weil Kent noch nie irgendwas hingekriegt hat. Er ist ein Idiot. Oder ist da jemand von euch anderer Meinung?«

Simon und Dima tauschten einen Blick. Simon rang sich ein träges Grinsen ab. »Niemand hier ist anderer Meinung, solange du mit deiner Knarre vor uns sitzt.«

»Scheiße. Ihr seid auch Idioten.« Tom gelang es endlich, auf die Beine zu kommen. Der Raum schwankte wie eine Schiffskajüte auf hoher See und seine Knie fühlten sich weich an. Er ging ein paar Schritte zum Fenster und wollte es öffnen, aber da stand eine Pflanze auf der Fensterbank, die ihn komisch ansah. Die hätte er zuerst wegstellen müssen.

»Also?«, fragte er stattdessen und drehte Fenster und Pflanze den Rücken zu. »Weiß jemand, worum es geht? Dima? Du bist doch so eng mit Kent.« Er konnte nicht ändern, dass er gereizt klang. Irgendwie regte ihn dieser ganze Berliner Klüngel heute auf; dass sie alle hier zusammengluckten;

dass sie wussten, was Judith trieb und mit wem; dass er derjenige war, der die Dinge zuletzt erfuhr, obwohl es Handys gab und er den lieben Tag lang erreichbar war. Heute war Dienstag. Wieso hatte Simon ihm eigentlich nicht schon letzte Woche gesagt, dass er Judith getroffen hatte? Wieso musste ihm erst das Gras ausgehen und er hier aufschlagen, bis ihn diese Nachricht erreichte?

»Ich habe keine Ahnung«, beteuerte Dima. »Kent hat kein Sterbenswort gesagt.«

Obwohl er sich gut vorstellen konnte, dass das stimmte, fixierte Tom Dima eindringlich. Er war der unverwüstlichste Typ, den Tom kannte; hellhaarig, mit einem symmetrischen, aknevernarbten Gesicht und der Statur einer Kommode: klein, breit und praktisch unzerstörbar. Tom kannte ihn fast so lange wie Judith. Als sie vierzehn gewesen waren, waren sie mal zusammen nach Polen abgehauen und bei Dimas Großmutter auf einer Gänsefarm untergekommen. Allerdings war sich Tom ziemlich sicher, dass die Oma bis zum Schluss keine Ahnung gehabt hatte, wer diese drei Kinder bei ihr eigentlich gewesen waren.

»Ich warne dich, Dima, verarsch mich nicht. Wenn das gelogen ist, kannst du deine Zähne einsammeln gehen.«

»Krieg dich ein«, mischte sich Simon ein. »Wieso sollte er dich verarschen?«

»Vielleicht, weil Kent nicht will, dass ich mich einmische?«

Simon stand jetzt ebenfalls auf. Er wirkte ziemlich nüchtern, als er sich zwischen Tom und Dima stellte und Tom mit etwas im Blick ansah, das ihm eindeutig nicht gefiel.

»Fahr nach Hause«, sagte er, »und bring sie nicht um diese Chance.«

Mit *sie* meinte er Matilda. Alle meinten Matilda, wenn sie

von Chancen, Zielen oder den möglichen Wegen dorthin sprachen. Es schien, als wollte jeder unbedingt, dass aus dem Mädchen einmal etwas anderes wurde als aus ihnen selbst. Und als müsste Judith ihr Leben einmal komplett umkrempeln, damit das gelingen konnte.

»Fahr nach Hause«, wiederholte Simon. Er kam einen Schritt auf ihn zu und wollte ihn anfassen, aber Tom wich ihm aus. In diesem Moment, in dem Simon ihm gegenüberstand und ihn von rechts furchtbar chillige Musik einlullte, wusste er ganz genau, dass sie da alle mit drinsteckten. Sie alle waren Rädchen in dem Getriebe, um sich hinterher auf die Fahnen schreiben zu können, zu der glorreichen Rettung eines kleinen Kindes beigetragen zu haben. Und natürlich kam es ihnen gerade recht, dass er in Parlow saß und nichts von alldem mitbekam, was sie ihm nicht freundlicherweise mitteilten. Er schnappte sich seine Jacke vom Sofa. Er würde der Tatsache ins Auge sehen müssen, dass Judith, Simon und Dima entgegen seiner bisherigen Annahme keine Freunde waren. Und die richtigen Konsequenzen daraus ziehen. So einfach war das.

***

»Es ist soweit, du bist aus dem Funkloch!« Sandros tiefe Stimme dröhnte aus dem Telefon.

»Hey, Sandy.« Jaxon stieg die letzte Treppe hinauf und blieb vor der geschlossenen Wohnungstür stehen. Obwohl es ihn aus dem Konzept brachte, die Stimme seines ehemaligen Zellengenossen im Treppenhaus seiner Mutter zu hören, spürte er doch, dass es die Anspannung ein wenig in ihm löste.

»Und? Was treibst du so in Freiheit? Vermisst du den Gestank von Vlad und Boris? Bist du schon feiern gewesen? Eine flachgelegt?«

»Nichts davon. Ich besuche gerade meine Mutter.«

»Was?« Sandro lachte. Es klang übel, wie heiseres Bellen. »Du hast eine Mutter? Oje, was ist nur aus meinem Spannmann geworden?«

Jaxon hörte Sarah die Treppe hinaufkommen. »Halt die Klappe, ich bin grad in einem anderen Film, okay?«

»Schon gut.« Sandro lachte immer noch. »Hör mal, wir müssen uns treffen. Ich will dich ohne deine Knastkluft sehen. Außerdem müssen wir jemanden für dich klarmachen. Wo bist du untergekommen? Wir könnten dich Samstagabend abholen.«

»Bei meiner Schwester.« Jaxon nannte ihm die Adresse.

»Ist gespeichert«, sagte Sandro in dem Moment, in dem Sarah in Jaxons Blickfeld erschien.

»Ich muss jetzt Schluss machen.«

»Liebe Grüße an deine Mutti von mir.«

Jaxon legte auf und begegnete Sarahs Blick.

»Wer war denn das?«, fragte sie.

»Wie bitte?« Jaxon steckte sein Handy ein.

Sarah zuckte die Achseln. »Ich will nur wissen, wem du unsere Adresse gegeben hast.«

»Und ich will wissen, warum du dich als meine Bewährungshelferin aufspielst.«

Sarah wandte sich halb von ihm ab, aber er sah, dass sie die Augen verdrehte. »Jax, bitte …«

»Was?« Jaxon spürte, dass er wütend wurde, eine denkbar schlechte Voraussetzung dafür, einen friedlichen Nachmittag bei seiner Mutter zu verbringen.

»Es war ein Freund von mir, okay?«

Sarah zog die Brauen hoch und drückte auf den Klingelknopf. »Ich hoffe, ein netter Freund«, sagte sie in dem Moment, in dem Johanna die Tür öffnete.

Jaxon war noch nie in der Wohnung gewesen, in der seine Mutter jetzt lebte. Sie schien größer zu sein als Sarahs, jedoch weniger strukturiert eingerichtet. Ein paar der Sachen, die hier herumstanden, erinnerten ihn an früher, aber nicht vieles. Sein Kater war grau um die Schnauze und noch dicker geworden. Langsam kam er auf ihn zu und rieb sich an seinen Beinen.

Jaxon bückte sich und streichelte ihn. »Na, du? Du lebst ja noch.«

»Jaxon.« Seine Mutter schien ehrlich erfreut, ihn zu sehen. Als er sich wieder aufgerichtet hatte, schloss sie ihn in die Arme.

»Es ist so schön, dass du endlich hier bist.«

Sie sah gut aus, fand er. Ihr ruhiger Blick, der auf ihm lag, passte zu den grauen Strähnen, die sich mittlerweile in ihrem Haar andeuteten.

»Kommt rein.« Johanna umarmte auch Sarah, dann ging sie Jaxon voran ins Wohnzimmer, wo es sich der Kater gerade auf der Sessellehne gemütlich machte.

Hier sah es schon mehr nach seinem früheren Zuhause aus. Jaxon erkannte die Schrankwand, die Stehlampe, das Sofa, das Klavier.

»Ich habe die meisten Sachen aus deinem alten Zimmer mitgenommen«, sagte sie. »Deine CDs, deinen Laptop und noch ein paar Dinge. Willst du sie haben?«

»Eigentlich nicht.«

»Wirklich nicht? Ich habe sie extra für dich aufgehoben.«

»Wir können sie nachher mitnehmen«, sagte Sarah an Johanna gewandt.

»Danke, Sarah. Aber ich glaube, ich habe nein gesagt.« Er wusste, er klang nur so gereizt, weil sie ihm im Hausflur schon mit ihrer Bevormundung auf den Geist gegangen war, und war nicht überrascht, dass Johanna und sie schnelle Blicke tauschten.

»Warum reden wir nicht lieber darüber, was dein Studium macht?«, sagte Johanna, die damit anfing, den Tisch zu decken. Es war noch dasselbe Geschirr wie früher. »Warst du schon an der Uni, um dich einzuschreiben?«

»Klar.« Jaxon nahm sich einen Muffin von der Kuchenplatte, die Sarah vorbeitrug. »Haben wir doch besprochen.« Dass er nach seiner Ausbildung zum Zimmerer, die er im Gefängnis abgeschlossen hatte, ein Studium begann, war sogar eine von Sarahs Bedingungen gewesen, unter denen sie ihn nach seiner Entlassung bei sich aufnahm.

»Dein Vater würde dich gerne unterstützen.« Johanna klang so bemüht beiläufig, dass er sich ziemlich sicher war, dass sie die Verkündung dieser Neuigkeit von langer Hand geplant hatte.

»Ja, das kann ich mir denken.« Jaxon sprach ruhig, aber die Luft zwischen ihnen begann unangenehm zu knistern. »Ich glaube allerdings nicht, dass daraus etwas wird.«

Johanna sah zu ihm auf. Ihr Gesichtsausdruck wirkte gequält und Jaxon dachte, dass sie sich ihr erstes Aufeinandertreffen in Freiheit mit Sicherheit einfacher vorgestellt hatte. »Ach, Jaxon …«

Jaxon kämpfte seinen aufkommenden Ärger nieder. Nichts, gar nichts von alldem, was passiert war, hatte Leroy begriffen, wenn er glaubte, jetzt, nachdem sein Sohn sechs

Jahre abgesessen hatte, den großzügigen Vater spielen zu können.

Er wandte sich ab und betrachtete die Fotografien im Regal. »Wer ist das denn?« Er nahm ein in Buchenholz gerahmtes Bild in die Hand, auf dem ein unzufrieden dreinblickender Jugendlicher mit ungekämmten, dunklen Haaren zu sehen war.

»Das?« Johanna trat neben ihn und gab ein Geräusch von sich wie eine erstickende Katze. »Das ist jetzt nicht dein Ernst, Jaxon.«

»Was?«

»Das ist Oliver!«

Jaxon runzelte die Stirn und stellte das Foto zurück. »Er sieht überhaupt nicht mehr aus wie ein Kaninchen.«

Seine Mutter schnaubte und sah an ihm vorbei. Als Jaxon sich umdrehte, stand der Junge von dem Foto im Türrahmen und starrte ihn an. Jaxon starrte zurück. Er hatte damals ehrlich gesagt nicht geglaubt, dass Oliver jemals eine anständige Größe erreichen würde, aber zu seiner Überraschung war er diesem Ziel in den Jahren seiner Abwesenheit ein ganzes Stück nähergekommen. Wie alt er wohl mittlerweile war? Sechzehn? Siebzehn?

»Hi«, sagte er.

»Hallo.«

Im Stimmbruch war er auch gewesen. Jaxon wusste nicht, ob es daran lag, dass er ihn all die Jahre kein einziges Mal zu Gesicht bekommen hatte, oder dass er ihn sich früher nie so genau angesehen hatte, aber Oliver hätte ihn auf der Straße überrennen können, er hätte ihn nicht erkannt.

Er wollte sich abwenden, aber er konnte nicht, denn Oliver sah ihn weiterhin an, als wäre er eine Erscheinung.

»Was ist?«

»Du hast dich verändert.« Oliver sagte das beinahe vorwurfsvoll und auf einmal, Jaxon wusste nicht, warum es ausgerechnet in diesem Moment geschah, ging ihm auf, dass Oliver sein Bruder war. Sein Halbbruder zwar, aber doch sein Bruder. Nie hatte er sich diese Tatsache wirklich bewusst gemacht. Oliver und er waren in demselben Haus aufgewachsen, sie hatten dieselbe Mutter und sie hatten beide einen miesen Vater.

»Bist du jetzt entlassen?«, fragte Oliver. Jaxon konnte sich nicht erinnern, dass Oliver ihm jemals eine normale Frage gestellt hatte. »Wohnst du jetzt hier bei uns?«

»Nein. Nein, keine Sorge«, fügte er hinzu, als ihm nach und nach einfiel, was Oliver im Laufe seiner Kindheit so alles unter ihm hatte durchmachen müssen. »Ich bin erstmal bei Sarah eingezogen.«

»Und?« Oliver hatte dunkle Augen, die seltsam glitzerten. »Wie ist es im Gefängnis?«

Jaxon antwortete nicht sofort. Er wusste nicht, was er sagen sollte, war sich aber ziemlich sicher, was Oliver hören wollte. Ihm ging allmählich auf, warum er ihn früher nicht gemocht hatte. Der Junge hatte etwas Seltsames an sich, etwas Manisches, das unter der Oberfläche lauerte.

»Es ist okay«, sagte er so gelassen wie möglich, in der Hoffnung, damit würde sich die Aufregung in Olivers Augen legen. »Ich habe es überlebt.«

Das Gefängnis, in dem er nach dem Prozess für sechs Jahre gelandet war, war eine zehn Hektar große, videoüberwachte, mit Stacheldraht gesicherte Festung. Die Außenmauern waren zwei Meter dick und alle hundert Meter ragte ein Wachtturm auf. Die Insassen waren Mörder, Kinderschänder, Vergewaltiger, Bankräuber und Geiselnehmer, die oft für mehrere Jahrzehnte im geschlossenen Vollzug einsaßen. Es gab drei Hafthäuser, von denen Jaxon nur das kannte, in dem er selbst einsaß. Ein vierstöckiges, überbelegtes Dreckloch mit endlosen Fluren, Gittertüren und Korridoren, in deren Mitte Netze gespannt waren, um Morde und Selbstmorde zu verhindern.

Etwa zweihundert Häftlinge lebten in Haus II, viele von ihnen waren drogensüchtig. Und darum, um Drogen und ihre Beschaffung, ging es im Grunde auch hauptsächlich bei den Insassen.

Nichts davon wusste Jaxon in den Tagen, in denen er aus der U-Haft nach Düsseldorf kam. Er wusste auch nicht, warum sie sich ausgerechnet ihn ausgesucht hatten. Irgendwas an ihm musste sie provoziert haben, wobei er sich nicht erklären konnte, was das gewesen sein sollte. Vielleicht war es an jenem Morgen aber auch im Gegenteil seine Schwäche gewesen, die sie gewittert hatten.

Er hatte gerade erst das Prozedere der Inhaftierung hinter sich gebracht. Er war angefasst worden, er hatte sich ausziehen müssen, er war an allen möglichen und unmöglichen Stellen nach irgendwas durchsucht worden, vermutlich Drogen, während bewaffnete Männer um ihn herumgestanden hatten.

Als er am Nachmittag seine Zelle bezogen hatte, hatte er sich beinahe körperlich krank gefühlt und das war auch am nächsten Morgen noch nicht viel anders.

Sie machen das mit Absicht, dachte er, während er im Umkleideraum stand und sich nach dem Duschen anzog. Die Leute so richtig kleinkriegen, bevor sie sie in die Herde schicken. Wozu muss man einen nackten Mann mit sechs Leuten bewachen, von denen vier Schlagstöcke und halbautomatische Waffen bei sich tragen? Und wieso muss dieses ganze Aufnahmeritual vier Stunden dauern?

Er knöpfte sich die Hose zu und als er wieder aufsah, waren bis auf drei Leute alle Häftlinge aus dem Umkleideraum und den angrenzenden Duschen verschwunden. Die Tür, die normalerweise offenstand, wie ihm bei der obligatorischen Führung am Vortag noch erklärt worden war, wurde gerade von einem Wärter geschlossen, der die Waschräume beaufsichtigte.

Jaxon schlug sich nicht gerne mit freiem Oberkörper, deshalb griff er nach dem Oberteil, das hinter ihm auf der Bank lag und beeilte sich, es anzuziehen, während die drei Männer auf ihn zukamen. Sie waren voll bekleidet. Zwei von ihnen sahen südländisch aus, vielleicht türkisch, und waren kleiner als er, aber der Mittlere war groß und sah aus, als wäre er seit zehn Jahren hier und hätte jede freie Minute im Kraftraum verbracht. Jaxons Gehirn arbeitete, aber er begriff es nicht. Er war nicht einmal vierundzwanzig Stunden hier. Er kannte keinen von ihnen. Er hatte sie bisher nicht einmal schief angesehen.

»Ist was?«, fragte er im möglichst neutralen Tonfall und schielte nach seinen Schuhen. Er hasste es, dass er barfuß war und die Wand so nahe hinter sich hatte.

»Das ist unsere Uhrzeit«, sagte der Typ in der Mitte. Er hatte Gesichtsknochen wie ein Boxer, eine arg ramponierte Nase, kurzgeschorene helle Haare und irgendeinen Akzent.

»Eure Uhrzeit? Willst du mich verarschen?« Der Boden war nass und Jaxon spürte bereits die Bankkante in den Kniekehlen. Er sah an den Jungs vorbei zur Tür, aber die war immer noch verschlossen und etwas sagte ihm, dass sie das auch bleiben würde, bis die drei getan hatten, was sie tun wollten.

»Wir haben sie bezahlt.«

»Was? Ihr habt die Zeit bezahlt? Sowas geht?«

»Allerdings. Teuer bezahlt. Wir wollen keine Typen wie dich hier haben, die uns auf den Schwanz glotzen.«

Sie waren jetzt so nah, wie man eigentlich nicht kommen musste, um jemandem eine reinzuhauen, und Jaxon begann zwanghaft zu schlucken, als ihm klar wurde, dass er nicht mehr ausreißen konnte. Und dass er keine Ahnung hatte, was ihm hier alles passieren konnte.

Er wollte noch irgendwas sagen, etwas wie okay, ich gehe schon, da hatten ihn die zwei Kleineren auch schon gepackt und ihm die Arme so weit auf den Rücken gedreht, dass seine Schultern heiß wurden vor Schmerzen. Er biss die Zähne aufeinander und wehrte sich, versuchte sich loszureißen, da traf ihn auch schon eine Faust auf der linken Gesichtsseite, so schnell, dass er sie nicht hatte kommen sehen. Er spürte den Schmerz durch seinen Kopf rasen, spürte Haut aufplatzen und Blut über sein Gesicht in den Mund fließen. Er fluchte und versuchte sich wegzuducken, aber seine Arme waren wie in Schraubstöcken gefangen und hinter ihm war kein Raum.

Der nächste Schlag kam und der übernächste, er hörte einen der Männer etwas in irgendeiner Sprache sagen und spürte, dass er sich nicht mehr zur Wehr setzen konnte. Er wusste nicht, warum er es soweit hatte kommen lassen und wo seine Kraft geblieben war, aber er würde nicht mehr lange stehen können. Der Boxer schlug ziemlich heftig und willkürlich zu und Jaxon befürchtete, er könnte ihm die Augen verletzen oder die Zähne ausschlagen oder sonst etwas Perverses tun.

Er war noch nie bewusstlos geschlagen worden und er konzentrierte sich bis zum Schluss darauf, wach zu bleiben, aber irgendwann konnte er sich nicht mehr auf den Beinen halten und hörte die Schläge mehr, als dass er sie wirklich spürte. Sein letzter Gedanke galt dem Beamten, der die Tür hinter ihnen geschlossen hatte.

Drei

Matilda weinte. Tom wollte Judith schicken und tastete mit geschlossenen Augen in ihre Richtung, um sie zu wekken, aber da war niemand.

Er spürte einen heftigen Stich in der Brust, als ihm einfiel, dass sie ihn verlassen hatte. Und dann noch einen, weil er Matilda immer noch weinen hörte. Er drehte sich zur Bettkante, stand auf und versuchte zu rekonstruieren, was er am Vortag und am Abend so alles konsumiert hatte, aber da war nichts Besonderes gewesen. Ein paar Joints im Laufe des Nachmittags und zwei Flaschen von irgendeinem Biermix am Abend. Das war nichts, was seinen offensichtlich beginnenden Wahnsinn erklären würde.

Die Dunkelheit war erdrückend, aber er kannte den Raum und er kannte auch ihr Weinen. Sie weinte anders, wenn sie Schmerzen hatte, oder Sehnsucht nach ihrer Mutter. Dieses Weinen klang nach Angst. Da tat es seine Anwesenheit meist auch.

Er schob die Schlafzimmertür auf. Das Weinen wurde zum leiseren Jammern, sobald er das Licht im Flur eingeschaltet hatte. Es war nur eine nackte Birne an der niedrigen Decke, eine Energiesparlampe, die ewig brauchte, bis sie hell leuchtete, und die dunklen, staubigen Ecken, in denen Hauswinkelspinnen in kunstvollen Gespinsten lebten, nie erreichte. Tom spürte, dass er noch gar nicht richtig wach war, als er auf ihre Zimmertür zuging, nur noch ihr Wimmern im Ohr.

»Laika?«, flüsterte er, weil er sich eine irre Sekunde lang sicher war, dass sie ja auch da sein musste, wenn Matilda zurückgekommen war.

Als er das Licht sah, das durch den Spalt ihrer angelehnten Zimmertür schien, zuckte er zusammen, obwohl er genau wusste, dass er sie hörte.

Es waren die Wölfe, die an den pastellfarbenen Wänden ihres Zimmers entlangliefen, immer rundum. Er hatte ihre Silhouetten vor Jahren in ihren Lampenschirm geschnitten. Die Lampe stand eingeschaltet auf dem Tisch neben ihrem Bett, der Schirm drehte sich langsam im Kreis. Matildas Bett war leer. In dem Moment, in dem ihm das klar war, fühlte er sich schlagartig hellwach. Er hörte auch ihr Weinen nicht mehr. Es war still um ihn herum. Nicht einmal die Dachbalken knarrten. Da war gar nichts.

Er spürte sein Herz schnell schlagen und rieb sich den Brustkorb, dann ging er zu ihrem Bett und schaltete die Wolflampe aus. Der Wecker daneben zeigte kurz nach drei Uhr an. Er war verrückt, keine Frage. Wer mitten in der Nacht stocknüchtern aufwachte und in vollkommener Stille ein Kind weinen hörte, hatte eindeutig ein Problem.

Er verließ das Kinderzimmer, ging in die Küche hinunter und trank ein Glas Leitungswasser. Sein Laptop lag auf der Theke, gleich daneben die Grastüte, aus der es rot blinkte. Sein erster Impuls war, für den Rest der Nacht die Botschaften, die seine Sinne ihm schickten, einfach zu ignorieren. Doch als er die Tüte hochhob, sah er, dass es die rote LED seines Smartphones war, das darunterlag. Er hatte einen Anruf verpasst. Judith hatte versucht, ihn anzurufen, vor fünfzehn Minuten etwa.

»Ach, verdammt«, murmelte er, ließ sich auf einen der Barhocker sinken und rief sie zurück. Während er darauf wartete, dass sie abnahm, hob er die Plastiktüte in den grünen Lichtschein der Digitalanzeige des Backofens und stellte fest, dass er sich am Vortag wohl doch ziemlich bekifft hatte. Was auch erklären würde, wieso er ohne sein Telefon mitzunehmen ins Bett gegangen war. So etwas gab es bei ihm einfach nicht. Und wenn er dermaßen dicht gewesen war, war es auch gut möglich, dass er diese Lampe in Matildas Zimmer eingeschaltet hatte.

Er knallte sein Handy auf die Theke, starrte es zwei Sekunden lang an, nur um es gleich wieder aufzunehmen und sie ein weiteres Mal anzurufen. Drei Tage Funkstille zwischen ihnen. Drei Tage. Und dann rief sie ihn plötzlich mitten in der Nacht an? Wie, in Gottesnamen, hatte er diesen Anruf verpassen können?

Er stand auf und tigerte eine Runde um die Kochinsel. Sie nahm wieder nicht ab. Er wollte Simon anrufen, konnte sich aber im letzten Moment zurückhalten. Er legte das Handy auf den Laptop, zog sich den Brotkorb heran und holte seinen Tabakbeutel heraus. So langsam wie möglich drehte er sich eine Zigarette. Seine Hände zitterten ziemlich und sein Puls ging immer noch zu schnell, aber er ignorierte die Haschischtüte, die neben ihm lag, und das Verlangen, etwas davon hineinzustreuen.

Er musste dringend sein Verhalten überholen. Klar, dass Judith ihn verlassen hatte, hatte ihm einen ganz schönen Dämpfer verpasst. Und über Dimas und Simons Verrat war er so sauer, dass er ihnen nicht nur die Freundschaft, sondern gleich auch die Geschäftspartnerschaft aufgekündigt hatte. Aber diese Halluzinationen heute Nacht sollten ihm wirklich Warnruf genug sein.

Er setzte sich wieder, zündete sich die Zigarette an und obwohl seine Brust ganz seltsam schmerzte, begann er, sich zu beruhigen. Dass Judith angerufen hatte, sollte er vielleicht nicht überbewerten. Es war ziemlich wahrscheinlich, dass sie sich wegen des ganzen Auswandererstresses mit Kent gestritten hatte, gerade irgendwo in der Fremde in ihrer neuen Küche saß und heulte. Da sie ja wusste, dass er für gewöhnlich rund um die Uhr erreichbar war, hatte sie sich vermutlich gedacht, sie könnte sich ein paar nette Worte von ihm abholen. So, wie sie es all die Jahre getan hatte.

***

Die Dunkelheit hier war eine andere als Zuhause. Sie war schwärzer und friedlicher. Stiller. Und doch irgendwie voller Leben.

Luisa legte den Kopf in den Nacken, als etwas leise raschelnd über sie hinwegflog. Es war eine Eule. Weit über ihr zog sich als helles Band die Milchstraße über den sternenübersäten Himmel. Unglaublich, dass es derselbe Himmel sein sollte wie in …

»Mama ruft dich.«

Luisa fuhr herum. Amelie hatte sich heute im Laufe des Tages die Ehre gegeben. Schlecht gelaunt, ungekämmt, mit kleinen Augen und einer karierten Schlafanzughose lehnte sie in der Eingangstür.

»Was?«

»Mama.« Sie wedelte mit einer Hand in den Bungalow hinter sich hinein. »Ruft dich.«

»Und wieso gehst du nicht rein und fragst sie, was sie will?«

»Weil sie *dich* ruft.« Amelie stieß sich von dem Holz ab.

Sobald sie wieder im Haus verschwunden war, hörte auch Luisa das leise Rufen aus dem Schlafzimmer ihrer Mutter. Wahrscheinlich hatte sie wieder von morastigen Feldern oder um sich schlagenden Bäumen geträumt.

»Mama?«

Auf dem Schreibtisch im Schlafzimmer brannte eine kleine Lampe. Luisa sah Gabriella mit mehreren Kissen im Rükken im Bett sitzen, die dunklen Augen geweitet, und fühlte sich plötzlich müde. Sie ließ sich in ihren Sessel fallen, zog die Beine an den Körper und legte den Kopf auf die Knie. Die Haare fielen ihr vor das Gesicht und sie sah ihre Mutter nur noch undeutlich.

»Luisa«, sagte Gabriella. »Er ist hier.« Sie blickte an Luisa vorbei in den Schein der Lampe.

»Ist er nicht«, erwiderte Luisa, ohne den Kopf zu heben. »Niemand ist hier außer mir und dir. Und Amelie.«

»Mach die Lampe aus, Luisa. Er ist zurückgekommen. Vielleicht hat er ihn dabei.« Jetzt klang sie aufgeregt und wie sie so aufrecht und hellwach im Bett saß, überkam Luisa ein Frösteln. Sie stand auf und schaltete die Lampe aus. Sie war alt und hatte einen rosafarbenen Schirm mit weißen Blumen darauf.

»Wen meinst du?«, fragte sie, angesichts der Dunkelheit unwillkürlich flüsternd. Sie sah jetzt nur noch das helle Gesicht ihrer Mutter inmitten der Schwärze des Bettes, der Sessel ein unförmiger Schatten daneben.

»Er ist in der Nacht gekommen.« Sie flüsterte ebenfalls, so leise, dass Luisa zum Bett zurückgehen und sich über sie beugen musste.

»Wer?«

»Die Lampe brannte.«

»Mama, wovon sprichst du?«

»Jetzt ist er wieder hier, ich weiß es.«

Luisa hielt den Atem an, aber außer dem Knarren des Hauses und dem leisen Keuchen ihrer Mutter herrschte Stille. »Da ist niemand, Mama.«

Aber Gabriella hörte ihr gar nicht zu. »Ich habe es gespürt. Du musst nachsehen, ob er ihn dabei hat«, sagte sie und schlang ihre kalten Finger um Luisas Handgelenk. »Aber sei vorsichtig.«

Sie starrte Luisa an, ihre Augen nichts als Schwärze, so abgründig, dass Luisa zu ahnen begann, dass es da in ihrer Tiefe etwas gab, etwas, gegen das kein Bitten und Betteln etwas ausrichten konnte.

Plötzlich fühlte sie ihr Herz bis zum Hals schlagen. »Oh Gott, Mama, was ist passiert?«

Der Schrei eines Vogels direkt vor dem geöffneten Fenster ließ sie zusammenzucken. Dann nahm sie eine Bewegung hinter sich wahr und fuhr herum. Eine Sekunde lang war sie sich sicher, einen Schatten zu sehen, direkt hinter der angelehnten Tür.

»Amelie?«, sagte sie. Aber niemand antwortete und Luisa zwang sich, Gabriellas Geschichte nicht mehr Bedeutung beizumessen als denen von weiten Feldern und herabstürzenden Wolken.

»Luisa?« Gabriellas Stimme klang klein.

»Ja?«

»Hast du nachgesehen?«

Luisa nickte. »Ja, Mama, ich hab nachgesehen. Er … er hat ihn nicht dabei.«

***

Jaxon blieb in der offenstehenden Zimmertür stehen und zog sich das Handtuch von den Schultern. Oliver saß mit dem Rücken zu ihm am Computer. Er trug Kopfhörer, seine Jacke hing über der Stuhllehne. Als Jaxon hereinkam, drückte er eilig eine Taste, schob sich den Kopfhörer in den Nacken und drehte sich um.

Jaxon warf das Handtuch auf das ordentlich bezogene Schlafsofa und zog sich ein T-Shirt über den Kopf. »Was machst du denn hier?«, fragte er.

»Ich spiele.«

Jaxon sah zum Monitor hinüber. Olivers Avatar, ein ziemlich angespannt wirkender Typ im Wüstentarnlook, verharrte schwer atmend im Eingang eines düster und verlassen wirkenden Bunkers, das Gewehr im Anschlag.

»Das hier ist jetzt mein Zimmer. Verschwinde!«

Olivers Mundwinkel fielen herab. Offensichtlich hatte er gedacht, irgendwas sei jetzt anders als früher. Oder dass Jaxon das Zimmer nicht genug gehörte, um ihn einfach rauswerfen zu können.

»Phil hat mir das Spiel heute erst installiert!«

»Das ist mir doch egal.«

»Er hat es mir geschenkt. Und gesagt, ich darf es hier spielen.«

Noch ein Wort und Jaxon würde Oliver von dem Stuhl da ziehen und ihm eine verpassen. Irgendwie hatte der Junge immer schon eine besondere Begabung dafür besessen, genau die Dinge zu sagen, die Jaxon am wenigsten hören wollte.

Es klingelte an der Wohnungstür. Jaxon griff sich seine Jacke und sein Handy. »Tu mir einen Gefallen und spiel zuhause weiter.«

»Da darf ich nicht.«

»Ach, nein?« Da hatte Johanna die Zügel aber ganz schön angezogen.

Oliver erwiderte nichts. Ein paar Sekunden lang schienen er und die abwartende Figur auf dem Monitor genau im gleichen Rhythmus zu atmen. Dann wandte Oliver den Blick ab und sah aus dem Fenster.

»Hast du eigentlich eine Freundin?«, fragte er unvermittelt.

Jaxon schnaubte. »Woher soll ich eine Freundin haben?«, sagte er und dachte, dass es, selbst wenn ihr Größenunterschied beträchtlich geschrumpft war, nach wie vor ein Kinderspiel für ihn sein würde, Oliver aus seinem Zimmer zu befördern.

»Hast du denn eine?«, fragte er zurück. Eigentlich nur, um den Spieß umzudrehen, aber ein wenig interessierte es ihn auf einmal auch. Er versuchte, sich seinen Bruder unter Seinesgleichen vorzustellen. Ihn zu sehen, wie eine Sechzehnjährige ihn sehen mochte. Die Mädchen aus seiner Klasse etwa. Aber er sah so unfertig aus, dass es ihm nicht gelang. Olivers Outfit schien aus einem Second-Hand-Laden für Jagdkleidung zu stammen, aber es verbarg seine schlaksige Figur und stand ihm irgendwie. Seine Haare hatten keine Frisur, er war blass und schien kein bisschen Sport zu treiben. Eigentlich sah er aus wie jemand, der die letzten Jahre irgendwo eingesperrt gewesen war, wo es keine Fenster gab.

»Klar«, sagte er und sah Jaxon dabei zum ersten Mal überhaupt ganz direkt an. »Warum sollte ich keine haben? Ich habe die letzten Jahre ja nicht im Knast gesessen oder so.«

»Wie heißt sie?«

»Tamara«

Das passte irgendwie. Jaxon war geneigt, ihm zu glauben. »Wie sieht sie aus?«

Olivers Körperhaltung verlor etwas von seiner Spannung, er zeigte sogar den Ansatz eines Lächelns. »Kennst du Bonnie aus Vampire Diaries?«

»Wen?«

Oliver machte eine wegwerfende Handbewegung. »Du kennst sie nicht. Jedenfalls, so sieht sie aus.«

»Ist das eine Serie? Du willst sagen, deine Freundin sieht aus wie jemand aus einer Fernsehserie?«

Oje, sich Freundinnen aus Medienvorlagen zu kreieren, klang ziemlich nach dem Volkssport, den sie im Bau betrieben hatten, wenn sonst nichts los gewesen war. Aber Jaxon sagte lieber nichts weiter dazu. Nachher überraschte Oliver ihn und schleppte diesen Vamp eines Tages hier an. Da wartete er mit dem Lachen lieber noch.

»Jax.« Auf einmal stand Sarah in der Tür. »Deine … Freunde sind da.«

Jaxon folgte Sarah in den Flur und sah zu, wie Sandro die Wohnung betrat. Er war noch genauso, wie Jaxon ihn in Erinnerung hatte: groß, mit grauen Augen und diesem täuschenden, freundlichen Lächeln auf dem Gesicht. Nur der leichte Alkoholdunst, der ihn umgab, war neu.

Sandro folgte ein Typ, etwa Anfang zwanzig, der ihm so ähnlich sah, dass Jaxon sofort wusste, dass er sein Bruder Nico sein musste. Allerdings war der Jüngere kleiner und schmächtiger als Sandro und wirkte auch in sonstiger Hinsicht, als wäre er zeitlebens lediglich der freien Schneise gefolgt, die sein Bruder ihm geschlagen hatte.

Das ist er also, dachte Jaxon, der Junge, für den Sandro ins Gefängnis gegangen ist.

»Hi«, sagte Sandro zu Sarah, die im Nachthemd und offenem Morgenmantel vor ihm stand. »Du bist bestimmt Jaxons Schwester.« Er sah ihr erst auf die Brüste, dann auf die Beine und noch bevor er damit fertig war, kam Philipp mit einem Glas Wein in der Hand aus dem Wohnzimmer und trat neben sie. Er sagte »hallo«, aber seine Augen zogen sich beim Anblick seines überfüllten Flurs zu einem finsteren Strich zusammen.

Jaxon legte Sandro einen Arm um die Schulter und zog ihn einen Meter von seiner Schwester fort. »Okay, Vorstellung beendet.«

»Ah«, sagte Nico, »du bist also der, den sie einmal in der Woche in die Gummizelle gesteckt haben, ja?« Wenn er grinste, sah er Sandro noch ähnlicher.

»So oft nun auch nicht«, lenkte Sandro ein, noch bevor Jaxon etwas erwidern konnte. »Meistens ist er drum rumgekommen und ich habe die Zeit dort für ihn abgesessen.«

»Kompliment, dass du es geschafft hast, fünf Jahre lang mit meinem Bruder zusammen in einem Zimmer zu leben. Ich habe schon nach zwei kapituliert.«

»Naja, es ist nicht unbedingt so, dass ich ihn rausschmeißen konnte, als es mir zu viel wurde, weißt du«, sagte Jaxon.

»Aber, immerhin, du hättest dir den Strick nehmen können.«

Sandro stieß ein bellendes Lachen aus und Philipp räusperte sich, wie um sie daran zu erinnern, dass es sein Flur war, in dem sie herumstanden und sich amüsierten. Obwohl Samstagabend war und er bereits vor zwei Stunden mit Jaxon und Sarah zu Abend gegessen hatte, trug er sein Bürooutfit: einen Nadelstreifenanzug ohne Krawatte und eine randlose Brille. Und duldete Jaxon mit Sicherheit nur aus sozialem Pflichtgefühl Sarah gegenüber in seiner Wohnung.

»Kennt ihr Jaxon etwa aus der Zeit im Gefängnis?«, fragte er.

»Äh.« Sandro drehte sich zu ihm um und musterte ihn mit einem kurzen Blick. »Heißt dieses *Etwa* etwa, dass du ein Problem damit hast?«

Jaxon wusste, dass es nicht Phils Frage, sondern vielmehr dieser stirnrunzelnde Ausdruck war, der Sandro aufstieß. Im Knast hätte er keine vierundzwanzig Stunden damit überlebt.

»Ja, heißt es«, sagte er zu Sandro, noch bevor Phil zu einer garantiert dämlichen Antwort ansetzen konnte. »Aber dieser Typ wohnt hier und ist der Freund meiner Schwester.« Er wich Philipps und Sarahs Blicken aus, während er Sandro zur Wohnungstür und ins Treppenhaus hinausschob.

»Was glaubt dieser Idiot eigentlich, wer er ist?«, brach es aus Sandro heraus, sobald Philipp die Tür hinter ihnen ins Schloss geworfen hatte.

»Er ist Rechtsanwalt.«

»Er ist Rechtsanwalt«, äffte Sandro. »Er ist vor allen Dingen tot, wenn er sich nochmal so aufspielt.«

Er riss die Beifahrertür eines Toyotas auf, der vor dem Haus geparkt war, und ließ Jaxon einsteigen, während Nico auf der Rückbank Platz nahm.

»Ich will nicht, dass du den Freund meiner Schwester anmachst, wenn sie daneben steht«, sagte Jaxon, sobald Sandro hinter dem Steuer saß und den Wagen anließ. »Und ich will auch nicht, dass du sie so anglotzt. Und du auch nicht«, fügte er an Nico gewandt hinzu, der sich zu ihm nach vorne lehnte und ihm eine geöffnete Flasche mit irgendeinem scharf riechenden, orangefarbenen Getränk reichte.

»Jetzt kriegt euch mal wieder ein da vorne«, sagte er und drehte das Radio lauter, bevor er sich wieder zurücklehnte.

Jaxon nahm einen Schluck aus der Flasche, danach noch einen und noch einen. Er spürte, wie der Sprit in ihm brannte. Und obwohl er Alkohol sonst mied, hatte er die ganze Flasche geleert, noch bevor sie den ersten Club erreicht hatten.

Als sie wenig später am Türsteher vorbei waren und das Innere des dunklen, überfüllten Raumes betraten, war er sich nicht sicher, ob es nicht auch die Atmosphäre hier drinnen war, die ihn so betrunken machte. Sandro war um ihn herum, außerdem Nico und ein paar andere, deren Namen er nur halb verstand und dann gleich wieder vergaß. Er trank noch mehr, während sie versuchten, ihn auf den neuesten Stand bezüglich *des Dings* zu bringen, das sie seit einiger Zeit planten. Es hatte etwas mit einer Villa zu tun, in der es Schmuck und Bares im Wert von dreihunderttausend Euro gab, eine Alarmanlage und eine Tochter. Und damit, dass Nico diese Tochter flachlegen musste. Aber wie genau der Stand war, ging in der lauten Musik unter, die in ihm hämmerte. Oder er hörte nicht genau zu, weil ihn in diesem Moment dieses Mädchen anlächelte und ihm aufging, dass dies die erste Nacht nach beinahe sechs Jahren war, in der er wieder unterwegs war.

Sechs Jahre.

Beinahe sein ganzes, bisheriges Erwachsenenleben.

Und mit einem Mal, als er mit seinem Glas in der Hand mitten zwischen all den Leuten und den zuckenden Lichtern stand, fühlte er sich wirklich und wahrhaftig frei. Das Gefühl überkam ihn so plötzlich, dass er sich an Sandro festhalten musste, weil es ihm fast den Boden unter den

Füßen wegzog. Und als wüsste Sandro genau, was in ihm vorging, grinste er Jaxon mit einem Ausdruck an, als wäre es allein sein Verdienst.

***

Die Baustellensaison und der Feierabendverkehr hatten begonnen. Eine beinahe unerträgliche Kombination. Tom hing seit einer Viertelstunde hinter einer Straßenbahn fest, ohne auch nur die klitzekleinste Chance, zu überholen. Im Radio spielten sie einen Mix aus Charts und Countrymusik und niemand rief im Sender an und beschwerte sich.

Als auf der Straße mal wieder völliger Stillstand herrschte und Tom zum dritten Mal von demselben Fahrradfahrer überholt wurde, ließ er sich im Sitz zurückfallen und fragte sich, ob es wirklich eine gute Idee wäre, in die Stadt zu ziehen. Klar, er war sechs Jahre lang von der Bildfläche verschwunden gewesen und in der Zwischenzeit waren jede Menge richtig übler Typen aufgetaucht, so dass er im Aktenstapel der Polizei wahrscheinlich weit genug nach unten gerutscht war. Aber es war voll hier und alles ging so schnell, dass es schon wieder langsam ging.

Zwei Mädchen saßen ganz hinten in der Tram, versuchten, ihn auf sich aufmerksam zu machen und gingen ihm mit ihren Albernheiten seit einer ganzen Weile auf den Geist. Er sah weg und beschäftigte sich mit der Sendereinstellung des Radios. Als sein Telefon blinkte, freute er sich beinahe.

Simon ruft an, teilte das Display seines Radios mit.

»Ach, nee«, murmelte er und spielte mit dem Gedanken, den Anruf wegzudrücken. Aber nur eine Sekunde lang. Sie waren verabredet. Simon hatte ihn gebeten herzukommen und Tom war in sich gegangen und hatte einsehen müssen, dass ohne Simon und vor allem ohne Dima sein wichtigstes finanzielles Standbein wegbrechen würde. Und das riskierte er nicht gerne. Deshalb hatte er zugestimmt und beschlossen vorbeizufahren und sich anzuhören, was sie ihm zu sagen hatten.

»Hi«, sagte er. Die Straßenbahn vor ihm zockelte endlich weiter und bog ab. Eines der Mädchen streckte ihm zum Abschied die Zunge raus.

»Hey, Tom. Wie geht es dir?«

Wie geht es dir? Anscheinend hatte Simon doch ein schlechtes Gewissen, weil er sich mit dem Feind verbrüdert hatte.

»Was ist los?«

»Bist du schon unterwegs?«

»Ich bin schon im Epizentrum.«

»Ah. Okay. Du – es ist doch nicht so gut, wenn du jetzt herkommst«, sagte Simon. Er sagte das ganz normal, dennoch trat Tom heftig auf die Bremse, als vor ihm plötzlich eine rote Ampel vom Himmel fiel.

»Wie bitte?«

»Tja. Wir müssen jetzt noch mal weg. Fahr doch erst in deine Wohnung. Du hast doch bestimmt sowieso den Wagen voll.«

Tom wandte den Blick von dem roten Licht der Ampel zum Rückspiegel. Es war beinahe schon komisch gewesen, wie sich jeder auf seine eigene Weise über sein neues Auto ausgelassen hatte. Simons hauptsächliches Unverständnis hatte darin bestanden, dass Tom im Grunde nichts unbewacht auf der Ladefläche liegenlassen konnte.

»Also«, fuhr Simon fort. »Ich ruf dich einfach an, wenn wir zurück sind.«

»In Ordnung. Bis später.« Tom beendete den Anruf.

Er fuhr nach Friedrichshain hinein und schaltete wieder in den Country-Sender zurück, weil die Diskussion über den unaufhaltbaren Klimawandel auf Radioeins noch schlechter zu ertragen war. Sobald er eine Parklücke entdeckt hatte, stellte er seinen Wagen ab. Er steckte sein Handy und den Schlüssel ein und ging die von ungesund aussehenden Kastanienbäumen gesäumte Straße hinunter.

Simon und Dima wohnten im Hinterhaus. Der Eingang zum Hof lag genau zwischen Dimas als Videothek getarnten Lagerräumen mit dem ausgeblichenen Pulp-Fiction-Pappaufsteller im Schaufenster und dem *Black Cat*, dem Tätowierstudio von Dimas älterer Schwester Irene.

Kent hatte einen Parkplatz genau vor Jules´ Neunmillimeter ergattert. Laikas angegraute Schnauze tauchte am Heckfenster des Hondas auf und Tom blieb stehen und warf einen Blick in den Wagen. Eine Fleecedecke lag auf dem Rücksitz, blau, mit gelben Sternen und Monden. Außerdem Matildas Stoffwolf. Laika saß neben dem Wolf auf der Decke und wedelte leise mit dem Schwanz. Eine Weile sahen sie sich an und zum ersten Mal fiel Tom auf, wie klug ihre Augen waren. Er wünschte, sie wäre alles, was er wiederhaben wollte.

Er drehte ihr den Rücken zu und schob das Tor zum Innenhof auf. Ein paar Ratten lebten zwischen den Mülltonnen, außerdem gab es den Hinterausgang der Lagerräume und jede Menge Kinderwagen und Fahrräder. Die anständigen waren mit dicken Ketten und Schlössern versehen.

Tom lief an ihnen vorbei die Treppen hinauf, völlig darauf konzentriert, sich nicht vorzustellen, was oder wen er oben antreffen würde. Er klingelte und klopfte gegen die

Tür. Es dauerte nur ein paar Sekunden, bis er Schritte hörte und Simon die Tür einen Spaltbreit öffnete. Sein Gesicht verzog sich zu einer Grimasse.

»Mach die Tür auf!« Tom versuchte, einen Fuß in den Türspalt zu stellen, aber die Kette war eingerastet und sie war zu kurz. Irgendwas war da in Simons Ausdruck, das sonst nicht da war. Es war nicht nur die Sorge über eine vermeidbare Auseinandersetzung in seiner Wohnung. Er sah erschüttert aus.

»Scheiße, Tom«, sagte er.

»Ich weiß, dass Kent da ist.«

»Und du solltest jetzt wirklich nicht hier sein.«

»Ich wäre nicht hier, wenn du mich nicht herbestellt hättest.«

»Ich habe dich wieder abbestellt.«

»Ich bin nicht debil, Simon.« Tom warf ihm einen hinreichend warnenden Blick zu und war nicht überrascht, dass er nach einem kurzen, geschlagenen Seufzer die Tür schloss und die Kette löste. Aber als Tom ins Wohnzimmer wollte, verstellte er ihm den Weg und legte ihm eine Hand auf die Brust. Simon und er waren gleich groß, ihre Augen auf einer Höhe, und die Art, mit der Simon ihn ansah, brachte Tom einen Moment lang aus dem Konzept. Er wollte schon etwas fragen oder sagen, da fiel sein Blick über Simons Schulter hinweg ins Wohnzimmer hinein.

Kent stand am Fenster, bleich wie der Tod. Mit den Händen stützte er sich am Fensterbrett hinter sich ab. Als würde ihn Toms Anwesenheit in keiner Weise kümmern, begegnete er seinem Blick quer durch den Raum hinweg völlig ungerührt. Hinter seinen O-Beinen versteckt drückte sich Matilda herum und ihr Gesichtsausdruck gefiel Tom noch weniger als Kents. Unwillkürlich dachte er an die vergangene Nacht. Seine Halluzination. Die Wölfe. Judiths Anruf.

Dima, der an der Rückseite des Sofas lehnte, legte seine kaum angerauchte Zigarette am Rand des Aschenbechers ab, als er Tom sah.

»Mach die Kippe aus!« Tom schob Simon zur Seite und betrat das Wohnzimmer. Judith erlaubte nicht, dass jemand rauchte, wenn Matilda da war. Sie konnte nicht hier sein. Wenn Dima qualmte, Laika im Auto eingesperrt war und Matilda sich an Kents Bein klammerte, als würde ihr jemand den Boden unter den Füßen wegziehen, konnte sie nicht hier sein.

Dima beeilte sich, die Zigarette auszudrücken und stand von der Sofalehne auf. Er und Simon wechselten einen schnellen Blick, als sich Tom ins Kreuz fasste und mit zwei Griffen seine Jacke abtastete. Aber er war wie immer vorausschauend gewesen und hatte seine Pistole unter dem Vordersitz versteckt im Auto gelassen.

Sie hatte ihn angerufen. Sie hatte ihn angerufen und jetzt war sie nicht hier. Er konnte nichts anderes denken und sein Herz schlug heftig, als er mitten im Raum stehenblieb.

»Matilda«, sagte er »komm her!«

Kents Miene, zuvor wächsern, erwachte bei diesen Worten zum Leben. In seinen Augen blitzte es auf, während sein Arm hinabschnellte und Matilda enger an sein Bein drückte.

»Hör auf damit«, fuhr er Tom an, die Stimme beinahe heiser vor Abneigung. »Sonst breche ich dir den Hals.«

Tom versuchte, die Morddrohung zu überhören, aber der Hass auf Kent überlagerte seine Angst und er wünschte sich, Matilda wäre nicht hier, so dass er ihm ungehindert an die Kehle gehen konnte.

»Wo ist Judith?«, fragte er an Kent gerichtet. »Was ist mit ihr passiert?«

»Sie ist ausgestiegen«, antwortete Dima mit ruhiger Stimme von rechts.

Tom ließ Kent nicht aus den Augen. »Blödsinn«, sagte er leise. Er suchte Matildas Blick, aber sie sah ihn nicht an, sondern starrte auf den Fußboden hinunter und hielt sich an Kents Jeans fest, seine schwere Hand auf dem Rücken.

»Sie hat eine Kugel abbekommen, stimmt's?«, brachte Tom heraus. »Was hast du gemacht? Hast du sie gefickt und dann bei deinem verkackten Drogendeal vorgeschickt?« Er begann, heftig zu atmen. »Und dann?«, fuhr er, um ihn herum fallende Beschwichtigungen ignorierend, fort, »was ist dann passiert? Hast du dich und deine Eier in Sicherheit gebracht? Und die Kleine? Die hat es wahrscheinlich mit angesehen.«

Er merkte erst, dass er die Nerven verloren hatte, als er bereits dicht vor Kent stand und sich zu Simon auch noch Dima vor ihn schob. Mit Simon wurde er fertig, aber Dima war ein Bulldozer, der ihn in den Flur und von dort bis zur Wohnungstür zurückstieß.

»Scheißkerl!«, schrie Tom mit sich überschlagender Stimme über Dimas Kopf hinweg. »Gottverfluchter Scheißkerl! Ich schwöre dir, ich bringe dich um!«

Hör auf damit, Tom, hörte er sie bei seinen Worten sagen und das war der Moment, in dem er im Flur zwischen den Jacken und Schuhen das Gleichgewicht verlor.

Er spürte Dima neben sich und er hörte Matilda im Wohnzimmer weinen, aber er konnte nur an Judith denken. Daran, dass sie ihr Leben geteilt hatten. Dass sie sich immer auf ihn verlassen hatte. Bis zum Schluss.

Vier

Jaxon saß auf der Beifahrerseite eines gestohlenen Ford Fiestas, trank einen Schluck Wodka und behielt die Villa im Auge. Sie war aus weißem Stein gebaut, zweistöckig und hatte mehrere Balkone, zwei Doppelgaragen und einen Garten mit Bäumen, die von blauen Scheinwerfern angeleuchtet wurden, was seltsam aussah.

Er stellte die Flasche auf seinem Knie ab. »Was genau tun wir hier nochmal?«

Sandro kniff die Augen zusammen. Im Licht der hereinscheinenden Laterne wirkte sein Blick wie der eines Vogels. »Wir warten.«

Jaxon ließ sich im Sitz zurückfallen und sah auf das Handy, das schweigend zwischen ihnen in der Mittelkonsole lag. Sie warteten seit fast einer Stunde. Viel Zeit für jemanden, der diese Sache am liebsten schnell hinter sich bringen und nicht weiter darüber nachdenken wollte.

Er legte den Kopf in den Nacken und nahm einen weiteren, tiefen Zug.

»Jetzt pack endlich den Wodka weg.« Sandro grapschte nach dem Alkohol und drückte ihm stattdessen eine Flasche Wasser in die Hand. »Scheiße, was ist bloß los mit dir?«

Jaxon antwortete nicht. Er musste an Sarah denken und daran, wie sehr sie für ihn kämpfte. Er hatte sich nach der Party gestern Abend von dem Mädchen abschleppen lassen und die Nacht bei ihr verbracht. Als er heute Vormittag nach Hause gekommen war, hatten Phil und Sarah auf ihn gewartet und ihn angesehen, als wäre jemand gestorben.

Du bist seit einer Woche draußen, Jax. Seit einer Woche!

Wir haben erwartet, dass du dich kümmerst. Unizeug einkaufst. In deine Zukunft investierst. Stattdessen triffst du dich mit Ex-Knackis und gehst feiern.

So war das nicht abgesprochen.

Sarahs Wohnung war ihm plötzlich unerträglich klein vorgekommen. So eng, dass es ihm die Luft abgeschnürt hatte. Er hatte die Party gebraucht und er hatte den Sex gebraucht. Er hatte wieder herausfinden müssen, wer er eigentlich war; wie sich Freiheit anfühlte. Sie hatte ihn nicht verstanden.

Und jetzt saß er neben Sandro in irgendeinem Osnabrükker Villenviertel und war im Begriff, das letzte Band zu seiner Familie zu kappen. Jaxons Körper kribbelte, als würden tausende Ameisen über ihn hinweglaufen. Wie sie ihn angesehen hatte, als er gegangen war. Traurig und so müde, als hätte der jahrelange Kampf mit ihm sie aller Kräfte beraubt.

Allerhöchste Zeit für ihn, zu gehen.

Er trank die Wasserflasche leer und schraubte sie zu, dann stieß er Sandro damit gegen den Oberschenkel. Als hätte jemand da drinnen auf einen Knopf gedrückt, glitten in der Villa überall gleichzeitig langsam und lautlos blickdichte Jalousien herunter.

Sandros Grinsen ließ seine Zähne aufblitzen. »Jetzt wird's kuschelig da drin.«

Jaxon hatte das Mädchen, auf das es heute Nacht ankam, kurz im Lichtschein der feudalen Eingangstür gesehen. Sie war sehr blond und sehr jung. Als sie Nico gesehen hatte, hatte sie gestrahlt und aufgekratzt gestikuliert. Sie hieß Anne oder Anna, oder so ähnlich.

»Dumme Kuh«, hatte Sandro geflüstert, als sie mit Nico im Haus verschwunden war. »Sie hat es nicht anders verdient, wenn sie ihn mit reinnimmt.«

Der Moment, in dem sich die Tür hinter den beiden geschlossen hatte, war der letzte gewesen, in dem Jaxon mit dem Gedanken gespielt hatte, auszusteigen. Einfach die Autotür zu öffnen und den Wagen zu verlassen. Aber nur eine Sekunde lang. Sandro im Stich zu lassen, war für ihn noch unmöglicher, als Sarah zu enttäuschen.

»Ab heute seid ihr zu viert«, sagte der Schließer und zog die dunkelblau lackierte Stahltür ihrer Zelle auf. Er nahm Jaxon die Eisen ab und ließ ihn eintreten.

Es war Mittwochabend und die Russen kamen erst eine Stunde nach Einschluss. Jaxon wäre allein gewesen, wäre sein neuer Zellengenosse nicht da gewesen. Allein dafür hasste Jaxon ihn augenblicklich. Dazu brauchte dieser nicht einmal oben auf seiner Pritsche zu liegen und seinen Tennisball gegen die Wand zu werfen.

»Runter da!«, blaffte er und schlug in dem Moment, in dem die schwere Tür hinter ihnen ins Schloss fiel, über die obere Eisenkante hinweg nach ihm. »Und lass den Ball da liegen, Arschloch!«

Der Andere wich vor seinem Schlag zurück und als er keine Anstalten machte, den Platz zu räumen, stieg Jaxon mit einem Bein auf die untere, bisher unbelegte Pritsche und zerrte ihn mit aller Kraft hinunter. Er war absolut geladen, nicht nur, weil er keine Lust auf einen weiteren Mitbewohner in ihrer ohnehin überbelegten Wohngemeinschaft hatte. Johanna war ihn vor zwei Stunden besuchen gekommen, mit Leroy im Schlepptau, der ihm mitgeteilt hatte, dass er dank seines bemerkenswerten beruflichen Status´ entlassen war und in die USA zurückkehren würde. Ausnahmsweise waren sie unter sich gewesen, unbeaufsichtigt, wie auch immer Leroy das gedreht hatte.

Unter lautem Gepolter und Gefluche fiel sein neuer Zellengenosse in den engen Zwischenraum zwischen den Betten. Noch bevor er sich wieder aufgerappelt hatte, zog ihn Jaxon an seiner neuen, gestärkten Knastkluft auf die Füße und schlug ihn so heftig, dass er ein paar Schritte rückwärts taumelte. Der Sichtschutz zur Toilette hielt ihn auf und er nutzte ihn, um sich auf den Beinen zu halten, stieß sich an ihm ab und kam zurück. Schnell und hart kam seine Revanche, aber Jaxon hatte nicht das Geringste gegen eine Schlägerei einzuwenden, die nicht auf der Stelle von irgendwelchen bestechlichen Gefängniswärtern aufgelöst wurde. Es war zu eng in der Zelle und sie hatten mit Sicherheit nicht mehr als fünf Minuten, aber die reichten, um all die Erinnerungen wieder loszuwerden, die Leroy heute mitgebracht hatte.

Mit Sandro war der Unfriede in ihre Zelle eingekehrt. Zuvor war sie, obwohl Jaxon sie mit Boris und Vladimir hatte teilen müssen, zumindest in gewisser Hinsicht ein Rückzugsraum für ihn gewesen. Jaxon hatte ein Etagenbett, zwei Schränke und eine komplette Wandseite für sich gehabt. Da seine Zellengenossen wenig und wenn, dann Russisch miteinander sprachen, hatte Jaxon die meiste Zeit so tun können, als seien sie gar nicht da und er hatte das Gefühl gehabt, dass die beiden es mit ihm ebenso hielten.

Jetzt waren ihre Arrangements bedeutungslos geworden. Sandro beanspruchte ein Viertel der Zelle für sich und stets noch ein bisschen mehr. Er lag immer auf Jaxons Pritsche, wenn der nicht da war, benutzte seine Sachen und provozierte ihn, wann immer er konnte. Er redete viel und immer öfter fiel Jaxon auf, dass er ihm antwortete, nur um seine

Ruhe zu haben. Sie hassten sich ganz offiziell, alle im Block wussten das, und wenn sie Fußball oder Basketball spielten, was sie zweimal in der Woche taten, nutzten Sandro und Jaxon jedes Mal die Gelegenheit, legal aufeinander losgehen zu können und taten das mit gerade noch angemessener Aggressivität.

An einem Tag im Oktober, es hatte während des ganzen Spiels geregnet und Jaxon die Hälfte der Zeit im Schlamm gelegen, saß er am Abend in der Krankenstation und ließ sich eine Wunde an der Wade nähen. Sandro hatte sie ihm verpasst, als er über ihn hinweg gelaufen war.

Es war nichts Großartiges und als die Ärztin fertig war, konnte er aufstehen und gehen. Einen Moment zögerte er und überlegte, ob er fragen sollte, ob er die Duschen der Krankenstation benutzen durfte. In einer halben Stunde war Einschluss und wenn er jetzt zum Duschen zu den Zellenblocks gehen würde, würde er in die gekauften Zeiten Ratko Milosevics und seiner beiden Schergen geraten, die ihn damals im Umkleideraum angegriffen hatten. Das vermied er tunlichst, vor allem, wenn er alleine war. Er war jetzt über ein Jahr hier und wusste, dass dieses Hafthaus letztendlich von den Häftlingen geleitet wurde und zwar in deren Interesse. Für die Bosse der Zellenblocks waren der Direktor und die Wärter nur Randfiguren. Sie hatten sich ihre Duschzeiten tatsächlich gekauft und nicht nur das. Sie hatten den Schwarzmarkt in der Hand, kontrollierten den Drogenhandel und hatten für nichts irgendwelche Strafen zu befürchten. Dass ein Serbe mit zwei Türken herumhing, war ungewöhnlich. Normalerweise blieben Landsleute unter sich. Aber Ratko konnte sogar Türkisch und Jaxon wurde den Verdacht nicht los, dass es zwischen ihnen und einigen

Wärtern irgendeinen Nepotismus gab, gegen den ohnehin jeder machtlos war.

Für die Benutzung der Duschen in der Krankenstation brauchte man einen Krankenschein oder eine Genehmigung, die man nur bekam, wenn man einen Antrag stellte. Ausnahmen waren ausgeschlossen, es sei denn, man vögelte die Ärztin. Und das tat höchstens Ratko.

Jaxon ging los und fand die Duschen bei den Zellenblocks nass und verlassen vor. Heißer Dampf lag noch in der Luft, die glatten Oberflächen waren beschlagen. Er wählte eine Dusche mit Sicht auf den Durchgang zum Umkleideraum.

Im Grunde ist es auch egal, dachte er, während das Wasser Blut, Schlamm und Schweiß in den Abfluss spülte. Damals war er vollkommen unvorbereitet gewesen. Außerdem angeschlagen von all dem, was zuvor passiert war. Der U-Haft mit der Warterei auf das Urteil, die zähen Verhandlungen, die Inhaftierung. Sie hatten ihn kalt erwischt und das würde ihnen kein zweites Mal gelingen.

Für einen Moment entspannte er sich und genoss das Gefühl des prasselnden Wassers auf seinem Körper. Die Naht am Bein spürte er nicht mehr, während seine Muskeln allmählich abkühlten. Dann bewegte sich etwas vor ihm im Dampf und er hob den Kopf.

»Verpiss dich, Ali«, rief er, als er Farids Gestalt im Duschraum erkannte. Ratkos Hund war voll bekleidet, seine Sportschuhe hinterließen dunkle Abdrücke auf den nassen Fliesen. Farid war die Achillessehne des Trios. Schmächtig und so bodenlos feige, dass er ohne Ratko nicht einmal den Hof überquerte, war er wirklich nur im Dreierpack zu etwas zu gebrauchen. Allerdings hatte er ein Messer, ein fieses kleines Ding, aus einem Buttermesser gemacht, das er meistens zur Hand hatte, wenn es brenzlig wurde.

Als Ratkos zweiter Hund, Aslan, auftauchte, drehte Jaxon das Wasser aus und entfernte sich ein Stück von der Wand und dem nassesten Bereich des Duschraums.

»Ein bisschen schwer von Begriff, was?«, sagte Aslan. »Du müsstest doch wissen, dass du hier nicht heil rauskommst, Hübscher.« Er war ebenfalls bekleidet und grinste, während er darauf achtete, Jaxon den Durchgang zum Umkleideraum zu versperren. Wäre Ratko in diesem Moment nicht aufgetaucht, Jaxon wusste, er wäre mit den beiden fertig geworden. Trotz des Messers und obwohl Farids älterer Bruder ein Upgrade von ihm war. Immer noch ein Hund zwar, aber unerschrocken und zäh.

Ratko war aber da. Splitternackt betrat er den schwülwarmen Duschraum. Halb erigiert, mit einer Hand um den Schwanz und einem seltsam entrückten Ausdruck auf dem Gesicht, der Jaxon für einen kurzen, ungläubigen Moment seiner Aufmerksamkeit beraubte. Eine Sekunde, die Farid und Aslan dazu nutzten, die zwei Meter zu überbrücken, die noch zwischen ihnen und Jaxon lagen. Sie waren schnell, hatten wie damals seine Arme gepackt und ihn Richtung Wand zurückgedrängt. Aber Jaxon hatte mittlerweile oft genug mit angesehen, welche Mittel Ratko einsetzte, um seine Position im Haus zu verteidigen. Noch bevor irgendwer in Aktion treten konnte, hatte er den gefährlichen der beiden Hunde von sich gestoßen und ihn mit einem heftigen Schlag durch den halben Duschraum befördert. Aslan schrie irgendwas, fiel und schlug dumpf mit dem Kopf auf dem gefliesten Boden auf. Aus den Augenwinkeln sah Jaxon, dass Blut lief und nahm an, die Nase getroffen zu haben, dann musste er Farid ausweichen und sah Ratko näherkommen. Obwohl er kein Junkie war, musste er heute auf Speed oder so etwas sein. Seine Pupillen waren geweitet und er schien überhaupt nicht bemerkt zu haben, dass einer seiner Leibwächter ausgeknockt war. Oder es kümmerte ihn nicht.

Jaxon packte sich Farid, bekam ihn in den Schwitzkasten und drückte zu, während er ihn halbherzig nach dem Messer absuchte.

»Komm mir nicht zu nahe«, rief er Ratko zu, »ich schwöre dir, ich bring dich um.«

Er fand das Messer nicht und Ratko, mittlerweile voll erigiert, bekam ihn zu fassen und versuchte, ihn herumzudrehen, während Farid unter seinem Arm zappelte und keuchte.

»Lass ihn los«, sagte Ratko, »du drehst ihm noch den Hahn ab.«

Aber Jaxon dachte gar nicht daran loszulassen, auch nicht, um beide Hände frei zu haben. Er wusste, wenn Ratko jemanden dabeihatte, der ihn festhielt, hatte er keine Chance. Und wenn es ihm nicht gelingen sollte, Ratko für das kaltzumachen, was er vorhatte, würde er sich stattdessen eben Farid vornehmen.

Er drückte immer fester zu und versuchte, sich gleichzeitig Ratko vom Leib zu halten solange es ging, aber irgendwann kam Aslan, den Jaxon beinahe schon vergessen hatte, wieder auf die Beine und das war in etwa der Moment, in dem Ratko ihm eine Faust in die Haare am Hinterkopf grub und seinen Kopf gegen die Fliesen schlug.

Jaxon hatte keine Angst. Es war merkwürdig, aber in Situationen wie diesen, wenn es ums Ganze ging, kannte er keine Angst. Aber als er an jenem Tag den Boden unter den Füßen verlor, als er die Welt für einen Moment verschwommen sah, bevor sich sein Blick wieder klärte und er Ratkos nackten Leib auf sich und Blut und Wasser unter sich spürte, war er kurz davor, in Panik zu geraten.

Er sah Farid zwei Meter entfernt auf den Fliesen liegen und nach Atem ringen. Dann tauchte eine weitere Gestalt auf, ein Schatten hinter Ratko, mit etwas wie einem kurzen Rohr in der Hand, hoch über dem Kopf erhoben, etwas Chromfarbenes, und Jaxon dachte: nicht noch einer. Da sauste das Rohr herab und schlug Ratko mit einem seltsamen, hohlen Knallen seitlich gegen den Kopf. Jaxon sah die Überraschung in Ratkos Blick, fast etwas wie ein Erwachen, in dem Moment, in dem er Sandro erkannte. Er stand da, angekleidet, verschwitzt und schmutzig, geradeso wie Jaxon ihn auf dem Spielfeld zuletzt gesehen hatte, und sah zu, wie der Serbe seitlich von Jaxon kippte und direkt über einem der beiden Abflussgitter liegen blieb.

In Sekundenschnelle war Jaxon auf den Beinen und betrachtete keuchend den gefallenen Koloss, dann Farid und Aslan, die sich angeschlagen in die rechte Ecke des Raumes verzogen. Die Hände taten ihm weh. Er zitterte ungewollt. Donnernd raste ihm das Blut durch das Hirn.

»Scheiße«, keuchte er, »was … was tust du denn hier?«

Sandro rieb sich mit dem Arm über das Gesicht, wobei Jaxon das vermeintliche Rohr als gewaltsam vom Schlauch gerissenen Duschkopf erkannte. Wusste der Geier, wo er das Ding herhatte. In ihrem Haus waren potenzielle Waffen wie diese in die Decken eingelassen.

»Okay«, sagte Sandro und ließ den Duschkopf scheppernd fallen. »Weg hier.«

Sandros Handy blinkte und erinnerte ihn wieder daran, dass er draußen war und auf eine SMS wartete.

»Sandro.«

»Was?«

»Dein Handy.«

Sandro schien eingenickt zu sein.

»Und? Hat er es Anna endlich besorgt?«, wollte Jaxon wissen, während Sandro das Handy entsperrte.

»Annika.«

»Was?«

»Sie heißt Annika. Okay«, fügte er nach einer kurzen Pause hinzu und steckte das Telefon ein. »Wir können.«

Sie packten ihr Zeug zusammen. Sie hatten vorgesorgt, trugen Schnittschutzhandschuhe, hatten Sporttaschen, Taschenlampen und schwarze Gotcha-Masken, die sie aufsetzten, bevor sie ausstiegen. Sie hatten keine Schusswaffen, aber Sandro hatte einen schwarzen Teleskopschlagstock in seiner Windjacke versteckt.

Die Häuser, an denen sie vorbeiliefen, lagen im Dunkeln. Sie begegneten niemandem, nicht einmal eine Katze war zu sehen. Die Straßenlaternen brannten im Dämmermodus, in einem unaufdringlichen Orange. Es war ein altes Viertel mit hohen, ausladenden Bäumen, zugewachsenen Carports und großen Gärten.

Sie stiegen über die niedrige, mit aufwändigen schmiedeeisernen Rosen verzierte Gartentür. Noch bevor sie das Gebäude erreicht hatten, sprangen Bewegungsmelder an und die Haustür öffnete sich. Lautlos schlüpften sie hinein und standen in dem schummrig beleuchteten Eingangsbereich der Villa.

»Lasst die Lampen stecken«, sagte Nico. Er stand vor dem Tastenfeld der Alarmanlage und gab den Deaktivierungscode ein. Er schien konzentriert, aber seine Augen glänzten und verrieten, wie sehr er die Situation genoss.

Sie hatten abgesprochen, wie es laufen sollte und kannten das Haus in der Theorie, deshalb sprachen sie nicht mehr und verteilten sich. Nico und Jaxon sollten das obere Stockwerk übernehmen, Sandro das Erdgeschoss, in dem sich auch der Safe befand.

Sie beeilten sich. Jaxon rief sich die Zeichnung in Erinnerung und sah sich nicht zu genau um. Er betrat das Schlafzimmer der Eltern, riesengroß, aufgeräumt, mit einem überdimensionalen Doppelbett mitten im Raum, großen Fenstern, jeder Menge Schmuck in der Kommode. Daneben das Ankleidezimmer. Bargeld in einer Schachtel zwischen der Unterwäsche. Im Badezimmer wieder Schmuck in den Schränken, ein ganzer Koffer voll.

Er durchsuchte jedes Schrankfach, jede Schublade, jede Ablage. Obwohl er angespannt war, schlug sein Herz ruhig und gleichmäßig. Die Maske half ihm dabei, sich auf das Wesentliche zu konzentrieren.

Als er wieder in den Flur trat, tauchte Nico aus der Dunkelheit auf. »Auf dieser Seite ist nichts mehr«, sagte er. »Ich helfe Sandy unten.«

Er lief an ihm vorbei ins Erdgeschoss, während Jaxon eine weitere Zimmertür öffnete. Eine schwach rotleuchtende Lichterkette in Herzform rankte mit einer Porzellanblume um die Wette. Auf dem Fenstersims und einem Glastisch in der Mitte des Raumes brannten ein paar Duftkerzen in Gläsern. In dem zerwühlten Bett lag Annika tief schlafend zwischen mehreren Kissen, auf dem Nachtschränkchen daneben stand ein leeres Wasserglas. Von einem überdimensionalen Poster über dem Bett sah ihm ein Typ mit blonden langen Haaren und einer Geige auf der Schulter verführerisch entgegen.

Kein Wunder, dass sie auf Nico steht, dachte Jaxon in dem Moment, in dem sein Handy vibrierte. Dreimal. Dann hörte es wieder auf. Sofort verschwinden, hieß das.

Er hörte eine Autotür zuschlagen und schwere Schritte vor dem Haus.

Jaxon spürte augenblicklich die Hitze in der Maske und den Handschuhen und schloss die Zimmertür, ohne ein Geräusch zu verursachen. Auf halber Höhe der Treppe ins Erdgeschoss entdeckte er die bullige, schwarzmaskierte Gestalt von Sandro in der Eingangshalle. Leicht breitbeinig stand er direkt neben der Haustür, den Schlagstock ausgefahren und in derselben lockeren Haltung auf der rechten Schulter liegend wie der Blondie auf dem Poster die Geige.

»Lasst uns durch den Garten abhauen«, sagte Nico.

»Ruhe, Licht aus!«, erwiderte Jaxon, der wusste, dass Sandro ordentlich zuschlagen konnte. Nico gehorchte und schaltete die kleine, runde Lampe aus, die auf einem dreibeinigen Tisch leuchtete.

Für ein paar Sekunden herrschte eine vollkommene, unheilvolle Stille. Genau wie die anderen beiden hielt Jaxon den Atem an, während sie den Schlüssel im Schloss hörten.

Dann öffnete sich die Tür. Der Mann trat ein. Er trug einen dünnen, hellen Mantel und drehte den Kopf genau in dem Moment, in dem er die Türschwelle überschritt, zu dem Auto herum, das vor einer der Garagen stand.

»Weißt du, was mit der …«, rief er, dann machte Sandro einen Schritt aus dem Schatten heraus und schlug mit einer schnellen, harten Bewegung zu. Er traf den Mann an der Schläfe; der stöhnte einmal, die Augen aufgerissen und voller Überraschung, und ging zu Boden.

»Kai?«, schrie eine Frau von draußen. »Kai?« Sie schrie so laut, dass es auf drei Kilometer Entfernung garantiert niemand überhören konnte.

Mit einem Satz kam Jaxon die Treppe hinunter. Als er und Sandro in der Haustür auftauchten, kreischte die Frau auf, zog die Autotür zu und verbarrikadierte sich im Innenraum.

»Verdammt.« Sandro ließ mit einer ruckartigen Armbewegung seinen Schlagstock wieder einfahren. »Blöde Schlampe.«

»Sie ruft die Bullen«, sagte Jaxon und zog sich von der Tür zurück. »*Jetzt* hauen wir ab.«

***

Tom lag schon ziemlich lange hier. Wie lange genau, wusste er nicht. Ein paar Tage vielleicht. Er erinnerte sich, dass er Berlin verlassen hatte, wobei es ihm und vermutlich auch einigen anderen Leuten den Arsch gerettet hatte, dass er die Bewegungsabläufe des Autofahrens praktisch automatisiert hatte.

Er hatte an Judith gedacht und auch an Matilda. Und daran, dass es einige Dinge gab, die er jetzt zu erledigen hatte.

Aber er konnte sich nicht bewegen. Da war so ein Schmerz in seiner Brust, ein Gefühl des Zerrissenseins. Er konnte sich nicht vorstellen, wo er die Kraft dafür hernehmen sollte, aufzustehen und weiterzumachen.

Irgendwann, in irgendeiner Nacht, weckte ihn ein herannahendes Fahrzeug. Er hatte lange nichts gegessen und getrunken und seine Sinne schienen schärfer als sonst. Er hörte das Knirschen von Reifen auf dem unebenen, sandigen Kopfsteinpflaster und das Motorengeräusch eines Autos.

Er griff nach der Smith & Wesson, die neben ihm lag, und kroch über das alte Stroh zur Dachöffnung hinüber.

Es war dunkel, aber wohl nicht mehr sehr lange. Über den Gipfeln der Bäume verfärbte sich der Himmel bereits lila. Nebel hing über dem See.

Dann kamen die Scheinwerfer des Fahrzeugs in Sicht und Tom stellte fest, dass das Upgrade seiner Sinnesleistungen offenbar nicht für sein Sehvermögen galt. Er erkannte weder Farbe noch Fabrikat, geschweige denn Nummernschild.

Toms Hirn arbeitete, während er versuchte, darauf zu kommen, wer ihm hier einen Besuch abstatten könnte. So gut wie niemand wusste von diesem Ort. Judith und er hatten ihn sorgfältig geheim gehalten, denn es war das einzige wirklich sichere Versteck, das sie hatten.

Das Auto blieb vor dem geschlossenen Tor stehen, die Scheinwerfer erloschen und Tom machte, dass er auf die Beine kam. Der Boden schwankte unter seinen Füßen und er musste sich an einem der Dachbalken festhalten und sich darauf konzentrieren, nicht wieder umzufallen. Wieso musste er auch ausgerechnet jetzt Gesellschaft bekommen, wo er ein verfluchtes Wrack war?

Eine Person stieg aus dem Wagen, der Größe und Statur nach zu urteilen ein Mann. Wenn es Kent oder einer seiner Kollegen war, würde er ihn kaltmachen, ganz einfach. Bei dem Gedanken daran entsicherte Tom seine Pistole, während er mit der freien Hand die Leiter in das hinunterstieg, was einmal die Garage für seinen Amarok werden sollte. Das Ding war eigentlich eine Scheune und hatte vorne und hinten Tore, die für Traktoren gebaut worden waren und dementsprechende Ausmaße hatten.

Er verließ das Gebäude durch den hinteren Ausgang, lief an der rückwärtigen Holzwand entlang und kam dann bei seinem Pickup und der an dem Apfelbaum hängenden

Schaukel heraus, von wo er wieder Sicht auf den Grundstückseingang hatte. Sein Puls beschleunigte sich, als er sah, dass der Scheißkerl bereits das Tor überklettert hatte und sich aufmerksam umsah.

Geduckt hockte Tom am Frontgitter des Pickups. Er kannte den Typen nicht, dessen war er sich sicher. Und er war ziemlich zielstrebig hier hereingekommen. Vermutlich war er ein Abgesandter von Kent und hatte etwas mit dem zu tun, was auch immer Judith zugestoßen war. Bei dem Gedanken an sie kam ganz unvermittelt der Schmerz zurück und er schloss die Augen. Er spürte, wie der Boden unter ihm wieder an Festigkeit verlor und musste sich auf die Waffe in seiner Hand konzentrieren, um in die Situation zurückzukehren. Als er die Augen wieder öffnete, war der Kerl schon ein paar Schritte auf das Haus zugegangen.

Tom stand auf und stieg aus seinen offenen Stiefeln. Barfuß verließ er seinen Posten hinter dem Auto, folgte ihm im Schatten der Bäume und spürte, wie seine Kraft zurückkam. Vielleicht hatte er ihn doch schon mal irgendwo gesehen.

Ein paar Meter vor der Haustür blieb der Mann stehen und Tom tat es ihm gleich. Er sah sich das Gebäude an, die dunklen Fenster im ersten Stockwerk, die baufällige Scheune daneben. Dann den Pickup, dessen glänzende Anwesenheit ihn irgendwie zu verwirren schien.

Da staunst du, was?, dachte Tom. Schon seltsam, das Ganze.

Er gab ihnen beiden noch ein paar Sekunden, bis die Unschlüssigkeit des anderen beinahe greifbar war, dann näherte er sich schnell und in der Sekunde, in der sich der Kerl umdrehen wollte, drückte er ihm den Lauf seiner Pistole in den Nacken.

»Zu spät«, sagte er und stellte mit Genugtuung fest, dass der Andere unter dem Druck seiner Waffe erstarrte.

»So. Und jetzt schön langsam die Hände aus den Taschen.«

Er gehorchte. Behutsam zog er die Hände aus den Jackentaschen und hob sie an. Er wirkte angespannt, aber seine Atmung war ruhig und tief und Tom ärgerte sich darüber und drückte ihm die Pistolenmündung heftig zwischen die Schulterblätter, während er ihn so schnell wie möglich und so gründlich wie nötig auf Waffen durchsuchte. Aber außer einem Handy hatte er nichts bei sich.

»Okay, umdrehen.«

Der Typ schien nicht gerade erpicht darauf, ihm ins Angesicht zu sehen. Er stellte sich leicht breitbeinig, hob die Hände noch ein Stück weiter an und begann dann ziemlich langsam, sich umzudrehen. Tom wich einen Schritt zurück, gespannt darauf, wer da in sein Allerheiligstes eingedrungen war und vor allem, warum. Da schnellte der Kerl ohne Vorwarnung herum und verpasste ihm einen Schlag gegen den Kiefer. Tom verlor seine Pistole und hörte sie irgendwo rechts von sich auf den Boden fallen. Blind vor Schmerz und mit dem Kupfergeschmack von Blut im Mund stürzte er in die Richtung, aus der das Geräusch kam, stieß mit dem Ellbogen gegen Matildas Kinderfahrrad und fand im nächsten Moment seine Smith. Er fluchte und spuckte Blut aus, aber es sammelte sich immer mehr in seinem Mund.

Wütend blinzelte er sein Gegenüber an, der im Licht der aufgehenden Sonne stand und endlich begriffen zu haben schien, wer hier am längeren Hebel saß. Er war zurückgewichen und starrte mit vollkommen ausdruckslosem Gesicht vom Lauf der Pistole zu Toms Gesicht.

Und Tom haderte mit sich. Er war so gottverdammt voller Skrupel.

»Scheiße«, sagte der Kerl jetzt. »Tom, nimm die Knarre runter.«

Tom zuckte zusammen. Er nahm die linke Hand von der Pistole und rieb sich das Brustbein. Sein Kiefer pochte im Rhythmus seines Herzschlags und er glaubte, sich von dem Blut, das er unaufhörlich schluckte, jeden Moment übergeben zu müssen.

»Sieh an«, sagte er. »Da ist ja jemand wieder aufgetaucht.«

***

Jaxon wusste nicht genau, was oder wen er sich hier erhofft hatte. Am ehesten wohl einen sicheren Ort, an dem er für ein paar Tage untertauchen konnte. Irgendwie war ihm auch immer wieder dieses Bild vorgeschwebt, das er damals im Rückspiegel gesehen hatte, als er von hier weggefahren war: das blasse Mädchen, das in der Tür gestanden hatte, der Labrador im Hof. Vielleicht hatte er auch erwartet, Tom zu treffen, seinen letzten verlässlichen Kontakt, bevor er ins Gefängnis gegangen war.

Ganz bestimmt jedoch nicht diesen Irren, der um sechs Uhr morgens ohne Schuhe und mit einer Pistole bewaffnet im Hof herumhing und aussah, als wäre er aus irgendeinem Loch gekrochen, in dem er mindestens eine Woche verbracht hatte.

»Denkst du, du kannst dich wieder hier verstecken?«, sagte Tom jetzt. Etwas in seiner Stimme und die Tatsache, dass er immer noch einen Gesichtsausdruck draufhatte, als würde er ihm jeden Moment eine Kugel verpassen, beunruhigten

Jaxon.

»Tom, wie wäre es, wenn du jetzt einfach …«

»Wahrscheinlich hast du wieder jemanden kaltgemacht.« Toms Augen wurden schmal, als rechnete er tatsächlich damit. »Dann kannst du gleich wieder verschwinden.«

»Hab ich nicht.«

»Du kannst nicht einfach herkommen und denken, alles ist genau wie früher, Jaxon. Nichts ist mehr wie früher.«

»Ja. Schon klar.« Jaxon ging einen Schritt auf Tom zu, der sich den linken Unterarm vor den Mund hielt und ihm darüber hinweg einen warnenden Blick zuwarf.

»Wenn du noch einen Schritt näherkommst«, würgte er zwischen Blut hervor, »schieße ich dir ein Loch ins Knie. Dann bist du das letzte Mal über ein Tor gestiegen.«

Jaxon verharrte auf der Stelle. »Ganz ruhig, ja?«, sagte er, ohne den Lauf aus den Augen zu lassen, der auf seine Beine gerichtet war. Er musste daran denken, wie Tom mit diesem Teil schon mal jemandem den Fuß durchgeschossen hatte, und fühlte sich augenblicklich noch unbehaglicher.

»Ich will dich einfach nur … besuchen.«

»Besuchen.«

»Na klar.« Er lächelte und Tom ließ allmählich den Arm sinken.

Na also, der Typ war einfach nur tierisch schreckhaft, das war alles. Wahrscheinlich schlief er schlecht und bekam bei jedem Motorengeräusch einen Anfall, weil Gott und die Welt hinter ihm her war.

Jaxon wartete, bis Tom die Waffe noch ein wenig weiter sinken ließ, und als er einen Moment später den Kopf abwandte und einen Schwall Blut auf die Erde spuckte, machte er einen Schritt auf ihn zu, riss ihn zu Boden und drehte ihm die Arme auf den Rücken. Sobald er ihm die Pistole abgenommen hatte und schwer atmend auf ihm kniete, spürte er das Adrenalin heftig durch seinen Körper pumpen.

»Kannst du mir mal sagen, was das sollte?«, keuchte er.

Tom hustete in den Kies und versuchte, sich zu befreien, aber Jaxon ließ ihn nicht los. »Wenn du nicht schon so ein verfluchtes Wrack wärst, würde ich dir dafür die Nase brechen.«

»Es war dunkel.« Tom gab auf und rang nach Luft. »Ich hab dich nicht erkannt.«

Jaxon sicherte die Waffe, ließ die Patronenkammer herausfallen und steckte sie ein. Dann stand er auf. Während Tom damit beschäftigt war, wieder Sauerstoff in seine Lungen zu befördern und auf die Beine zu kommen, brachte er ein wenig Abstand zwischen sie beide. Er war nicht aus Spaß hergekommen. Und obwohl Tom ganz offensichtlich nicht mehr der Alte war, wollte er ungern direkt wieder vor die Tür gesetzt werden.

»Was ist los mit dir?«, fragte er, sobald seine Körperfunktionen wieder heruntergefahren waren. »Begrüßt du jeden, der herkommt, mit deiner blöden Smith?«

»Hier kommt niemand her«, erwiderte Tom mit rauer Stimme und klopfte sich den Staub vom Sweatshirt.

»Nie?«

»Nein. Nie.«

Na, das war doch mal eine gute Nachricht.

Teil 2

Fünf

Jaxon hatte die Küche inspiziert und festgestellt, dass er sich etwas einfallen lassen musste. Er erinnerte sich zwar, dass Tom ja der Typ mit dem schlechten Appetit gewesen war. Da er im Gegensatz zu früher jedoch aussah, als hätte er in der Zwischenzeit ein paar anständige Mahlzeiten gehabt, hatte er halbherzig gehofft, die Zeiten hätten sich geändert.

Er schloss gerade unverrichteter Dinge den Kühlschrank, als der Herr des Hauses die Bühne betrat. Er hatte sich ein wenig auf Vordermann gebracht; war rasiert, hatte die Kleidung gewechselt und trug Schuhe. Aber so wirklich rausreißen konnten die Maßnahmen seinen Zustand nicht. Seine Lider hingen nach wie vor auf Halbmast und er machte insgesamt den Eindruck, als wäre er kürzlich von einem Lkw überfahren worden.

»Kann ich mein Magazin wiederhaben?«, sagte er mit frostiger Stimme, bevor er sich an eine futuristisch aussehende Espressomaschine stellte, eine Tasse unter einen der Hähne stellte und sie mit einem Knopfdruck in Gang setzte.

Jaxon holte die Patronenkammer aus der Tasche seines Sweatshirts und legte sie neben einen Laptop auf die Theke. »Hast du außer Gin und Scotch zufällig auch was zu Essen im Haus?«, sagte er in dem Moment, in dem sich Tom zu ihm umdrehte. Mit der Kaffeetasse wies er zu den Hängeschränken über der Spüle hinauf.

»Da müssten noch Cornflakes oder sowas sein.«

Seit Jaxon diesen Ort vor sechs Jahren als Versteck genutzt hatte, hatte sich hier einiges getan. Die Wand zum

Wohnzimmer war komplett verschwunden und mitten im Raum stand eine Kochinsel mit Theke, Barhockern und Abzugshaube, die früher nicht dagewesen war. Außerdem glänzte die Küche von neuwertigen Küchengeräten.

»Es scheint dir nicht gerade schlecht zu gehen«, sagte er, woraufhin sich Tom an seinem Kaffee verschluckte und zu husten begann. Jaxon öffnete einen der Schränke und ging das Nahrungsangebot durch. Er griff nach einer halbleeren Packung Rice Krispies und einer Tüte H-Milch. »Kann ich das essen?«

Tom winkte ab. »Fühl dich wie Zuhause.«

Die Rice Krispies schmeckten wider Erwarten lecker und kein bisschen alt. Eine Weile herrschte außer dem Klimpern von Metall auf Porzellan Stille, während Jaxon kaute und Tom mit seinem doppelten Espresso zwischen Kochinsel und Terrassentür auf- und abging. Jaxon fiel der Unimog auf, der im Garten unter ein paar ausladenden Bäumen stand. Sein Anblick erinnerte ihn daran, was er und Tom in den Wochen vor seiner Verhaftung so alles zusammen durchgemacht hatten. Er hatte ewig nicht daran gedacht, das Ganze einfach ausgeblendet. Es gehörte zu einer Zeit in seinem Leben, in der so gut wie alles falsch gelaufen war.

»Ich kann dir schon mal deinen Wagen reinfahren, wenn du hierbleiben willst«, sagte Tom irgendwann. »Da draußen steht er nicht so gut.«

Jaxon sah von seiner Schüssel auf und hörte auf zu kauen. Im ersten Augenblick wusste er nicht, was er antworten sollte. Tom zog eine Augenbraue in die Höhe. »Nicht?«

»Tja, also«, Jaxon griff nach der Kellogg´s-Packung und kippte sich Rice Krispies nach. »Der Wagen, der ist kurzgeschlossen.«

Tom zog die zweite Braue hoch. »Dann steht er da draußen erst recht nicht gut.« Er stellte seine Tasse in die Spülmaschine. »Wir sollten bei Dima vorbeifahren und neue Schilder für ihn organisieren«, sagte er, dann verschwand er aus der Küche.

Jaxon hörte ihn durch den Flur gehen, kurz darauf fiel die Haustür ins Schloss. Er wollte weiteressen, spürte aber, dass er keinen Appetit mehr hatte. Er schob die Schüssel von sich und stand auf. Am Backofen leuchtete eine grüne Digitaluhr, die ihm mitteilte, dass es auf Mittag zuging. Montagmittag. Er fragte sich, wie es Sandro und seinem Bruder ergangen war, nachdem sie sich nach dem Überfall getrennt hatten. Die beiden hatten die Beute bei sich gehabt und waren in Sandros Toyota umgestiegen, während Jaxon hatte versuchen wollen, den gestohlenen Fiesta loszuwerden. Keine halbe Stunde später hatte Sandro ihn angerufen, während im Hintergrund Polizeisirenen geheult hatten. Und Jaxon war immer weitergefahren. Kurz hatte er überlegt, nach Peenegrund zu gehen, einem abgelegenen Grundstück in Mecklenburg-Vorpommern, von dem Sandro im Knast immerzu gesprochen hatte, wenn sie unter sich gewesen waren.

Ein Fluss, nur Wald und keine Nachbarn weit und breit. Der perfekte Platz, wenn einem alles zu viel ist und man einfach nur aussteigen möchte. Wenn wir beide aus diesem Drecksloch hier raus sind, Jax, gehen wir dorthin.

Und doch war er letztendlich nach Parlow gefahren.

***

Eines Nachts, Luisa saß am Bett ihrer Mutter, wurde ihr Albtraum Wirklichkeit. Gabriella hatte bereits den ganzen Tag lang fantasiert. Amelie war wie ein nervöses Tier im Flur auf und ab gelaufen und hatte sich auf die Fingerknöchel gebissen.

»Warum redet sie dauernd so ein Zeug?«

Sie hatte es kaum gewagt, einen Fuß in das Schlafzimmer zu setzen, während Luisa die Hand ihrer Mutter gehalten und versucht hatte, zu ihr durchzudringen. Aber Gabriella war irgendwo anders gewesen, verloren in ihrem Treibsand, auf der Suche nach irgendwas oder irgendwem.

Doktor Rother war am Nachmittag gekommen, hatte Luisa am Sterbebett abgelöst und Gabriella genügend Morphium verabreicht, dass die Halluzinationen aufgehört hatten und sie endlich in einen tiefen Schlaf gefallen war.

Als der Abend das Schlafzimmer in schattiges Zwielicht tauchte, lag Gabriella bewegungslos da, kaum mehr von den bleichen Laken zu unterscheiden. Ihr Atem ging flach und etwas zu schnell. Luisa saß in vollkommener Stille und Dunkelheit und wartete. Ihre größte Angst war, dass es das gewesen war. Dass ihre Mutter gar nicht mehr zu ihr zurückkommen würde. Obwohl sie seit Wochen hier saß, hatte sie das Gefühl, dass es so Vieles gab, was sie ihr noch sagen wollte.

Sie fragte sich, wo Amelie steckte, die ungefähr zeitgleich mit dem Doktor verschwunden war, aber sie wagte es nicht, ihren Platz zu verlassen, um sie zu suchen.

Irgendwann, Stunden später vielleicht, es war tiefste Nacht und Luisa nickte in ihrem Sessel immer wieder ein, flogen Gabriellas Augenlider auf.

»Luisa?« Ihre Stimme klang schwach.

Luisa drückte ihre Hand. Tränen schossen ihr in die Augen, so erleichtert war sie, noch einmal mit ihrer Mutter sprechen zu können. Sie rückte näher an das Bett heran. »Ich bin da, Mama.«

Gabriella schien ihre Tochter das erste Mal seit Tagen wieder zu fokussieren. Das Weiße in ihren Augen leuchtete unheimlich hell in der Dunkelheit. Sie holte Luft, als wollte sie etwas sagen, und Luisa hielt den Atem an.

»Er ist es«, flüsterte Gabriella. Ihre trockenen Lippen platzten auf, während sie sprach und angestrengt schluckte. »Ich habe es gewusst. Vom ersten Tag an. Aber ... ich konnte es ihm nicht sagen.«

Luisa hatte Mühe, ihren Worten zu folgen. Sie konnte sehen, wie Gabriellas Kräfte schwanden.

»Was, Mama?«, beeilte sie sich zu fragen. »Was konntest du wem nicht sagen?«

Gabriella schaffte es, Luisas Händedruck zu erwidern. »Er ist hier. Du musst ihn finden und es ihm sagen. Versprich es mir«, brachte sie heraus.

Luisa starrte ihre Mutter an. Der Blick aus ihren riesenhaft wirkenden Augen war klar und Luisa spürte, wie ihr ein Schauer über den Rücken lief, als sie nickte.

»Ich verspreche es dir.«

Als hätte sie eine unsagbar schwere Aufgabe hinter sich gebracht, seufzte Gabriella. Sie schloss die Augen und schien ein wenig tiefer in die Matratze einzusinken.

Luisa schluchzte auf, es klang unheimlich laut in dem stillen Zimmer. »Mama!«, hörte sie sich rufen, aber es war vorüber.

***

Jaxon saß auf dem Beifahrersitz des Pickups und sah in die Stadt hinaus, in die sie gerade hineinfuhren. Wie voll es hier war. Überall waren Menschen, die es anscheinend unglaublich eilig hatten, irgendwohin zu kommen. Viele hatten Kinder dabei, oder Hunde. Alle hatten Handys in der Hand.

»Also?« Er spürte Toms Blick auf sich. »Sagst du mir jetzt, was passiert ist, oder was?«

Jaxon wich Tom aus und öffnete die Klappe des Handschuhfachs. Er dachte an den Einbruch bei dieser Annika zurück. Er hatte mit Sandro und Nico zusammen das Haus verlassen, wobei sie nacheinander über den Mann gestiegen waren, der bewusstlos im Eingang gelegen hatte. Seine Frau hatte in dem verriegelten Mercedes gesessen und ihn angestarrt, das Handy am Ohr, Todesangst im Blick.

»Jax! Warum bist du hergekommen?«

Jaxon schlug die Klappe des Handschuhfachs zu. Typisch Tom waren nur Kippen, Kaugummis und Bedienungsanleitungen drin. »Ich habe ein Versteck gebraucht, was sonst?«

»Bist du nicht gerade erst wieder raus? Wie lange warst du weg? Fünf Jahre? Sechs?«

»Eine verdammte Ewigkeit. Es reicht.«

Sie hielten an einer roten Ampel und eine Gruppe Kinder in neongelben Warnwesten überquerte die Straße. Tom musterte die Kinder und sah ihnen hinterher, als sie sich im sicheren Hafen der anderen Straßenseite versammelten.

»Es stimmt also«, sagte er.

»Was?«

Tom wandte sich Jaxon zu. »Der Knast läutert nicht.«

Jaxon musste an Ratko und seine Schergen denken. Das Blut im Duschabfluss. Den abgerissenen Duschkopf. Er hatte nicht mehr daran gedacht, dass die Brüder den Einbruch für diese Nacht geplant hatten, als er nach seinem Streit mit Sarah zu ihnen gefahren war. Doch er hatte sich ihnen angeschlossen, als Sandro ihn darum gebeten hatte. Er hatte genau gewusst, was auf dem Spiel stand. Und es trotzdem getan.

Tom manövrierte seinen Amarok kunstvoll in eine Parklücke vor einem lila-schwarzen Tätowierstudio mit der schwarzen Silhouette einer Katze im Logo. »Da wären wir.«

Sie stiegen aus und traten durch ein offenstehendes, schmiedeeisernes Tor in einen von Altbauten umgebenen Innenhof.

»Erinnerst du dich noch an Simon?« Tom zog einen Schlüssel aus der Tasche und trat Jaxon voran auf eine beinahe vollständig von Efeu überwucherte Stahltür zu, die zwischen der Mülltonnenverkleidung und der Hauswand verborgen war.

Jaxon erinnerte sich. Simon war dabei gewesen, als sie das Ding auf dem Frachter durchgezogen hatten. Er hatte mitgeschleppt, war jedoch verschwunden, bevor die Sache aus dem Ruder gelaufen war.

»Er wohnt hier.« Tom wies an Jaxon vorbei auf das Gebäude, das sie im Rücken hatten. Dann drehte er den Schlüssel im Schloss und rüttelte an der Tür, bis sie nachgab.

Gemeinsam betraten sie den dahinterliegenden Raum und Tom schaltete das Deckenlicht ein, so dass sich Jaxon umsehen konnte.

Sie standen in einer Art Lagerraum; die Fenster waren mit Brettern lichtundurchlässig zugenagelt, an den Wänden stapelten sich allerhand Kartons, in einer Ecke standen zwei Sackkarren.

»Im Kühlschrank sind Getränke, wenn du was möchtest«, sagte Tom und nahm an einem mit PC und Scanner ausgestatteten Schreibtisch Platz. Mit einer Bewegung der Maus schaltete er den Bildschirmschoner aus.

Jaxon hatte das Gefühl, in einer Zeitkapsel in die Vergangenheit gereist zu sein. »Sag bloß, du machst das immer noch.« Er warf einen Blick in einige offenstehende Kartons und runzelte die Stirn. »Was habt ihr da drin? Luftgewehre?«

Tom nickte. »Der Schwerpunkt liegt hier woanders.«

»Und wo?«

»Auf allem, was sich gut verkaufen lässt: Zigaretten, Sprit, Waffen. Manchmal Autos.«

»Was ist mit Drogen?«

Tom schüttelte den Kopf. »Mit Junkies Geschäfte zu machen, macht keinen Spaß«, sagte er. »Die nehmen das immer eine Spur zu ernst.«

Jaxon wandte sich von den Kartons ab, als ein blonder, drahthaariger Typ im offenstehenden Durchgang erschien. Er hatte Zwiebelgeruch am Körper und einen halb aufgegessenen Döner in der Hand.

»Das ist Dima«, sagte Tom. »Ihm gehört dieses Dreckloch hier.«

»Von wegen Dreckloch«, erwiderte Dima statt einer Begrüßung. »Tom tut nur so. In Wahrheit ist er auf Brustwarzen angekrochen gekommen, nachdem er im Westen zu viel Wasser geschluckt hat.« Er warf Tom einen gehässigen Blick zu. Mit seinem polnischen Akzent, der schwarzen Stoffhose und dem im Brustbereich offenstehenden Hemd erinnerte er Jaxon in dieser hinterzimmerartigen Atmosphäre an einen schlechten Zuhälter.

Tom lehnte sich im Stuhl zurück und räusperte sich. »Dima, das ist Jaxon.«

»Plötzlich war Polen wieder gut genug für den Herrn.«

»Jax und ich haben früher zusammengearbeitet«, fuhr Tom, Dimas Einwurf ignorierend, fort. »Bis er sich für eine Weile … zurückgezogen hat.«

»Interessant.« Dima schob sich den Rest Döner in den Mund, betrat den Lagerraum und reichte Jaxon die Hand. »Das muss ja ordentlich gekracht haben bei euch«, sagte er, sobald er seinen Bissen hinuntergeschluckt hatte.

»Dima hat den Laden hier seit fünfzehn Jahren«, mischte sich Tom ein und warf einen Blick auf sein Handy. »Er versteht nicht, dass es einen gewissen Sinn macht, ab und zu sein Operationsgebiet zu wechseln.«

Dima wischte sich den Mund mit einer Serviette ab, rollte sie zusammen mit der Alufolie zu einem Ball und warf ihn in den Mülleimer neben dem Schreibtisch. »Und Tom versteht nicht, wieso er es nicht auf die Reihe bekommt, sich einen vernünftigen Kundenstamm aufzubauen.«

Er grinste Tom an, der den Stuhl zurückschob und aufstand. »Leg dich bloß nie mit Dima an«, sagte er. »Seit er sich ein paar Straßen weiter von hier eine Kugel eingefangen hat, hat er noch nicht mal mehr funktionierende Schmerzrezeptoren.« Er legte Jaxon im Vorbeigehen eine Hand auf die Schulter. »Die Kugel steckt immer noch in seinem Kopf«, sagte er leise. An Dima gewandt fügte er hinzu: »Wieso klärt ihr beide nicht die Sache mit den Schildern für den Fiesta, während ich mal eben was erledige. Ich bin in zehn Minuten wieder hier.«

***

Trauminsel war in ordentlichen bunten Lettern auf das orangefarbene Gebäude gepinselt. Darunter stand in schwarzem Graffiti: *Glotze aus, Hirn an.*

Die Fensterscheiben im ersten Stock waren von innen mit Blumen aus Papier beklebt.

Tom stellte sein Auto in der zweiten Reihe ab, weil es keinen Parkplatz gab und er ohnehin nur eine Minute brauchen würde, überquerte den belebten Bürgersteig und stieg die Treppe hinauf.

Ein weißes Schild hing neben der verglasten Eingangstür, auf dem eine Insel mit einer Palme abgebildet war. An die Tür, hinter der sich eine Art Vorraum mit niedrigen Holzbänken und Unmengen Schuhen und Jacken befand, waren mit Tesafilm hellgrüne Hinweiszettel geklebt. Dass heute Abend Elternabend war, stand da. Und dass jedes Kind nächste Woche drei Euro für den Zoo mitbringen sollte.

Tom verharrte einen Moment vor der Tür, spürte seine Entschlusskraft schwinden. Dann drückte er dagegen. Sie war abgeschlossen. Er drückte abermals dagegen, kräftiger diesmal.

Wieso war diese verdammte Tür abgeschlossen?

Er sah sich um, entdeckte eine Klingel unter dem Inselschild und überlegte gerade, ob er wirklich riskieren wollte, den offiziellen Weg zu gehen, als eine Frau den Vorraum durchquerte und direkt auf ihn zukam. Sie war vielleicht fünfzig, hatte rote Locken und trug sehr weiße Turnschuhe. Neben ihr wirkten die Bänke und Jacken hinter der Tür sofort noch ein paar Nummern kleiner. Von irgendwo zauberte sie einen Schlüsselbund hervor und hatte die Glastür aufgeschlossen, noch bevor Tom den Rückweg hatte antreten können. Mit einem schnellen Blick musterte sie ihn, als würde sie sein Gesicht mit denen in einer auswendig gelernten Kartei vergleichen.

»Ja?«

»Äh«, begann Tom, der noch nie ein besonderes Improvisationstalent gewesen war. Rein, Matilda holen, raus, bevor Kent hier aufkreuzte, war seine Idee gewesen. Sich ein Kind zurückzuholen, konnte ja nicht so schwer sein.

Die Frau trommelte mit den Fingernägeln auf den weißen Türrahmen.

»Ich will meine Tochter abholen.«

Sie sah ihn an, als würde er den Satz vor der Verkaufstheke einer Araltankstelle vortragen und nicht an der Tür eines Kindergartens. »Wie bitte?«

»Matilda.«

»Das geht nicht.«

»Ich weiß, Abholen ist erst in einer halben Stunde, aber …«

»Darum geht es nicht. Ich kenne Sie nicht.«

»Ich bin ihr Vater.«

»Das spielt keine Rolle«, sagte sie in einem Tonfall, als würde hier jeden zweiten Tag irgendein fremder Mann stehen und behaupten, seine Tochter abholen zu wollen. Und plötzlich kam ihm in den Sinn, dass das vielleicht auch so war. Und dass es gar keine so dumme Idee war, die Tür abzuschließen.

»Also … ich bin wirklich ihr Vater. Sie können sie ja herholen und fragen, wenn …«

»Das mag ja sein.« Sie schien wenig Zeit zu haben. Ein

paar Kinder tauchten in dem Flur hinter ihr auf und riefen irgendwas. »Sie können sie trotzdem nicht abholen. Und wenn Sie zehnmal ihr Vater sind. Sie sind nicht eingetragen.«

Er war *nicht eingetragen.* Tom spürte, wie ihm das Blut in den Kopf stieg. Er musste sich zusammenreißen, um nicht ausfallend zu werden zu der Glucke, die da vor ihm stand und ihr Nest bewachte. Vor Leuten wie ihm. Und solche wie Kent ließ sie durch.

Aber sie machte ja nur ihren Job. Er war derjenige, der seinen nicht richtig machte. Er war viel zu unvorbereitet hergekommen. Zuerst hatte er tagelang auf dem Heuboden gelegen und es dann eilig gehabt und schlecht recherchiert. Bestimmt hatten solche Betreuungseinrichtungen Internetseiten, auf denen irgendwo ein Regelwerk zu finden war. Das hätte er sich vielleicht vorher mal zu Gemüte führen sollen.

»Schon kapiert«, sagte er, »ich bin nicht eingetragen.«

»Ganz genau.«

Er senkte den Kopf, um sein Gesicht und seinen Zorn zu verbergen, und trat den Rückzug an. Er hoffte, sie würde ihn schnell wieder vergessen, aber er bezweifelte es, vor allem, als er ihren Blick im Rücken spürte. Er wagte nicht, in seinen Pickup zu steigen, ging zu Fuß die Straße hinunter und winkte hinter der nächsten Ecke ein freies Taxi heran.

Egal, dachte er, dann würde er eben härtere Geschütze auffahren. Er würde den direkten Weg nehmen, die Höhle des Löwen betreten und schon bekommen, was er haben wollte.

Sechs

Etwas mehr als eine Woche war seit dem Tod ihrer Mutter vergangen. Tage, die wie im Nebel an ihr vorübergezogen waren. Während sie sich um die Bestattung gekümmert, eine Todesanzeige aufgegeben und die wichtigsten Freunde und Verwandten kontaktiert hatte, hatte ihre Schwester regungslos im Bungalow gesessen und sich und Luisa Vorwürfe gemacht.

Als die Beerdigung vorüber war und Luisa die Möglichkeit hatte, zum Einkaufen in die Stadt zu fahren, war sie erleichtert, der drückenden Stimmung Zuhause für eine Weile zu entkommen.

Sie war gerade damit beschäftigt, ihren vollbeladenen Einkaufswagen über den abschüssigen Parkplatz zu ihrem schwarzen Golf zu bugsieren, als ihr der Mann auffiel. Er stand einige Stellplätze von ihrem Auto entfernt an einen mattgrauen Pickup gelehnt und sah zu ihr herüber. Mit seinem Kurzhaarschnitt, der schwarzen Kampfhose und seinem muskulösen Körperbau sah er eher aus, als wäre er aus der Armee desertiert als jemand, der bei Toom fürs abendliche Grillen einkaufte.

Als es ihr endlich gelungen war, den Kofferraum zu öffnen, ohne dass ihr der Einkaufswagen in den nahestehenden BMW gebrettert war, fing er an zu telefonieren. Sie hörte sein leises Murmeln, das allmählich lauter wurde, während sie den staubigschmutzigen Sack Grillkohle in den Golf hievte. Daneben passte der Wasserkasten, dann war der Kofferraum voll.

Sie öffnete eine der hinteren Autotüren, legte die Tüte

mit dem Grillfleisch hinein und schob mit Müh und Not den Bierkasten hinterher. Als sie den Einkaufswagen weggebracht und sich hinter das Steuer gesetzt hatte, war sie schweißgebadet und zu dem gutgebauten Kerl am Pickup hatte sich ihr Nachbar gesellt.

Luisa liebte ihr Auto, ein fünfzehn Jahre altes Vehikel mit Elch-Aufkleber auf der Heckscheibe, Vanille-Wunderbaum am Rückspiegel und Glasperlenarmbändern um den Schaltknüppel. Seine Launen waren fast so schlimm wie ihre und nachdem es gestern den ganzen Tag geregnet hatte, sprang er heute natürlich nicht an. Vor allem, weil zwei Typen hinter ihr in der Sonne standen und auf einem Baumarktparkplatz in der Einöde Brandenburgs etwas Abwechslung gut gebrauchen konnten. Der Deserteur hatte sein Handy mittlerweile weggesteckt und war dabei, ein Magnum Classic auszupacken, das ihr Nachbar, ebenso wie ein paar Eimer Lack und eine Tüte Kleinzeug, aus dem Laden mitgebracht hatte.

Luisa versuchte ein zweites Mal, den Motor anzulassen, aber außer einem lauten Schleifen, das ihr eine Gänsehaut bescherte, tat sich nichts.

Sie ließ sich in den Sitz zurückfallen, starrte auf das Lenkrad und versuchte, nicht die Nerven zu verlieren. Die vergangenen Tage waren heftig gewesen, der gestrige sozusagen die Spitze des Eisbergs. Bernd, ihr versnobter, Amelieverliebter Vater, war aus Hamburg angereist und hatte ein Hotelzimmer mit gutem Anschluss nach Berlin, WLAN und Bügelservice gefordert. Außerdem war ihr schweigsamer, in Selbstmitleid schwelender, klavierspielender Onkel Adrian aus Ungarn da, der ältere Bruder ihrer Mutter. Zu guter Letzt gab es eine Frau namens Dora, die Luisa nie in ihrem Leben gesehen hatte, jedoch behauptete, eine Freundin von Gabriella zu sein und den ganzen Tag lang dreißig Jahre alte Geschichten zum Besten gab.

Luisa versuchte, das Quartett zu vergessen, das Zuhause auf die Würstchen wartete, und redete stattdessen ihrem Wagen gut zu. Aber es war zwecklos. Sie hätte es wissen müssen, nachdem sie ihn bereits am Vortag aus dem Friedhofschlamm geschoben hatte.

Nach ihrem dritten Versuch erbarmte sich ihr Nachbar. Er stieß sich von der Seitenwand seines in der Sonne glänzenden Pickups ab und kam zu ihr herüber.

»Sieht aus, als würde er nicht anspringen, was?« Er trug Jeans und ein altes Nirvana-T-Shirt. Seine Stimme war tief und ein wenig rau, so als hätte er die vergangene Nacht durchgefeiert.

Luisa stieg wieder aus und versuchte sich nicht anmerken zu lassen, wie aufgelöst sie war.

»Ja, leider.«

»Wenn du willst, gucke ich mal rein«. Er warf einen Blick auf die Motorhaube. Er kannte ihren Wagen eigentlich. Sie waren sich bereits ein paar Mal auf dem sechs Kilometer langen Waldweg von der Autobahnabfahrt bis Parlow begegnet, wo sie stets umständlich umeinander herum rangiert hatten. Meistens hatte er dabei sein Fenster heruntergelassen und ihr Ratschläge ihr Lenk- und Wendeverhalten betreffend mit auf den Weg gegeben.

»Das wäre super«, sagte sie jetzt, beugte sich unter den Fahrersitz und öffnete die Motorhaube. Als ihr Nachbar sie festgesteckt hatte, hatte sich sein eisessender Freund mit mäßig interessierter Miene ebenfalls genähert. Beide sahen sie eine ganze Weile in ihren Wagen hinein, als gäbe es dort mindestens einen interessanten Spielfilm zu sehen und nicht etwa jede Menge ölverschmierte Stahl- und Gummiteile.

»Die Verteilerkappe ist hin«, fällte ihr Nachbar das Urteil. Er richtete sich auf. Wie um den Worten Nachdruck zu verleihen, warf sein Freund den Eisstiel in den Gully, auf dem er stand.

»Und was ... heißt das jetzt?«

Der Soldat schien bei ihrer Frage ein Grinsen zu unterdrücken, als wäre sie besonders dämlich gewesen. Ihr Nachbar zuckte die Achseln und ließ die Motorhaube zuklappen. »Das heißt, er springt nicht mehr an.«

»Wie? Gar nicht mehr?«

»Nein. Du musst die Verteilerkappe auswechseln.«

»Lassen«, ergänzte sein Freund.

Luisa versuchte, den Seitenhieb zu ignorieren. Ein nicht funktionierendes Auto war in dieser Gegend alles andere als ein Spaß. »Und wo kriege ich so eine?«, fragte sie und sah sich auf dem Parkplatz um in der Hoffnung, neben Toom würde zufällig auch noch eine Kfz-Werkstatt aus der Erde wachsen.

»Nicht hier«, antwortete ihr Nachbar. »In Angermünde oder Eberswalde.«

Wenn, dachte Luisa, dann passiert im Leben alles auf einmal. Dass ihr fünfzehn Jahre alter Golf urplötzlich den Geist aufgab, konnte ganz einfach nicht wahr sein.

Sie hob den Kopf und entdeckte in den dunklen Augen ihres Nachbarn jetzt eine Spur Mitleid. Sein Freund hatte scheinbar das Interesse an der Geschichte verloren und sich auf den Weg zum Pickup gemacht.

»Wir können dich nach Parlow mitnehmen.«

»Das ... wäre toll«, sagte sie und fragte sich gleichzeitig,

wie um alles in der Welt sie in Parlow an so ein Verteiler-
dings rankommen sollte. »Aber ich hab den Wagen voll.«

Ihr Nachbar wandte sich zu seinem Pickup um. »Das ist
kein Problem.«

Es war wirklich kein Problem. Außer, dass die Rückbank
ihres Nachbarn, der Tom hieß, wie sie bei einer kurzen Vor-
stellungsrunde erfuhr, umgeklappt und mit Kisten vollge-
stellt war. Sein typischer Neuwagengeruch nach Leder und
Plastik begann bereits, von Zigarettenrauch und Hund über-
deckt zu werden. Sie saß auf der Vorderbank, eingeklemmt
zwischen dem Schaltknüppel und Toms Kumpel Jaxon, der
sich nicht gerade darum bemühte, ihr viel Platz zu lassen.
Ihre Sachen hatten sie in einer Ladung zum Pickup rüberge-
schafft, wobei Jaxon den Bierkasten getragen hatte, auf den
Tom auch noch den Kohlesack gepackt hatte. Für sie selbst
war letztendlich nur die Handtasche geblieben.

Tom ließ das Fenster hinunter und hielt ihr eine geöffnete
Zigarettenschachtel hin. »Auch eine?«

»Nein, danke. Ich rauche nicht.«

Er zündete sich eine Zigarette an und sie musste an ihre
Mutter denken. Sie war erst neunundvierzig gewesen, als sie
gestorben war.

Neben ihr klingelte ein Handy. Jaxon streckte ein Bein so
weit es ging in den Fußraum, um es aus der Hosentasche zu
bekommen.

»Verdammt«, murmelte er, nachdem er auf das Display
geschaut hatte. »Da ist irgendwas schiefgelaufen.«

Er tauschte an Luisa vorbei einen kurzen Blick mit Tom,
bevor er den Anruf entgegennahm.

»Ja?«, sagte er ins Telefon.

Eine Weile hörte er zu, während Tom mit Rauchen beschäftigt war und den Allrad an Kuhweiden vorbei über die bucklige Kopfsteinpflasterstraße Parlows lenkte.

»Was? Die Bullen haben ihn geschnappt?« Jaxons bisherige Gelassenheit bekam feine Risse.

Tom sah zu ihm herüber. »Leg auf«, sagte er ruhig, aber Jaxon beachtete ihn gar nicht.

»Wie ist das passiert?«, sagte er. Luisa konnte an seiner Halsschlagader sehen, wie sich sein Puls beschleunigte und merkte, wie seine Anspannung auch sie ergriff.

Tom beobachtete ihn noch zwei oder drei Sekunden lang, dann bremste er das Auto abrupt ab, langte an Luisa vorbei und schlug Jaxon gegen die Schulter. »Steig aus!«

Ohne Luisa oder Tom noch eines Blickes zu würdigen, stieß Jaxon die Autotür auf, schlug sie wieder zu und ging ein paar Schritte die Straße hinauf.

Tom schaltete den Wagen aus und behielt Jaxon im Blick, der telefonierend an dem Gatter einer Kuhweide auf und ab ging, das Gesicht sorgenvoll. Irgendwann drückte er seine Zigarette im gut gefüllten Aschenbecher aus und schien sich Luisas Gegenwart und seiner guten Manieren zu entsinnen.

»Tut mir leid«, sagte er, »geht gleich weiter.«

»Schon gut. Ich habe es nicht eilig.« Sie sah ihn von der Seite an. Ihr fiel auf, wie ernst und angespannt er wirkte und sie fragte sich plötzlich, wo er seinen Hund gelassen hatte. Den hatte er sonst immer dabei gehabt, wenn er unterwegs gewesen war.

»Was gibt's bei euch? Eine Grillparty?«, wollte er wissen. Wahrscheinlich nur, um Normalität zu suggerieren und sie von dem Telefongespräch abzulenken, das zehn Meter vor ihnen stattfand.

»Wir haben Verwandte zu Besuch«, sagte sie.

Er sah sie aufmerksam an. Sein Gesicht mit den hohlen Wangen und den dunklen Augen hätte hübsch sein können, wäre die Narbe nicht gewesen, die sich, schmal und etwas dunkler als seine Hautfarbe, längs über seine linke Gesichtsseite zog. Vielleicht stammte sie von einem Autounfall.

»Was ist mit deiner Mutter?«, fragte er. »Geht's ihr besser?«

Sie wusste, er wollte nur nett sein, konnte jedoch seinem Blick nicht weiter standhalten und senkte ihn auf die schwarzen Polster der Sitzbank. »Sie ist … gestorben. Anfang letzter Woche.« Sie räusperte sich. »Gestern war die Beerdigung.«

»Tatsächlich.« Er drehte sich wieder zur Frontscheibe um, die Augenbrauen zusammengezogen. »Das scheint für uns alle keine gute Woche zu sein.«

Ihr Vater hatte es nicht für nötig befunden, sie nach Joachimsthal zum Einkaufen zu begleiten. Jetzt war er voller Dankbarkeit.

»Was für ein Glück, dass Luisa Sie getroffen hat.« Er nahm den Wasserkasten entgegen, den Jaxon über die Kante der Ladefläche hob und ihm anreichte. Luisa war gespannt, wie er auf die Kohle reagieren würde, denn er trug ein blütenweißes Hemd.

»Warum bleibt ihr nicht ein bisschen und esst mit?«, meldete sich Amelie zu Wort. Sie stand in Flirtposition am Gartenzaun und sah kein bisschen so aus, als hätte sie am Vortag ihre Mutter beerdigt.

Jaxon hatte auf der restlichen Rückfahrt kein Wort mehr gesagt. Jetzt ließ er den Blick vom Ausschnitt ihrer Schwester über die Terrasse schweifen, auf der es sich ihre Besucher auf gepolsterten Gartenmöbeln um einen Teakholz-tisch herum gemütlich gemacht hatten. Der Grill war bereits aufgebaut, auf dem Tisch stand eine mit Folie abgedeckte Schüssel Nudelsalat.

»Ja, warum eigentlich nicht?«, sagte er.

»Eh, weil wir eigentlich keine Zeit haben?« Mit dem Kopf nickte Tom zu den Lackdosen hinüber, die auf der Ladeflä-che standen.

»Ach, komm schon.« Amelie lächelte Tom auf ihre ge-winnbringendste Art und Weise an und schob ihr Dekolleté noch ein wenig weiter über den Zaun. Luisa, die schon seit einigen Jahren nicht mehr mit ihrer Schwester unter einem Dach lebte, hatte fast vergessen, wie unangenehm es wer-den konnte, wenn sie anfing, so richtig loszulegen. Aber bei Männern funktionierte ihre Masche meistens, mochte sie noch so offensichtlich sein.

»Ja, komm schon«, schüttete Jaxon Wasser auf ihre Müh-len. »Was erwartet uns bei dir außer Rice Krispies denn schon?«

Luisa schwieg. Sie war sich nicht sicher, ob es so klug war, die beiden zum Essen einzuladen, aber angesichts ihres Ent-gegenkommens blieb ihr auch kaum eine andere Wahl.

Mit deutlichem Unbehagen sah Tom zum vollbesetzten Tisch herüber und zuckte geschlagen die Achseln. »Von mir aus.«

$$***$$

Tom sah in die glühenden Kohlen des Gartengrills und fühlte sich, als würde er auf ihnen sitzen. Dass Gefälligkeiten gegenüber Mitmenschen aber auch immer gleich in gesellschaftliche Events ausarten mussten. Die Leute um ihn herum redeten, aber er folgte ihrem Gespräch nicht. Er hatte keine Zeit, hier zu sein. Zwei Wochen waren seit Judiths Verschwinden vergangen und er wusste immer noch nicht, was genau mit ihr passiert war; auf seinem Hof stand ein gestohlenes Fahrzeug, das dringend generalüberholt werden musste; und er hatte Jaxon neben sich, der zwar gerade mit seinem Essen beschäftigt war, ihn mit einem unbedachten Kommentar jedoch jeden Moment in irgendeine Scheiße reiten konnte. Der Kerl gehörte in den Keller gesperrt und angekettet.

Tom trank seine Bierflasche in zwei tiefen Zügen leer und überlegte gerade, wie er sich möglichst diplomatisch vom Acker machen konnte, als ihn die Frau von der gegenüberliegenden Tischseite aus ins Visier nahm. Sie war um die fünfzig und ziemlich fett, aber sie machte das Beste draus. Er wusste, dass sie im *Kehrwieder* arbeitete, einem Gasthaus in Parlow, mehr Kneipe als Restaurant, in dem es guten Sprit und ein Gericht am Tag gab. In dem uralten, hölzernen Ding hing der einzige Zigarettenautomat des ganzen Dorfes, deswegen hielt er manchmal dort an, hatte mit der dikken Wirtin aber noch nie mehr als einen Gruß gewechselt.

Er versuchte, ihrem Blick auszuweichen, aber sie ließ nicht von ihm ab.

»Und Sie, Tom?«, sagte sie. Und als wäre er mit irgendwas an der Reihe, stand er plötzlich auch beim Großteil der restlichen Tischrunde im Fokus der Aufmerksamkeit. »Kannten Sie denn meine gute Freundin?«

Tom warf einen hilfesuchenden Blick in Luisas Richtung, aber die war vollkommen darin versunken, mit der Gabel in ihrem Nudelsalat herumzupicken. Ihre Bordsteinschwalbe von Schwester grinste ihn zwar immer wieder über ihren buttrigen Maiskolben hinweg an, aber Tom hatte das Gefühl, dass sie ebenso wenig Ahnung von dem Gesprächsthema dieser Runde hatte wie er selbst.

»Wen?«, fragte er.

Die Dicke schien ungerührt. »Gabriella. Die Frau, wegen der wir alle hier sind.«

»Also … ich glaube nicht.«

»Aber Sie wohnen doch jetzt schon fast sechs Jahre in dem Nest hier«, fuhr sie fort.

Tom spürte, wie ihm unter ihren Fragen und all den Blikken heiß wurde. Unauffällig wischte er sich die Hände an seiner Jeans ab. »Tja. Ich bin viel unterwegs, wissen Sie.«

Das tat sie mit Sicherheit. Tom hoffte, dass sie es mit diesem Statement gut sein ließ, aber sie sah ihn weiterhin mit einem Ausdruck an, als hätte sie einen besonders dicken Fisch am Haken. Er wurde das Gefühl nicht los, dass sie seit geraumer Zeit auf eine Gelegenheit gewartet hatte, ihm mal so richtig auf den Zahn fühlen zu können. Vermutlich gefiel ihr nicht, dass er ihr Heimatdorf lediglich als Durchfahrtsstraße benutzte.

»Wie heißen Sie eigentlich?«, fragte sie.

Das war jetzt die reine Provokation. Sie hatten sich alle vorgestellt, bevor sie sich hingesetzt hatten. Wobei Tom das für Jaxon übernommen hatte, noch bevor der den Mund aufgemacht hatte. Der Kerl hatte vor zehn Tagen einen Einbruch durchgezogen und konnte Toms Meinung nach froh sein, wenn er unentdeckt aus diesem Garten kam, auch ohne seinen vollständigen Namen genannt zu haben.

»Mit Nachnamen«, fügte die Dorfchefin hinzu.

Tom nannte seinen Nachnamen und sie begann, die Stirn zu runzeln und in ihrem Gedächtnis zu graben. »Lamar? Habe ich noch nie gehört. Woher stammt der Name?«

»Der stammt … aus Frankreich.«

»Und Ihre Freundin? Dieses schmale, blasse Mädchen? Stammt sie von hier?«

»Dora«, mischte sich an dieser Stelle Luisa ein. »Jetzt lass ihn doch mal zufrieden. Er hat vielleicht keine Lust darauf, ausgehorcht zu werden.« Sie stand auf, schnappte sich einen leeren Teller vom Tisch und gabelte das restliche Fleisch und Gemüse vom Grill.

Tom senkte den Kopf. Er spürte die Blicke auf sich und bemühte sich, an Jaxons Ford Fiesta zu denken und an die Lackdosen. Er stellte sich vor, wie er die Nummernschilder abschrauben und die Scheiben abkleben würde. Und dann ging es darum, mit besonders ruhiger Hand ganz gleichmäßig den Lack aufzusprühen. Die Farbe musste überall gleich dick sein, damit es am Ende wie aus dem Werk aussah und niemand …

»Wo stecken sie und das Kind überhaupt?«

»Dora!«

»Ich glaube, ich würde gerne mal die Toilette benutzen.« Tom erhob sich und beeilte sich, aus Doras Sichtbereich zu kommen. Sie hatte ein lautes Organ und er hörte, als er bereits die Küche betreten hatte, wie sie ihn als Windhund bezeichnete und behauptete, ein Typ, der so schwer zu fassen sei wie er, habe eindeutig etwas zu verbergen.

Judith, dachte Tom, stützte sich in der hellen, unaufgeräumten Küche auf der Anrichte ab und blickte ins Spülbecken, wieso hast du mich verlassen?

Er atmete einige tiefe Züge und ärgerte sich, dass ihn eine

simple Frage derart aus der Fassung brachte. Was hatte er denn gedacht? Dass Judiths und Matildas Verschwinden unbemerkt bleiben würde? Wieso hatte er der elenden Wirtin nicht einfach ins Gesicht gesehen und ihr irgendeine Geschichte über einen Mallorcaurlaub aufgetischt? Warum nur hatte er so ein verdammt dünnes Fell?

»Es tut mir leid.«

Er hob den Kopf und sah, dass Luisa hinter ihm die Küche betreten hatte. »Sie ist entsetzlich.«

»Schon gut«, sagte Tom. »Man kann sich seine Verwandtschaft nicht aussuchen.«

»Sie ist keine Verwandte«, beeilte sich Luisa zu versichern. »Sie ist eine alte Freundin meiner Mutter. Sie sind hier zusammen aufgewachsen.«

»Stimmt. Hat sie erwähnt.« Er machte eine Pause und richtete sich auf. »Hör mal«, sagte er, »das mit deiner Mutter tut mir leid. Ist bestimmt schlimm für dich.«

Sie sagte nichts und er fragte sich zum dutzendsten Mal, wo und wie Judith wohl gestorben war. Er wusste, dass sich Kent seit geraumer Zeit mit Drogen versuchte, weil damit in kürzester Zeit das meiste Geld zu machen war. Niemand sonst wollte etwas damit zu tun haben. Was, wenn er sie bei einem Geldbeschaffungsding vorgeschickt hatte, das so heikel gewesen war, dass er sie hatte liegenlassen oder irgendwo verscharren müssen, um seinen Kopf aus der Schlinge zu ziehen?

Doras Bass, der aus dem Garten hereindrang, lenkte Tom ab und machte ihm bewusst, dass er nicht auf dem Heuboden lag und dies nicht der richtige Moment war, um sich in Gedanken wie diesen zu verlieren.

»Ich gehe wieder nach draußen«, sagte er und stieß sich

117

von der Anrichte ab. »Ich glaube, die Tante versucht gerade, Jaxon in die Mangel zu nehmen.«

***

Sandro war verhaftet. Jaxon schob sich einen Arm unter den Kopf und starrte an die spinnwebenüberzogene, hölzerne Decke des Schlafzimmers, in dem er sich seit seiner Ankunft hier breitmachte. Er musste an die letzten Worte denken, die Sandro an ihn gerichtet hatte.

Komm jetzt bloß nicht zurück. Die Polizei ist uns direkt auf den Fersen. Wir melden uns.

Sie hatten sich nicht mehr bei ihm melden können. Ebenso wie Jaxon hatten die Brüder nach dem Einbruch für eine Weile untertauchen müssen. Und sie hatten die Beute, den eindeutigen Beweis für ihre Schuld, loswerden müssen. Die Übergabe war schiefgegangen und Sandro saß wieder hinter Gittern. Sein kleiner Bruder hatte angeblich eine Kugel abbekommen.

Bei der Vorstellung, dass sein Freund wieder im Gefängnis war, bekam Jaxon ein flaues Gefühl im Magen. Jetzt gab es niemanden mehr da draußen, zu dem er Kontakt hatte. Der wusste, wo er war.

Als hätte sein Handy seine Gedanken verfolgt, fing es in diesem Moment an zu klingeln. Jaxon drehte sich im Bett herum, suchte es zwischen den Kissen hervor und sah eine unbekannte Nummer. Er zögerte, dachte, dass er doch auf Tom hätte hören und seine SIM-Karte auswechseln sollen. Der Kerl wusste ein paar ganz gute Tricks, hatte seinem geklauten Wagen ruckzuck eine neue Identität verpasst und sich in seinem Leben noch nie erwischen lassen.

»Ja?«, fragte er ins Telefon, stand vom Bett auf und trat ans Fenster.

»Jaxon?«

»Wer ist da?«

»Ollie.«

Eine Sekunde lang glaubte Jaxon, sich verhört zu haben. Er ließ das Telefon sinken, bevor er es wieder ans Ohr hob.

»Wer?«

»Oliver.« Er hörte Lärm im Hintergrund. Abfahrende Züge und Lautsprecherdurchsagen.

»Wieso rufst du mich an? Wo hast du die Nummer her?«

»Von Sarah.« Er sprach lauter, als der Geräuschpegel in seiner Umgebung unvermittelt stieg.

»Wieso gibt Sarah dir diese Nummer?«

Oliver rief etwas, das sich wie *ich bin von Zuhause abgehauen* anhörte.

»Was bist du?«

»Weggelaufen.«

»Und jetzt?«

»Brauche ich deine Hilfe.«

»Meine?« Jaxon lachte unwillkürlich auf. »Ich hab selber den Arsch voll Ärger. Geh wieder nach Hause.«

»Ich kann nicht wieder nach Hause gehen.«

»Und warum nicht?«

»Ich bin nach Berlin gefahren. Im Klo.«

»Dann fahr im Klo wieder zurück.«

»Das geht nicht. Sie haben mich erwischt und rausgeschmissen. Jetzt brauche ich Geld.«

Jaxon stöhnte leise und rieb sich mit der freien Hand die Augen. Dann öffnete er das Fenster und ließ die frische Luft vom See hinein. Mittlerweile war Mai. Er war seit fast drei Wochen wieder draußen. Er spazierte durch die Gegend, atmete saubere Luft, aß Eis und Gegrilltes und, vor allem, er war allein. Er schlief allein in diesem Zimmer und er sah Bäume und Gras. Im ganzen Knast gab es keinen einzigen Grashalm.

»Ich brauche Geld«, tönte die Stimme seines kleinen Bruders an sein Ohr.

»Mann, Oliver, ich habe kein Geld.«

»Das glaube ich dir nicht.«

Fast hätte Jaxon gelacht. Oliver musste verrückt sein, dass er ausgerechnet ihn anrief und um Hilfe bat. Ihn, der dauernd blank war, der sich kurz nach seiner Entlassung an einem Einbruch beteiligte, der auch noch schiefging, und jetzt mit nichts außer hundert Euro, einem Handy und ein paar Klamotten am Leib im Niemandsland hockte.

»Das kannst du mir aber glauben.«

»Wo bist du?«

»Gut versteckt.«

Oliver schwieg ein paar Sekunden und Jaxon war versucht, die Verbindung zu trennen. Doch dann fiel ihm ein, wie Oliver ihn angestarrt hatte, als sie sich nach sechs Jahren das erste Mal wiedergesehen hatten. Das entrückte Leuchten in seinen Augen.

Wie ist es im Gefängnis, Jaxon?

Und jetzt, nur wenige Wochen, nachdem Jaxon von der Bildfläche verschwunden war, war er von Zuhause abgehauen. Zufall oder nicht, es wurde Zeit, dem Jungen sein Weltbild wieder zurechtzurücken.

»Also gut«, sagte er. »Wo bist du?«

Tom hatte ihm nahegelegt, das Aufeinandertreffen mit Oliver nicht in der Öffentlichkeit stattfinden zu lassen und ihm die Schlüssel zu seiner Wohnung in Friedrichshain überlassen. Jaxon fand seinen Bruder vor der Wohnungstür auf der Holztreppe des Altbaus sitzend. Er trug eine alte, dunkelblaue Levis-Jacke, die Jaxon in der Zeit vor seiner Verhaftung getragen hatte, eine Käppie, ausgetretene Nikes und einen vollgestopften, mit Sicherheitsnadeln notdürftig zugehalten Armeerucksack. Als er Jaxon und Tom die Treppe hinaufkommen sah, rappelte er sich auf, so schnell er konnte.

Tom warf Oliver im Vorbeigehen einen langen Blick zu. »Ich bin ein Stockwerk drüber, wenn irgendwas ist«, sagte er an Jaxon gerichtet. »Ich ruf dich später an.«

Jaxon wartete, bis Tom verschwunden war, dann wandte er sich Oliver zu. »Du erzählst niemandem, dass wir uns hier getroffen haben, sonst dreh ich dir den Hals um«, sagte er zur Begrüßung, schloss die Tür auf und schob Oliver unsanft hinein. Er konnte sich nicht erklären, warum er grob zu ihm war, noch bevor der überhaupt ein Wort herausgebracht hatte. Vielleicht war es einfach ein Überbleibsel aus ihrer früheren Beziehung.

»Schon gut.« Oliver duckte sich weg, als Jaxon auf ihn zukam und Jaxon versuchte, sich am Riemen zu reißen und seine Hände bei sich zu lassen.

»Setz dich dahin.« Die Wohnung wirkte frisch renoviert und war spärlich eingerichtet. Im Wohnzimmer standen lediglich ein fast leeres Regal und ein schwarzes Ledersofa. Die Wände waren weiß und schmucklos.

Oliver setzte den Rucksack ab und ließ sich auf das Sofa sinken. Sein Blick war unstet und plötzlich kam Jaxon in den Sinn, dass er verzweifelt war.

»Was ist passiert?«, fragte er.

»Ich brauche deine Hilfe.«

»Wobei?«

»Du darfst niemandem davon erzählen.«

»Tu ich nicht.«

»Versprich es.«

»Ja, Herrgott. Ich verspreche es.«

Olivers Blick wurde eindringlich. »Ich brauche eine Waffe. Eine Pistole oder ein Gewehr oder sowas.«

Jaxon, der mit den Händen in den Hüften vor dem Sofa stand, starrte seinen Bruder an. Wie schmächtig er war; mit schmalen Schultern und Oberschenkeln, die Jaxons Oberarme sein könnten. Die Augen dunkel und nervös. Jaxon kannte Jungs wie Oliver. Er wusste, was mit ihnen passierte. Dort, wo er herkam, wurden sie als Währung benutzt und von Zelle zu Zelle gereicht. Für Leute wie sie waren diese Netze zwischen den Stockwerken gespannt. Alle paar Monate fand man sie, am Fenstergitter aufgehängt.

»Wie bitte?«, sagte Jaxon, allerdings nur, um seine vorübergehende Sprachlosigkeit zu überspielen.

Oliver holte Luft. »Es ist …«

»Wie kommst du darauf, dass ich eine Pistole oder ein Gewehr oder so was habe?«, fiel Jaxon ihm ins Wort. »Ich habe nichts dergleichen. Und wenn ich sowas hätte, würde ich es dir bestimmt nicht geben.«

Jaxon erkannte, dass Oliver sich auf eine Diskussion wie diese gefasst gemacht hatte. Sein Gesichtsausdruck bekam etwas verschlossen-Trotziges.

»Du hast Levin erschossen. Ich weiß, dass du an eine Waffe kommen kannst. Wahrscheinlich hast du längst wieder eine.«

Jaxon drehte sich weg und ging ein paar Schritte Richtung Schlafzimmer. Hier war keine Sarah, vor der er sich zusammenreißen musste. Keine Johanna, vor der er den guten, großen Bruder spielen musste. Hier schwebte noch nicht einmal die ständige Bedrohung der Gummizelle über ihm. Niemand außer Tom wusste, dass sie hier waren. Hier gab es nichts zwischen ihm und Oliver, außer seiner Beherrschung. Ganz schön verrückt von dem Jungen, sich freiwillig hier mit ihm einzuschließen.

»Wofür brauchst du eine Waffe?«, fragte er, als er zurückkam. »Hast du irgendwas vor?«

Jetzt senkte Oliver die Lider.

»Oliver!« Jaxon schlug ihm mit dem Handrücken vor die Brust. »Komm, hau rein jetzt. Du willst eine Pistole und kannst mir nicht sagen, wofür?«

»Ich habe Ärger.«

»Mit wem?«

»Ziemlich großen Ärger.«

»Mit wem, hab ich gefragt.«

»Phil.«

Jaxon stockte der Atem, aber er fasste sich sofort wieder. Was erzählte dieser Junge ihm da?

»Und jetzt?«, brachte er heraus. »Willst du ihn erschießen, oder was?«

Oliver antwortete nicht und Jaxon wandte sich ab. »Ich rufe jetzt deine Mutter an«, sagte er tonlos.

»Nein!« Oliver war auf den Beinen, noch bevor Jaxon seine Hand in die Hosentasche gesteckt hatte. »Mach das nicht.«

»Sie versucht sowieso seit Tagen, mich zu erreichen.«

»Nein, Jaxon!« Oliver versuchte, Jaxon das Handy zu entreißen, aber der hielt es nach oben, außerhalb seiner Reichweite. Er packte Oliver am Kragen seiner Jacke und stieß ihn gegen die blütenweiße, leere Wand. Mit beiden Händen umfasste Oliver seine Faust, die Augen aufgerissen, mit dem flackernden Kaninchenblick, der Jaxon so vertraut war wie die Risse in seiner alten Zimmerdecke. Er japste und bettelte, aber Jaxon ließ ihn nicht los.

»Du fährst auf der Stelle nach Hause«, sagte er. »Du rufst mich nie mehr an. Du vergisst, dass es mich gibt. Verstanden?« Er ließ Oliver los und noch ehe der sich wieder gefangen hatte, hatte er ihm die Jacke vom Körper gerissen und auf das Sofa geworfen. »Und hör auf damit, meine Klamotten anzuziehen«, blaffte er.

Er schob Oliver Richtung Wohnungstür und wusste nicht, wie er finden sollte, dass der angefangen hatte zu schluchzen. »Lass das gefälligst! Du brauchst keine gottverdammte Waffe, wenn du aufhörst, wie ein Baby zu flennen.«

»Ich habe kein Geld.«

Jaxon nahm Olivers Rucksack vom Sofa, stopfte fünfzig Euro hinein und drückte ihn ihm in die Arme.

»Jetzt hast du Geld. Morgen um diese Zeit rufe ich Sarah an und wenn du nicht Zuhause bist, erzähle ich ihr, dass du hier warst und wieso.«

***

»Ich glaube nicht, dass Judith tot ist«, sagte Irene. Sie holte eine Flasche Bier aus dem Kühlschrank, öffnete sie und stellte sie neben Tom auf den Tisch. Tom, der seit einer halben Stunde damit beschäftigt war, Irenes neuen Laptop einzurichten, seufzte auf und lehnte sich zurück. Wenn Irene dermaßen lapidar ein so brisantes Thema anschnitt, hatte sie anscheinend kein großes Interesse an einer funktionierenden Internetverbindung.

Er warf ihr einen schrägen Blick zu. »Hast du was von ihr gehört?«

»Nun … nein.« Sie stellte eine Schale mit Erdnusskernen neben die Flasche und fuhr damit fort, die Ablagen ihrer Küche abzuwischen.

»Dann sag so etwas nicht.« Tom nahm einen Schluck Bier und wandte sich wieder dem Laptop zu. »So. Jetzt brauche ich deinen Netzwerksicherheitsschlüssel.«

»Tom, überleg doch mal.« Irene warf den Lappen in das Spülbecken und drehte sich zu ihm um. »*Gefickt und vorgeschickt*«, wiederholte sie die von ihm geäußerte Vermutung. »So etwas würde Kent doch nie tun. Er ist ein Idiot, ja. Aber er würde Judith doch nicht absichtlich in Gefahr bringen.«

Tom versuchte, ihre Worte an sich abperlen zu lassen und tat so, als bliebe er auf den Bildschirm konzentriert. »Er steht auf einer Plakette auf der Unterseite deines Routers.«

Irene atmete hörbar aus, schnappte sich Kugelschreiber und Notizblock aus einer Schublade und verschwand in den Flur.

Tom schloss für eine Sekunde die Augen. Er wünschte sich, Irene hätte etwas Gras im Haus. Aber sie hatte vor sechzehn Jahren, kurz nachdem sie ihn draufgebracht hatte, mit dem Kiffen aufgehört.

Sie hat Recht, versuchte er sich einzureden. Kent würde Judith zumindest nicht absichtlich in Gefahr bringen. Im Gegenteil, er hatte immer schon alles für sie getan. Was der Grund dafür war, dass sie Tom immer wieder verlassen hatte und zu ihm gelaufen war. Wenn sie mit Kent zusammen war, gab es keine lautstarken Streits, keine anstrengenden Auseinandersetzungen.

Und doch war sie immer wieder zu ihm, Tom, zurückgekehrt. Bis jetzt.

Er stand auf und ging mit der Bierflasche in der Hand zum Küchenfenster. Irenes Wohnung war schnittgleich zu seiner, die genau darunter lag, deshalb war die Aussicht in den Innenhof mit den gepflasterten Wegen und den Bänken, die sich um einen großen Sandkasten gruppierten, fast identisch. Von hier oben sah alles nur noch etwas kleiner aus.

Er hörte, wie sie zurückkam, den Zettel vom Block abriss und auf den Küchentisch legte.

»Ich glaube, ich werde langsam verrückt«, sagte er tonlos. »Ich höre nachts Zeug. Stimmen, die gar nicht da sind.«

Ihn überlief es kalt bei der Erinnerung an Matildas Weinen. Und den verpassten Anruf. Er setzte die Flasche an und versuchte, mit besonders wenigen Zügen besonders viel Bier zu schlucken. Aber sich mit dermaßen niedrigprozentigem Zeug abschießen zu wollen, war hoffnungslos.

»Tom.« Irene stand hinter ihm. »Du musst unbedingt damit aufhören, dir ständig Sorgen um sie zu machen.«

Er drehte sich um. »Was?«

»Wahrscheinlich ist sie wirklich weggegangen.«

Tom biss die Zähne aufeinander, seine Kiefer knackten. »Und wieso hat sie Matilda dann nicht mitgenommen, sondern bei Kent gelassen?«

»Matilda wird nächstes Jahr schulpflichtig.« Irene zuckte eine Schulter. »Vielleicht will sie dort, wo sie jetzt ist, alles für sie vorbereiten und einen Neuanfang machen?«

Tom schüttelte den Kopf. Er stellte die leere Flasche weg, tigerte an Irene vorbei zur Tür und wieder zurück zum Fenster. »Nie und nimmer. Du hättest Matildas Gesicht sehen sollen. So sieht kein Kind aus, dessen Mama ihm gesagt hat, dass sie bald zurückkommt und es holt.«

Irene stellte sich ihm in den Weg und hielt ihn an den Schultern fest. Erst als er gezwungen war stehenzubleiben und sie anzusehen, merkte er, wie aufgewühlt er war.

»Du musst dich beruhigen«, sagte sie. »Vielleicht schafft Judith es jetzt endlich, einen Schnitt zu machen. Dabei darfst du ihr nicht im Weg stehen.« Sie machte eine Pause. »Du weißt, dass es ihr nie so gut gelungen ist wie dir, sich von dem ganzen Mist zu befreien.«

Ungeduldig machte Tom sich los. »Lass das«, sagte er. »Ich weiß, dass Kent sie auf dem Gewissen hat.« Sein Blick fiel auf die Uhr, die über dem Esstisch an der Wand hing, und er setzte sich wieder vor den Laptop. Ohne Irene anzusehen, holte er sich den Zettel heran und tippte die Zahlenfolge ein, die sie notiert hatte. Er spürte, dass sie ihn beobachtete.

»Es gefällt mir nicht, dass du jetzt ganz allein da draußen bist«, sagte sie, während der Laptop damit zugange war, eine Verbindung zum Internet aufzubauen. »Warum bleibst du nicht für eine Weile in deiner Wohnung?«

Er schüttelte den Kopf. Dann stand er auf und nahm seine Jacke von der Stuhllehne. »Keine Sorge, ich bin nicht alleine.«

Irene trat beiseite, um ihn durchzulassen. Zweifelnd sah sie ihn an. »Wirklich nicht?«

Er wies auf das Notebook auf dem Küchentisch. »Das funktioniert jetzt alles. Ruf ruhig an, wenn du Probleme hast.«

»Okay. Danke.« Sie begleitete ihn zur Wohnungstür und umarmte ihn zum Abschied länger als sonst. »Ich weiß zwar nicht, was du heute Abend noch vorhast«, sagte sie, während sie ihn an sich drückte. »Aber lass die Finger von Kent, okay? Versprich es mir.«

Der Abend wurde zur Nacht. Nachdem Tom bei Irene aufgebrochen war, hatte er an einer Tankstelle einen doppelten Espresso getrunken, sich eine Flasche Wasser mitgenommen und alle Autofenster heruntergelassen. So würde er hoffentlich wach bleiben.

Er zog sein Handy aus der Innentasche seiner Jacke, drückte eine Taste und wartete. Er war sich sicher, heute würde es funktionieren.

»Ja?«, kam es aus dem Lautsprecher und Tom brauchte ein paar Sekunden, um seine negativen Gefühle dieser Stimme gegenüber unter Kontrolle zu bekommen. »Wer ist denn da?«

»Kent? Hier ist Tom.«

Tom hörte Kent tief Luft holen und wusste, der Hass beruhte auf Gegenseitigkeit. Da brauchte er sich nichts vorzumachen.

»Was willst du?«

»Komm schon.« Tom schlug den verbindlichsten Ton an, zu dem er imstande war. »Du weißt, was ich will.«

Eine Pause entstand. »Ich schwöre dir, tauchst du noch einmal vor Matildas Kita auf, reiße ich dir den Arsch auf.«

»Kent«, fiel Tom ihm so diplomatisch ins Wort, dass er sich angesichts seiner Aggressivität bald lächerlich vorkommen musste, »darum geht es doch gar nicht.«

»Von wegen.«

»Ich wollte sie nur wiedersehen.«

»Ich weiß, dass du sie mitnehmen wolltest.«

»Ich vermisse sie. Du vergisst, dass ich sie fünf Jahre lang gehabt habe.«

Kent lachte tonlos. »Mit diversen Unterbrechungen, in denen du keine Lust auf sie hattest.«

Tom schloss die Augen und zwang sich, nicht »*das stimmt nicht, du Scheißkerl!*« zu schreien.

»Wir haben beide unsere Fehler gemacht.«

»Letztendlich hat sie sich für mich entschieden.« Jetzt sprach er von Judith.

»Das stimmt wohl.«

Kent lachte wieder. »Was ist los mit dir, Tom? Hat man dir ins Gehirn geschissen?«

»Ich will wissen, was mit Judith passiert ist.«

»Du weißt, was mit ihr passiert ist. Sie ist gegangen.«

»Hör auf damit. Wir wissen beide, dass sie niemals alleine von hier verschwinden würde.«

Die Stille am anderen Ende der Leitung war ohrenbetäubend.

»Ich will wissen, was in der Nacht passiert ist«, sagte Tom. »Hattet ihr Matilda dabei?«

Kent schwieg immer noch und Tom musste sich in die Fingerknöchel beißen, um es nicht zu versauen.

»Sie war Zuhause und hat geschlafen«, sagte Kent schließlich.

»Gut«, sagte Tom, aber nichts war gut. Er hatte die Schatten in ihren Augen gesehen. »Können wir uns treffen?«

»Wozu?«

»Ich habe noch einige Sachen von Matilda. Unterlagen, Spielsachen, du weißt schon.«

Kent schwieg.

»Kent, bitte. Ich lasse dir Matilda ja. Aber ich muss ein paar Antworten haben, das musst du auch verstehen. Du weißt, was Judith mir bedeutet.«

Scheiße, was sollte er mit einer Wasserflasche? Wieso hatte er sich nichts Hochprozentiges von der Tanke mitgenommen, um das hier durchzustehen? Mit zitternden Fingern zupfte er sich eine Zigarette aus einer vollen Schachtel und steckte sie sich an.

»Halt's Maul, Tom. Diesen Scheiß kannst du deiner Tante erzählen.«

Na gut, vielleicht hatte er ein wenig zu dick aufgetragen.

»Ich hab den Wagen voll Zeug. Und ich will wissen, was mit Judith passiert ist. Was gibt's daran nicht zu glauben?«

»Wo bist du?«

»In Tegel. Am Autokino.«

»Ich fahre doch jetzt nicht bis hoch zum Autokino.«

»Dann triff mich woanders.«

Kent zögerte. Tom hörte ihn an irgendwas paffen und spürte geradezu, wie er mit sich haderte. Er traute Tom nicht über den Weg, konnte an dem vorgeschlagenen Treffen aber nichts Riskantes entdecken. Er spürte sein Herz heftig schlagen vor Spannung.

»Von mir aus kann ich in einer Stunde bei Simon und Dima vorbeifahren«, sagte Kent nach einer Weile. »Dann kannst du mir die Sachen geben. Vorausgesetzt, die beiden sind da.«

Tom legte eine kurze Pause ein. Der Treffpunkt war nicht ideal, aber besser als nichts. Er würde sich darauf einlassen müssen.

»In Ordnung. Tu mir einen Gefallen«, sagte er.

»Noch einen? Das sind ganz schön viele Gefallen für eine Nacht, meinst du nicht?«

»Bring Matilda mit. Ich würde sie gerne sehen.«

Kent knurrte etwas, das sich wie *fick dich* anhörte.

»Zeig einen Funken Menschlichkeit, Kent. Diese blöde Henne in der Kita hat mich nicht zu ihr gelassen.«

»Es ist Mitternacht. Sie schläft.«

»Dann weck sie.«

»In einer Stunde bei Dima, Tom. Und wenn du dich daneben benimmst, beantworte ich dir keine einzige deiner Fragen.«

»In Ordnung.«

Kent stieß die Luft aus. In dem Moment, in dem er auflegen wollte, hörte Tom sich rufen: »Kent!«

»Was ist?«

»Wer ist es? Wer hat sie umgebracht?«

Er hatte diese Frage nicht stellen wollen. Sie war einfach so aus ihm herausgekommen.

»Jemand, der ein paar Nummern zu groß für dich ist.« Kent klang plötzlich müde und Tom ging auf, dass er Judith ebenfalls geliebt hatte und jetzt um sie trauerte.

»Wer war es?«

Kent antwortete nicht. »Bis gleich«, sagte er. Dann war die Verbindung unterbrochen.

Tom gefiel Jaxons gestohlener Ford Fiesta ausgesprochen gut. Er hatte eine Packung Kaugummis und eine zerkratzte Within-Temptation-CD im Handschuhfach gefunden, die er in den Player schob, während er unerkannt vor Kents Haustür parkte und abwartete, was passierte.

Er rutschte ein wenig im Sitz hinunter, um die dunkelrote

Fassade im Blick zu haben. Es war kurz vor ein Uhr in der Nacht. Der Flur hinter der verglasten Eingangstür lag im Dunkeln, ebenso etwa die Hälfte der Fenster, die zur Straße hinausgingen.

Zehn Minuten später wurde das Licht im Hausflur eingeschaltet, kurz darauf trat Kent auf die Straße. Er war dunkel gekleidet und allein, sah sich nicht um, sondern stieg in sein Auto und fuhr davon.

Tom wartete noch eine Weile, dann verließ er den Fiesta, überquerte die Straße und blieb unter dem Vordach stehen. Bei den günstigen Verkehrsverhältnissen brauchte Kent etwa fünfzehn Minuten bis zu Dima und Simon und zehn weitere, um zu merken, dass Tom nicht dort auftauchte. Es war anzunehmen, dass er sich kein Bier andrehen lassen und ziemlich eilig hierhin zurückfahren würde, also noch mal etwa zehn Minuten.

Tom schaltete sein Handy aus, weil er in spätestens dreißig Minuten mit diversen Anrufen rechnete, und überflog die dreispaltige, internationale Namensliste auf dem Klingelschild. Der Name Petersen stand tatsächlich darauf, im zweiten Stock im Hinterhaus. Tom klingelte bei mehreren von Kents Nachbarn, bis es in der Gegensprechanlage knackte, sagte »Entschuldigung, ich müsste mal ins Haus« und drückte die Tür auf. Er lief über den Hof, in den zweiten Stock hinauf und fand Kents verschlossene Wohnungstür. Schwaches Licht drang durch den Türspalt, er hörte den Fernseher. Vermutlich hatte Kent jemanden für Matildas Überwachung abbestellt.

Er band sich die Haare zusammen, zog seine abgelaufene ADAC-Kundenkarte aus der Jackentasche und schob sie mit einer sanften Bewegung am Schließblech entlang, bis sie den Riegel zurückdrückte. Mit einem leisen Klacken öffnete sich die Wohnungstür. Kent hatte in dieser Nacht anscheinend darauf verzichtet, sie anderweitig zu sichern.

Schnell und leise schob sich Tom in den durch den Lichtkegel eines angrenzenden Raumes indirekt beleuchteten Flur und schloss die Wohnungstür wieder. Der Fußboden bestand aus altem Parkett und schien eine knarrende Angelegenheit zu sein. Eine Menge Schuhe lagen auf einem unordentlichen Haufen unter der Garderobe, eine Nachrichtensendung lief im Fernsehen.

Tom versuchte, sich zu orientieren. Links von ihm war das Badezimmer, daneben das beleuchtete Wohnzimmer mit angelehnter, weiß lackierter Tür. Rechts ein im Dunkeln liegendes Esszimmer, vermutlich daran angrenzend die Küche. Blieb ein Raum. Es war kaum anzunehmen, dass Kent in dieser Wohnung mit etwas wie einem Kinderzimmer aufwarten konnte, also schlief Matilda vermutlich im Schlafzimmer.

Tom wagte einen Schritt auf den Dielen, dann noch einen, während er eine Hand in die Tasche seiner Windjacke schob und den Griff seines Springmessers umschloss. In einem schläfrigen Haus wie diesem weit besser zur Selbstverteidigung zu gebrauchen als eine laut ballernde Smith.

Er hatte bereits die Hand auf der Türklinke zum Schlafzimmer, als sich aus dem Wohnzimmer das schnelle Klikken von Krallen auf Holz näherte. Dann steckte Laika ihre Schnauze durch den Türspalt, schob die Tür auf und lief auf aufrührerisch wedelnde Art und Weise um ihn herum. Der Fernseher wurde leiser gedreht, ein Sofa knarrte, danach hörte er Schritte. Zu schwer für Matilda. Kent hatte also tatsächlich einen Babysitter engagiert.

»Tilda?« Die Stimme einer Frau. »Alles okay, Schätzchen?« Sie kam Tom unheimlich bekannt vor. Eine Sekunde lang fragte er sich, wie es möglich war, dass sie hier war.

Er schob Laika von sich, positionierte sich genau in der Mitte des Flurs und zog in dem Moment, in der sie die Wohnzimmertür öffnete, das Messer aus der Tasche. Mit einem schnappenden Geräusch sprang die Klinge aus dem Griff.

Sie zuckte zurück, starrte ihn an. Tom konnte geradezu sehen, wie ihr das Blut aus dem Gesicht floss. Er hatte sie lange nicht gesehen, aber sie sah noch aus wie damals. Dürr, das mittellange Haar dunkel, jedoch mittlerweile an den Schläfen ergraut. Das Gesicht vom Leben und von Trauer gezeichnet. Sie schien geschrumpft zu sein, was aber vermutlich daran lag, dass er selbst noch ein ganzes Stück gewachsen war, seit sie sich zuletzt gesehen hatten.

Sie klappte den Mund auf, anscheinend unschlüssig, ob sie schreien sollte, aber er rührte sich nicht und sie schloss ihn wieder.

»Du«, sagte sie, »was tust du hier? Wie bist du hier reingekommen?« Sie hielt sich am Türrahmen fest und er sah, dass sie zitterte. Sie trug Hosen, Socken und ein langärmeliges Shirt mit einer weißvioletten Kette darüber. Vermutlich blieb sie nicht über Nacht.

»Geh wieder da rein, Virginie«, sagte er leise. »Dann passiert dir nichts.«

»Was willst du hier?«

»Du sollst da reingehen.« Die Messerklinge fing das hereinscheinende Licht ein und warf es an die leere Flurwand, als er damit in den Raum hinter ihr wies. Und sie tat, was sie immer getan hatte. Sie wich vor ihm und der ganzen Welt zurück, der Gesichtsausdruck wie der eines zu oft getretenen Hundes.

»Tu ihr nichts«, sagte sie, »sie ist nur ein Kind.«

»Du rührst dich nicht von der Stelle.« Er vergewisserte sich mit einem letzten Blick, dass sie tun würde, was er gesagt hatte, dann steckte er sein Messer ein, war mit zwei Schritten im Schlafzimmer und schaltete das Licht ein.

Einige Atemzüge lang verharrte er in der Nähe der Tür, nicht fähig, sich zu rühren. Der Raum war klein, die dunklen Vorhänge vor Fenster und Balkontür zugezogen. Ein Doppelbett dominierte die Einrichtung, eine Art Spielwiese, in der mittendrin Matildas kleine, schlafende Gestalt lag.

Judith war hier gewesen, war alles, was er denken konnte. Hier hatte sie mit Kent geschlafen. Hier hatten sie über ihre Zukunft gesprochen. Über ihren Plan, der sie das Leben gekostet hatte.

Sein Puls geriet aus dem Takt. In seinem Kopf tauchten Bilder auf, etwas, das er unbedingt hatte vermeiden wollen. Er versuchte, sich zu beruhigen, sich auf Matilda zu konzentrieren, aber ihr Anblick in dem pastellfarbenen, nach oben gerutschten Nachthemd ließ ihn ebenfalls rot sehen. Laika streifte sein Bein, als sie an ihm vorbei ins Schlafzimmer ging und auf das Bett sprang.

Er drehte sich um. »Sie schläft zusammen mit Kent in diesem Bett?«

Virginie stand im Türrahmen, als hätte er sie darin festgenagelt. Sie schluchzte auf. »Kent tut ihr nichts. Er ist ein guter Vater.«

»Er ist nicht ihr Vater!«

Sie starrte ihn an und er zwang sich, das Schlafzimmer zu betreten. Laika hatte sich neben Matilda zusammengerollt.

Tom musste sich über das Bett beugen, um das Mädchen wach zu schütteln. Er wusste, dass sie sich nicht leicht wekken ließ.

»Matilda«, rief er. »Wir gehen.«

Sie öffnete die Augen und sah ihn an.

»Komm, aufstehen!«

Sie sagte nichts, griff nur nach ihrem Stoffwolf, und er zog sie am Arm zu sich heran, hob sie hoch und richtete sich auf. Obwohl sie schläfrig war, war sie leicht. Reflexartig schlang sie ihre Arme und Beine um seinen Körper und legte den Kopf auf seine Schulter. Tom hielt sie mit einem Arm fest, verließ das Schlafzimmer und durchquerte den Flur. Bevor er die Wohnungstür erreicht hatte, stellte sich ihm Virginie in den Weg.

»Du bist ein Scheusal«, brach es aus ihr heraus. »Reißt ein Kind nachts aus seinem Bett.«

Genau. Etwas, das du immer schon versäumt hast zu tun, dachte Tom, aber er sagte es nicht. Er drückte Matilda an sich und schob Virginie mit dem anderen Arm beiseite. Er hätte damals nicht gedacht, dass es ihm gelingen würde, aber jetzt, mehr als fünfzehn Jahre, nachdem er sie zuletzt gesehen hatte, fühlte er bei ihrem Anblick weder Hass noch Zuneigung. Er fühlte gar nichts mehr.

Er erreichte die Tür, drückte die Klinke hinunter und warf dabei einen Blick auf seine Armbanduhr. Zwölf Minuten waren vergangen. Kent dürfte noch nicht einmal ihren Treffpunkt in Friedrichshain erreicht haben.

Er trat ins Treppenhaus hinaus, aber Virginie war wieder da und riss an seinem Arm. »Du Mistkerl!«, schrie sie, »ich lasse nicht zu, dass du sie mitnimmst!«

Sie schrie ziemlich laut und Tom hielt mitten im Schritt

inne. Im Sekundenbruchteil traf er seine Entscheidung. Er setzte Matilda im Treppenhaus ab, griff sich sein Messer und schob Virginie in die Wohnung zurück. Er schob mit der Ferse die Tür zu und stieß sie gegen die Flurwand.

»Du hältst dich da schön raus. Matilda gehört mir und nicht Kent.«

Virginies Blick flackerte. Sie war ängstlich, der feigste Mensch, den Tom kannte, aber mittlerweile hatte sie nicht mehr viel zu verlieren.

Sie hielt Toms Blick stand. »Sie gehört Judith. Und sie ist mein Enkelkind.«

»Judith lebt nicht mehr. Dafür hat Kent gesorgt.« Seine Kehle brannte, als er die Worte aussprach und er konnte nicht anders, als ihr die Klinge an ihre weiche, alte Haut zu drücken. Sie war gut geschärft. Virginie schluckte und ein feines Rinnsal Blut lief an ihrem Hals herab und hinterließ dunkle Flecken auf dem Saum ihres hellen T-Shirts.

»Du redest irre«, sagte sie. »Und bist kein bisschen besser als dein elender Vater.«

Ihre Worte berührten ihn nicht. »Matilda passiert bei mir nichts«, sagte er. »Aber wenn du dich jetzt nicht wieder brav ins Wohnzimmer setzt und die Klappe hältst, kann ich für nichts garantieren.«

Sie starrte ihn nur an und er ließ von ihr ab. Ohne ein weiteres Wort verließ er die Wohnung, hob Matilda hoch und lief die Treppen hinunter.

Sieben

»Amelie, jetzt warte doch mal. Lass uns darüber reden!«
Luisa folgte ihrer Schwester aus dem Haus und durch den
Vorgarten. Am Zaun blieb sie stehen und sah zu, wie Amelie ihren Backpacker-Rucksack in den Kofferraum ihres
dunkelgrünen Twingos wuchtete, die Heckklappe zuknallte
und um den Wagen herummarschierte.

»Da gibt's nichts mehr zu reden.« Sie fuhr zu Luisa herum. Ihr Gesicht war ziegelrot. »Du hast gewonnen. Du bist
mal wieder Mamas Liebling. Du bist überhaupt jedermanns
Liebling.«

Das stimmte nicht und sie beide wussten es, aber Luisa
stand nur da, während Amelie in das Auto stieg, den Motor
startete und davonfuhr, dass der Schotter spritzte. Sie hätte
nicht deutlicher machen können, wie froh sie war, endlich
von hier zu verschwinden.

Ich sollte das ebenfalls tun, dachte Luisa und schlang sich
bei der Erkenntnis, dass sie nun vollkommen alleine hier
war, die Arme um den Oberkörper. Die Amelie-Staubwol-
ke legte sich bereits und eigentlich hatte sie keinen Grund
mehr, hier draußen herumzustehen. Dennoch schob sie den
Moment, wieder in das Haus zurückzukehren, hinaus. Ihre
Großeltern hatten bereits darin gelebt, bevor Gabriella vor
einem Jahr hierher zurückgekehrt war. Luisa hatte mehrere
Leben aufzuräumen, bevor sie gehen konnte.

Das Gefühl drohte gerade, sie zu überwältigen, als sie einen Wagen herannahen hörte. Kurz darauf erschien Toms
Pickup in der Kurve. Knirschend kam er vor ihrem Gartentor zum Stehen und sie sah, dass es Jaxon war, der am
Steuer saß.

»Vor wem ist sie denn davongelaufen?« Er wies mit dem Kopf in die Richtung, aus der er gekommen war.

»Meine Schwester hat gerade eine schwere Enttäuschung erlitten.« Luisa sah die Straße hinunter. Vermutlich hatte Amelie ihre rasante Fahrt unterbrechen und auf der schmalen Schotterpiste mühsam fluchend an Jaxons Schlachtschiff vorbeimanövrieren müssen. Der Gedanke heiterte sie ein klein wenig auf.

Jaxon hatte den Motor ausgeschaltet und stieg aus. Sein Blick wanderte über die Terrasse, auf der sie vor zwei Tagen zusammengesessen und gegrillt hatten, und blieb an ihrem alten Golf hängen, der wie ein unnützer Berg Blech in der schmalen Einfahrt neben dem Bungalow stand. Seit er sie in einer der schlimmsten Stunden ihres Lebens im Stich gelassen hatte, war ihre Liebe zu ihm merklich abgekühlt.

»Wie ist der denn hier hingekommen?«, fragte Jaxon.

»Mein Vater hat ihn hierher abgeschleppt, bevor er und mein Onkel abgereist sind.«

»Also bist du jetzt ganz alleine hier?«

Luisa nickte. Ein Windstoß kam über den See und ließ die jungen Blätter der Ahornbäume erzittern. Luisa begann zu frieren. Einen Moment lang war sie selber überrascht darüber, wie dünnhäutig sie sich plötzlich fühlte. Amelie und sie stritten andauernd miteinander, ihr ganzes Leben schon. Sie wusste, es war der Tod ihrer Mutter, der diese schmerzhafte Traurigkeit in ihr auslöste.

»Und hat dein Vater ihn auch repariert, oder brauchst du immer noch eine Verteilerkappe?«, holte Jaxons Stimme sie aus ihren Gedanken.

»Was?« Luisa sah ihn an und begann sich erst jetzt zu fragen, was er eigentlich hier wollte.

Seine Brauen zogen sich zusammen. »Alles okay?«

»Ja, klar.« Sie versuchte, ihre Fassung wiederzugewinnen. »Also … ich brauche immer noch eine neue Verteilerkappe.« Und zwar dringend. Denn mit ihrer Schwester war gerade eben auch deren Twingo und damit Luisas letztes motorisiertes Fortbewegungsmittel Richtung Köln verschwunden.

Jaxon hob etwas, das wie schwarzer Kabelsalat aussah, von der Ladefläche des Autos hoch. »Ich kann dir eine einbauen, wenn du möchtest.«

Luisa war im ersten Moment zu überrascht, um etwas zu sagen. Sie nickte, woraufhin er seine Sweatjacke auszog, über die Seitenklappe des Pickups warf und einen Schraubenzieher aus einer seiner Hosentaschen holte. Er sah aus, als hätte er jahrelang nur Sport getrieben, so sehr spannte sich sein T-Shirt über seine Muskeln. Eine Sekunde lang durchzuckte Luisa der Gedanke, wie zielstrebig er gerade aus dem Pickup gestiegen und sich danach erkundigt hatte, ob sie alleine hier war. Und wie bereitwillig sie das zugegeben hatte.

Nervosität ergriff sie. Sie versuchte, sie zu ignorieren, öffnete die Fahrertür ihres Golfs und hebelte die Kühlerhaube auf. Als sie sich wieder aufrichtete, hatte sich Jaxon bereits mit dem Schraubenzieher in der Hand über den Motorraum gebeugt.

Luisa sah ihm ein paar Sekunden lang zu. Bei ihrer letzten Begegnung hatte er so gut wie kein Interesse an ihrer Situation gezeigt. Er war so mit sich beschäftigt gewesen, dass sie nicht im Traum daran gedacht hätte, er könnte heute mit dem benötigten Ersatzteil im Gepäck vor ihrer Gartentür vorfahren.

»Ähm«, sagte sie und versuchte, ebenfalls einen Blick un-

ter die Motorhaube zu werfen. »Soll ich vielleicht irgendwas
… helfen?«

Jaxon schob sich den Schraubenzieher in die Hosentasche
zurück. Er griff nach den Kabeln, die er mitgebracht hatte, wobei er mit seinem ölverschmierten Arm beinahe ihr
weißes Shirt streifte. »Einen Schritt zurückgehen, vielleicht.«

Luisa beeilte sich, zurückzuweichen. »Wo hast du dieses
Teil eigentlich her?«, fragte sie. Wobei sie eigentlich wissen
wollte, welchen Aufwand er betrieben hatte, um es zu besorgen. Sie merkte, dass es ihr schwerfiel, ihn einzuschätzen. Er
strahlte etwas Ruhiges, Beherrschtes, beinahe Reserviertes
aus, aber sie wusste, dass unter der Oberfläche mehr war.
Sie hatte es erlebt, als er neben ihr im Pickup gesessen und
telefoniert hatte. Der Inhalt des Gespräches und seine Reaktion darauf hatten bei ihr sämtliche Alarmglocken schrillen lassen.

»Tom und ich waren gestern unterwegs«, sagte er, »und
haben es mitgebracht. Die Dinger gibt es in jedem Kfz-
Laden.« Er beugte sich etwas tiefer über ihren Motor und
befestigte irgendwas schwarzes, weiter hinten Liegendes.
»Wir wussten ja, dass du mit deinem kaputten Golf hier
herumsitzt«, fügte er gedämpft hinzu.

Das hatte ihr Vater ebenfalls gewusst. Aber für Bernd, der
einen nagelneuen Dienstwagen fuhr, und auch ihren weltfremden Onkel existierten fünfzehn Jahre alte, defekte Automotoren einfach nicht. Und Arne, der nach seiner Stippvisite vor drei Wochen enttäuscht das Weite gesucht hatte,
hatte seitdem überhaupt nichts mehr von sich hören lassen.

Amelie jedoch hatte genau gewusst, was es für Luisa bedeutete, sie einfach hier sitzenzulassen. Luisas Magen verkrampfte sich bei dem Gedanken an den heftigen Streit mit ihrer Schwester. Und an die Art und Weise, auf die sie auseinandergegangen waren.

»Amelie war wirklich verletzt«, sagte sie nach einer Weile. Sie war sich nicht sicher, ob sie Amelies Verhalten vor sich selbst entschuldigen wollte, oder ob sie ihrer Schwester wirklich verzieh. Und warum sie Jaxon überhaupt davon erzählte. Sie hatten in den letzten Tagen versucht, im Haus aufzuräumen und sich einen Überblick zu verschaffen. Die Schrankwand im Wohnzimmer war voll mit Ordnern, Fotoalben und losen Unterlagen. Amelie und sie hatten bereits sechs Umzugskartons gefüllt und keine Ahnung, was sie mit all den Erinnerungen anstellen sollten.

Luisa ahnte, dass das, ebenso wie einiges mehr, ab jetzt ihr Problem sein würde.

»Wir haben ihr Testament gefunden«, sagte sie.

Jaxon richtete sich auf und holte ein paar Kabelbinder aus seiner Hosentasche. Er sah sie an und Luisa redete einfach weiter.

»Wir waren total überrascht.« Sie spürte, wie sie bei dem Gedanken an den Inhalt der handgeschriebenen Seiten wieder Herzklopfen bekam. »Meine Mutter hat alles an mich vererbt. Ich meine, *alles*. Das Geld, die Wohnung in Neuss, den Bungalow …« Luisa brach ab. Sie musste an Amelies ungläubigen Gesichtsausdruck denken, als sie das Testament gelesen hatte und ihr klar gewesen war, dass Gabriella darin explizit nur Luisa bedacht hatte. Dass sie selber nichts außer dem Pflichtanteil bekommen würde.

»Das«, sagte Luisa, »ist der Grund dafür, dass wir uns gestritten haben und Amelie abgehauen ist.«

Jaxon löste seinen Blick von ihr und betrachtete das alte Gebäude über ihren Kopf hinweg. »Na, herzlichen Glückwunsch«, sagte er. »Aus der Hütte lässt sich sicher einiges machen.« Er wandte sich wieder ihrem Golf zu und begann damit, die eingebauten Kabel im Motorraum miteinander zu verbinden.

Luisa lehnte sich gegen die Fahrertür des Wagens und sah ebenfalls zu dem Bungalow herüber, der sich flach und klein unter die alten, ausladenden Bäume duckte. Mit seinen dunklen Fenstern und der zugewachsenen Fassade sah er aus, als hätte er etwas zu verbergen. Ein Geheimnis.

»Warum tut meine Mutter so etwas nur? Ihr hätte doch klar sein müssen, dass Amelie am Boden zerstört sein würde.« Und dass es einen Keil zwischen die Schwestern treiben würde.

Jaxon trat neben sie. »Sie wird sich schon wieder einkriegen.« Er hob die schwarzverschmierten Gummi- und Plastikteile vom Boden auf, die er aus ihrem Motorraum ausgebaut hatte. So viel Ärger wegen so wenig Zeug.

»Ich weiß nicht.« Luisa stieß ein Seufzen aus. »Ich glaube, das ist eine Sache, bei der sich Amelie nicht so schnell wieder einkriegen wird.«

»Es war ja nicht deine Entscheidung, sondern die deiner Mutter.« Jaxon deutete ein Achselzucken an. »Und wer weiß, was sie dazu getrieben hat.«

Sie sah zu, wie er zum Pickup hinüberging und die defekten Autoteile auf die Ladefläche warf. Was sollte sie schon dazu getrieben haben, außer der dämonische Wunsch, Amelie einen letzten Schlag zu versetzen? Es war immer deutlich gewesen, dass Luisa eine engere Beziehung zu ihrer Mutter hatte als Amelie, aber Gabriella hatte stets behauptet, das spiele für sie keine Rolle. Dass ihr ihre Kinder alle gleich viel bedeuteten. Luisa und ihre Schwester hatten gespürt, dass das nicht die Wahrheit war. Und dieses Gefühl hatte immer zwischen ihnen gestanden.

Sie zuckte zusammen, als Jaxon zurückkam und mit einem Klacken die Motorhaube zufallen ließ. »Willst du ihn mal starten?«

»Ja, klar.« Froh über die Ablenkung, setzte Luisa sich hinter das Steuer und drehte den Zündschlüssel um. Der Motor sprang an, als wäre nie etwas gewesen, und Luisa durchströmte die Erleichterung.

»Wow«, brachte sie heraus. »Du hast mich wirklich gerettet.«

»Der Verteiler war total hinüber.« Mit einem Stück Stoff wischte sich Jaxon das Schmierfett von den Händen. »Du müsstest eigentlich schon länger gemerkt haben, dass der Motor nicht mehr rund läuft.«

Luisa stieg aus dem Auto und verschloss es sorgfältig. Sie fühlte sich so befreit, dass sie angesichts des leisen Vorwurfs in seiner Stimme beinahe lachen musste.

»Du meinst, ich hätte früher reagieren und den Wagen in die Werkstatt bringen müssen, stimmt´s?«

Er zog nur die Brauen hoch und stopfte sich das Tuch zu dem Schraubenzieher in die Hosentasche. »Die Zündkerzen sehen auch nicht mehr gut aus. Die sind wahrscheinlich als nächstes dran.«

»Okay, ich hab's verstanden.« Sie folgte ihm zum Pickup und blieb stehen, als er einstieg und den Motor startete.

»Wenn irgendwas ist, melde dich ruhig«, sagte er, bevor er den Gang einlegte, und etwas wie ein Grinsen schlich sich auf sein ernstes Gesicht.

Sie nickte und als sich ihre Blicke für einen Moment begegneten, fiel ihr auf, wie blau seine Augen waren. Und dass sie auf einmal gar nicht mehr so wütend auf Amelie war.

Sie sah dem Pickup hinterher, der am See entlang davonfuhr, dann wandte sie sich zu dem Bungalow um. Sie musste
an die vollgestopfte Schrankwand im Wohnzimmer denken.
An das handgeschriebene Testament, das auf dem Küchentisch lag wie ein Richtspruch aus dem Jenseits. An ihre Mutter, die so kurz vor ihrem Tod aus unerfindlichen Gründen
hierher zurückgekommen war. An ihre letzten Worte.

*Er ist hier. Du musst ihn finden und es ihm sagen. Versprich es
mir.*

Ich verspreche es dir.

Sie würde hierbleiben, beschloss Luisa und spürte auf einmal auch die Kraft, es zu tun. Sie würde dort hineingehen
und herausfinden, was das Haus so dringend zu verbergen
versuchte.

***

Tom saß in der Küche und scrollte über die Nachrich-
tenseiten. Alles im grünen Bereich. Der neueste Skandal im
britischen Königshaus hatte mittlerweile sogar die Ukraine-
Krise in den Hintergrund gedrängt und von einer Suchmel-
dung nach seinem neuen Mitbewohner war ebenso wenig zu
lesen wie von einer Kindesentführung. Kent hatte also vor,
die Sache persönlich mit ihm zu klären. Sehr schön.

Er nahm einen Schluck Kaffee und versuchte, sich zu ent-
spannen, aber sein Kopf klopfte unangenehm im Rhythmus
seines Pulses. Er hatte geglaubt, wenn er Kent erst einmal
Matilda weggenommen hatte, würde er zur Ruhe kommen,
aber bisher konnte davon keine Rede sein. Er hatte letzte

Nacht schon wieder kein Auge zugetan, obwohl ihm der Gedanke, was geschehen war, nachdem er mit Matilda verschwunden war, durchaus gefiel. Er sah ihn förmlich vor sich: Kent, der nach dem geplatzten Treffen not amused wieder nach Hause fuhr, die Treppen hinaufhechtete und eine völlig aufgelöste Virginie im Wohnzimmer vorfand, die ihm schluchzend und reumütig erzählte, was passiert war. Daraufhin war er garantiert außer sich geraten und Rache schwörend im Wohnzimmer Amok gelaufen.

Tja, dachte Tom, da musst du dir das nächste Mal schon andere Streitkräfte ins Wohnzimmer setzen. Diese Frau hat sich, als es darauf ankam, noch nicht einmal vor ihre eigene Tochter gestellt. Warum sollte es bei ihrem Enkelkind anders sein?

Er hörte jemanden hereinkommen und drehte sich zur Tür um. Beinahe hätte er sich an seinem Kaffee verschluckt, als er Matilda sah. Sie stand vor ihm, das Gesicht rot und blau. Er brauchte einen Augenblick und den optischen Zusammenhang zu ihrem übrigen Outfit, um zu erkennen, dass es nur Schminke war. Sie trug Judiths Stiefel, die ihr bis zu den knochigen Knien reichten, und einen ihrer faltigen Röcke, den ein zugeknotetes Lederband auf der Höhe ihrer Brust zusammenhielt. Die Kette mit dem winzigen, hölzernen Fischanhänger hatte an der Innenseite der Schranktür gehangen.

Ein paar Sekunden lang starrte Tom sie an. »Was soll das denn werden?«, sagte er mit heiserer Stimme.

Matilda griff nach dem Fischanhänger und antwortete nicht. Sie war etwas zu klein für ihr Alter, hatte fast keinen Babyspeck mehr und die helle Haut, unter der sich die Venen blau abzeichneten, von Judith geerbt. Ihr Haar war dunkel, halblang und normalerweise mit einer Spange seitlich aus dem Gesicht gehalten, wie Tom einfiel, als sie ihr vor die Augen fielen. Sie hatte einen ganzen Schuhkarton voll bunter Klammern in ihrem Zimmer auf der Fensterbank.

»Zieh das Zeug aus.«

Sie schüttelte den Kopf.

»Matilda, zieh sofort das Zeug aus und wasch dir das Gesicht.« Tom stellte seine Tasse ab und verschüttete Kaffee auf die Theke und den Laptop.

»Scheiße«, sagte er, angelte nach der Küchenrolle und riss eine Handvoll Blätter ab. »Ich hatte dir gesagt, du sollst dich für die Stadt fertigmachen.«

Sie wich keinen Zentimeter zurück, als er aufstand und nach ihrem Handgelenk griff. Sie trug Judiths Bettelarmband darum und es versetzte ihm einen Stich, es zu sehen, wie auch all die anderen Sachen an ihr. Ohne ihren Arm loszulassen, stapfte er durch den Flur und die Treppe hinauf. Matilda stolperte in Judiths zu großen Stiefeln und dem Rock hinter ihm her.

Im Kinderzimmer warf Tom die Tür hinter ihnen zu, zog Matilda das Armband und die Fischkette ab und ließ sie los. Ihr Bett war unberührt und er dachte, dass sie im Schlafzimmer vermutlich nicht nur Judiths Kleiderschrank benutzt hatte.

»So, und jetzt ziehst du die Sachen aus.« Er öffnete ihre Schranktüren und holte einen Jeansrock und ein T-Shirt heraus, etwas von den wenigen Kleidungsstücken, die Judith bei ihrer Räumungsaktion zurückgelassen hatte. Sie mussten dringend los und Zeug für sie besorgen.

Er drehte sich um und warf die Kleidung auf das Bett. Mit wildem Blick zerrte Matilda an Judiths Bluse. Sie weinte nicht, aber das hätte Tom auch überrascht. Außer vor der Dunkelheit fürchtete sie sich vor nichts und sie weinte, wenn überhaupt, nur nachts.

Es dauerte, bis sie Judiths Sachen ausgezogen hatte. Sie setzte sich auf das Bett und ließ die Stiefel auf den Fußboden fallen. Judith hatte sie gemocht, den ganzen vergangenen Winter getragen und vermutlich nur zurückgelassen, weil der Sommer vor der Tür stand.

Der Rock, den Tom ausgesucht hatte, war zu klein und er warf ihn in den Papierkorb und suchte etwas anderes aus, eine senffarbene Cordhose, die Judith gehasst hatte und die nicht zum T-Shirt passte.

»Matilda, mach hin, die Einkaufsliste ist lang.«

Umständlich knöpfte sie sich die Hose zu. Die Art, wie sie ihn ansah, als sie den Kopf wieder hob, gefiel ihm nicht, ebenso wenig wie ihre Schweigsamkeit. Normalerweise mochte sie es, mit ihm in die Stadt zu fahren. Er hatte sie in der Vergangenheit nicht oft mitgenommen, weil er stets das Gefühl gehabt hatte, dass die Leute ihn weniger beachteten, wenn er allein war. Aber wenn sie zusammen unterwegs gewesen waren, war ihr Redestrom nicht zu stoppen gewesen. Es hatte kein Themenfeld gegeben, über das sie sich nicht ausgelassen hatte. Warum die Frau an der Kasse Locken hatte. Ob man von Bananen Salmonellen bekam. Ob sie Laika das Sprechen beibringen konnten, wenn sie sich nur tief genug reinknieten.

Heute hatte sie noch kein einziges Wort gesagt.

***

Als Luisa aus der Dunkelheit des Holzschuppens in den Garten trat, stand die Sonne schon tief über dem See. Die Luft war warm und erfüllt vom Ruf der Mehlschwalben, die wie kleine, schnelle Schatten über den Himmel schossen.

Luisas Herz machte einen Satz, als sie im Gegenlicht den grauen Pickup erkannte, der herannahte und vor dem Gartentor stoppte. Er war mit schnittfrischem Holz beladen, das mit Spanngurten ordentlich festgezurrt war. Am Steuer saß Tom, neben ihm Jaxon, der zu ihr herübersah.

»Wen willst du denn damit erschlagen?«, rief er, während er mit dem Kinn auf den Vorschlaghammer wies, den sie in der Hand hielt. Sie hatte ihn in dem kleinen, halbzerfallenen Gartenhäuschen zwischen anderem Werkzeug gefunden, das dort vermutlich schon seit dem ersten Weltkrieg an den Wänden hing.

»Ich muss ein Schloss aufkriegen«, rief sie zurück, ließ die Brettertür hinter sich ins Schloss klappen und näherte sich dem Gartenzaun. Der Hammer wog mindestens zwanzig Kilo und sie musste auf halbem Weg die zweite Hand dazu nehmen, um ihn tragen zu können.

»Du meinst, du willst den ollen Schuppen da zu Feuerholz machen«, erwiderte Jaxon und grinste.

Luisa blinzelte ihn an. Hinter ihm auf der Rückbank saß hechelnd Toms schwarzer Labrador und sah aus, als würde er sie anlachen.

»Es ist eine Schreibtischschublade«, erklärte sie. »Und es ist wichtig.«

Jaxon zog die Brauen hoch. »Dann solltest du es lieber anders versuchen. Ein Vorschlaghammer ist eher für grobe Arbeiten geeignet«, sagte er, wobei er sich anhörte, als würde er ein Lehrbuch für Schlagwerkzeuge rezitieren.

Luisa knirschte mit den Zähnen. Der Hammer in ihren Händen wurde so schwer, dass sie auf einmal bezweifelte, auch nur einen Schlag damit ausführen zu können.

»Das habe ich getan, das kannst du mir glauben.«

Jaxon schwieg einen Moment. »Tom kann dein Schloss öffnen«, sagte er und wandte sich Tom zu, der eine Hand am Schaltknüppel und noch nicht einmal den Motor ausgeschaltet hatte. »Stimmt's?«

Tom sah ihn über den Rand seiner Sonnenbrille hinweg an. »Ach ja?«, sagte er, als wäre er mit seinen Gedanken meilenweit von Geräteschuppen und Schreibtischschubladen entfernt gewesen. »Und warum sollte ich so etwas können?«

»Jetzt komm schon«, entgegnete Jaxon mit einem Anflug Ungeduld in der Stimme. »Sieh sie dir an und gib dir einen Ruck.«

Tom ließ seinen Blick von Jaxon zu dem Vorschlaghammer in Luisas Händen wandern und runzelte die Stirn. Dann drehte er sich in den Fond um und Luisa sah jetzt erst das Kind, das hinter ihm auf der Rückbank schlief. Klein, dunkelhaarig und mit einer Männerjacke zugedeckt, fiel es zwischen dem Hund und einer Ladung Einkaufstüten kaum auf. Überrascht öffnete Luisa den Mund, um irgendwas zu sagen oder zu fragen. Doch noch bevor sie sich entschlossen hatte, was, schaltete Tom den Motor aus.

»Von mir aus«, sagte er und stieß die Autotür auf.

Der Schreibtisch stand im Schlafzimmer vor dem Fenster. Es war der Raum, in dem Gabriella gestorben war, und Luisa blieb in der Tür stehen und sah Tom dabei zu, wie er das angelaufene Schloss untersuchte.

»Es ist beschädigt.« Er richtete sich auf.

»Äh … ja. Ich habe es schon mit einer Haarnadel und einem Küchenmesser versucht. Und mit einem Schraubenzieher.«

Sie hörte den Hund mit klackernden Krallen in der Küche herumlaufen und Jaxon, der den Hammer in den Schuppen zurückgebracht hatte und jetzt das Haus betrat.

»Meinst du, du bekommst es trotzdem auf?«, fragte sie. Bei dem Gedanken daran beschleunigte sich ihr Puls.

Tom schob sich eine Hand in die Gesäßtasche und holte ein kleines, gebogenes Stück Draht heraus. »Ich versuche es«, sagte er. »Aber es kann eine Weile dauern.«

Er zog sich einen Stuhl heran und wandte sich der Schublade zu und Luisa beschloss, ihn alleinzulassen. Sie ging in die Küche, wo Jaxon mit einem Glas Leitungswasser an der Spüle lehnte. Dem Labrador hatte er eine Salatschale mit Wasser auf den Fußboden gestellt, aus der er schlabbernd und wasserspritzend trank. Sein Anblick erinnerte Luisa daran, wie verrückt ihre Mutter nach Tieren gewesen war. Amelie und sie hatten oft Witze darüber gemacht, dass sie es noch fertigbrachte, das Haus und alles einem Tierschutzverein zu vererben. Sie hätte es einfach tun sollen, dachte Luisa und war gerade im Begriff, diesen Gedanken laut auszusprechen, als ihr Blick Jaxons begegnete und sie beschloss, ihn heute nicht wieder mit diesem Thema zu behelligen.

»Du kannst auch was Anderes haben«, sagte sie und öffnete den Kühlschrank. »Mineralwasser oder Limo. Wir haben auch noch Bier vom Grillabend übrig.« Sie sah ihn über die Schulter hinweg an, aber er winkte ab.

»Danke, das hier reicht völlig.« Er öffnete den Wasserhahn und füllte sein Glas erneut auf.

»Wozu musst du die Schublade öffnen?«, fragte er und sah

sie an, als hätte er beschlossen, sich mit ihr die Wartezeit ein wenig zu verkürzen.

Verlegen zuckte Luisa die Achseln. Sie hatte den ganzen Tag in diesem Haus aufgeräumt, Kisten gepackt und zwischendurch immer wieder das Testament gelesen, das zwischen ihrem Laptop und der Salatschüssel auf dem Esstisch lag. Hatte nach irgendeiner Bedeutung darin gesucht, etwas Kleingedrucktem; irgendetwas, das sie übersehen hatte. Aber der Text war eindeutig. Da war nichts. Die Lösung musste woanders zu finden sein.

»Der Schlüssel hat in dem Schloss gesteckt, seit ich denken kann«, sagte sie irgendwann. »Und jetzt ... tut er es nicht mehr.« Sie machte eine Pause. »Das muss doch irgendeinen Grund haben.«

Der Labrador hatte die Salatschüssel geleert, drehte eine Runde um den Esstisch und ließ sich mit einem Grunzen vor der Terrassentür nieder. Luisa sah von dem Hund am Boden zu Jaxon auf.

»Nur hatte ich leider nicht *ganz zufällig* ein Stück Draht in der Hosentasche«, fuhr sie mit einer Spur Herausforderung in der Stimme fort. Aber er lachte nur.

»Da kann man mal sehen«, sagte er. »So verrückt, wie er auf den ersten Blick scheint, ist er gar nicht. Einfach nur praktisch veranlagt.«

Luisa schwieg dazu. Sie musste daran denken, wie Tom reagiert hatte, als Dora ihn beim Grillabend nach seiner Freundin und dem Kind ausgefragt hatte. An das kleine Mädchen, das draußen im Wagen schlief. Und daran, dass er und Jaxon schon das dritte Mal hier waren, um für sie den Karren aus dem Dreck zu ziehen.

Sie räusperte sich. »Hör mal«, begann sie, »dass du gestern

vorbeigekommen bist und mir das Auto repariert hast, das war wirklich …«

Jaxon schüttelte den Kopf. »Das ist wirklich keine große Sache«, sagte er in einem Tonfall, als meinte er es auch so. »Außerdem sind wir hier auf dem Dorf. Hier tut man sowas doch.«

Er lächelte sie an und Luisa fragte sich, wo er wohl herkam und was er eigentlich hier tat. In ganz Köln hatte sie noch nie einen Typen wie ihn getroffen. Kaum kam sie ins gottverlassene Parlow, stand Jaxon mit einem Pickup vor ihrer Tür, schleppte ihre Grillkohle, hörte sich ihr Gejammer an und half ihr damit durch diese gottverdammte Zeit hindurch.

Luisa musste schlucken, als ihr das bewusst wurde. Und auch, als sie merkte, wie nahe sie vor ihm stand. Sie hätte ihre Hand ausstrecken und auf seine Brust legen können. Er roch gut, nach Sonne und Sägespäne und dem Wald, der sich um den See herum erstreckte. Einen verrückten Moment lang hatte sie Lust, sich auf Zehenspitzen zu stellen und ihm die Arme um den Hals zu schlingen, nur um noch mehr von diesem Duft einzuatmen. Sie fing seinen Blick auf und bekam Herzklopfen, als sie erkannte, dass er genau zu wissen schien, was in ihr vorging.

Ohne den Blick von ihr abzuwenden, stellte er sein leeres Glas hinter sich in der Spüle ab und machte eine Bewegung auf sie zu. Dicht vor ihr blieb er stehen, so dass Luisa den Kopf in den Nacken legen musste, um ihn anzusehen. Im Licht der tiefstehenden Sonne leuchteten seine Augen beinahe unnatürlich hell. Sein Blick auf ihr war bestimmt und selbstbewusst, ohne jeden Zweifel, so als würde er für gewöhnlich bekommen, was er wollte. Ihr Herz begann zu rasen. Sie spürte ganz genau, dass es besser für sie war, sich von ihm fernzuhalten. Unwillkürlich wich sie einen Schritt zurück, aber Jaxon folgte ihr. Eine Sekunde lang glaubte sie, er würde sie im nächsten Augenblick berühren, da hob der Labrador den Kopf und sprang so abrupt auf, dass sie zusammenfuhr.

Sie drehte sich um und sah Tom im Durchgang zur Küche stehen. Aufgebracht lief der Hund um ihn herum, während er zuerst Jaxon und dann Luisa mit einem Blick bedachte.

»Was ist los?« Sie hörte selber, wie erstickt sie klang.

»Die Schublade ist offen.«

»Was? So schnell?«

Tom nickte. Dann sah er auf seine Armbanduhr. »Können wir los?«, sagte er zu Jaxon. »Wir haben noch zu tun.«

»Ja, stimmt.« Jaxon stieß sich von der Anrichte ab und bedachte Luisa mit einem Blick, der ihr durch und durch ging.

»Das nächste Mal, wenn du was brauchst, kommst du einfach bei uns vorbei«, sagte er.

»In Ordnung.« Sie wusste nicht, was ihrem Magen gerade die schnellere Achterbahnfahrt bescherte: ihr Aufeinandertreffen mit Jaxon oder dass diese Schublade endlich offen war.

Als Tom hinter Jaxon die Küche verließ, streckte sie eine Hand aus und hielt ihn auf. »Danke, dass du das Schloss für mich geöffnet hast«, sagte sie.

Tom wandte sich ihr zu. Sie hatte das Gefühl, dass er sie zum ersten Mal überhaupt direkt ansah.

»Ich hoffe für dich, dass du findest, was du suchst«, sagte er, dann folgte er Jaxon durch das Wohnzimmer hindurch und zur Haustür hinaus.

Luisa starrte ihm hinterher. Durch das Fenster konnte sie sehen, wie Jaxon und er den Gartenweg entlanggingen und in den Wagen einstiegen.

Das Mädchen auf dem Rücksitz schien immer noch zu schlafen.

Das Möbelstück war ein über hundert Jahre alter Koloss aus Eichenholz, der in ihr alle möglichen Erinnerungen weckte: wie sie an Regentagen stundenlang hier gesessen und 1000-Teile-Puzzle zusammengelegt hatte; wie ihr Großvater unter dem hellen Lampenschirm mit ruhiger Hand zerbrochenes Spielzeug für sie geklebt hatte; Gabriella, die allein hier saß und schrieb. In der Schublade unter der Arbeitsplatte war früher kleines Werkzeug gewesen; Nähgarn, Schreibzeug. Jetzt stand sie einen Spaltbreit offen und Luisa trat näher und zog sie auf. Notizbücher, leeres und beschriebenes Papier und Stifte lagen darin.

Luisa nahm das zuoberst liegende schwarzrote Notizbuch heraus und klappte es auf. Ein ausgeblichenes Foto klebte auf der Innenseite des Einbandes. Es sah aus, als wäre es in den frühen Achtzigern aufgenommen worden. Vier Leute standen Arm in Arm vor einem Riesenrad. In der Mitte, eingekeilt zwischen zwei jungen Männern, erkannte Luisa ihre Mutter. Sie war jung, fast noch ein Mädchen, und sah sehr glücklich aus. Sie hatte lange dunkle Haare, trug Jeans, ein gestreiftes, knappes T-Shirt und ein strahlendes Lachen im Gesicht. Die vierte Person war ein pummeliges Mädchen, das Luisa vage bekannt vorkam. Es war etwa so alt wie Gabriella und blickte selbstbewusst in die Kamera. Die beiden Männer waren vielleicht Anfang zwanzig, trugen Bärte und mittellange Haare und wirkten neben den jungen Mädchen ziemlich groß. Besitzergreifend hatten sie die Arme um sie gelegt.

Heute habe ich Rocco wiedergesehen, schrieb Gabriella in ihrer großen, runden Teenagerschrift auf die erste Seite unter das Datum. *16. Juli 1980.* Luisa rechnete aus, dass ihre Mutter fünfzehn Jahre alt gewesen war. Die Seite war über und über mit roten Herzchen bemalt.

Er stand einfach da, bei den Autoscootern, und hat mit Frank geredet. Er hat mich angesehen, als würde er sich für mich interessieren. Ich kann das nicht glauben. Er ist viel älter und cooler als die Jungs auf unserer Schule.

Ich habe Virginie gefragt, aber sie weiß auch nicht, wo er herkommt. Sie sagt, er ist eines Tages einfach bei ihnen aufgetaucht und arbeitet seitdem in Franks Garage.

Er ist total still, aber irgendwie gefällt mir das. Ich weiß nicht, was mit mir los ist, ich muss dauernd an ihn denken.

D-A-U-E-R-N-D.

Heute haben wir uns auf dem Rummel getroffen. Er hat mich auf seinem Motorrad mitgenommen. Es war aufregend. Ich weiß nicht, aber ich glaube, er will wirklich was von mir. Fast hätte er mich geküsst. Oh Gott! Ich weiß nicht, was ich tun soll, wenn er das noch einmal versucht.

Luisa blätterte weiter. Das Buch war von der ersten bis zur letzten Seite vollgeschrieben. Überall war von Rocco die Rede, oft in Zusammenhang mit Frank.

9. August. Heute ist es passiert, las sie weiter. *Wir sind mit Frank und Dora ins Dejavu gegangen. Der Club ist ab achtzehn, aber die Jungs kannten die Türsteher und so sind wir reingekommen. Wir haben gefeiert und getanzt und die Zeit vergessen. Ich glaube, ich war ganz schön betrunken, zum ersten Mal in meinem Leben.*

Aber Rocco hat auf mich aufgepasst! Er hat mich mit zu sich genommen, in seine eigene Bude, direkt über Franks Garage.

Ich bin die ganze Nacht bei ihm geblieben!!!

Luisa ließ das Tagebuch sinken. Sie wusste, dass ihre Mutter in den sechziger und siebziger Jahren hier in diesem Bungalow in Parlow aufgewachsen war, bis sie im Alter von ungefähr sechzehn Jahren nach Thüringen ins Internat gekommen war. Aber von ihren Jugendjahren erzählt zu bekommen, war etwas ganz anderes, als die Tagebucheinträge eines fünfzehnjährigen, aufgeregten Mädchens zu lesen, das später ihre Mutter geworden war. Es war verrückt. Wie eine Zeitreise, die sie eigentlich nicht erleben dürfte.

Riesenkrach, weil ich nicht nach Hause gekommen bin. Zwei Wochen Hausarrest und ich darf Rocco nie wieder sehen.

Mama hasst ihn und versucht, mich einzusperren. Sie weiß nicht, dass ich mit ihm geschlafen habe. Und dass wir heimlich den Zaun aufgeschnitten haben, damit ich jede Nacht zu ihm gehen kann. Er hat keine bescheuerten Eltern, die ihm alles verbieten. Er ist frei und kann tun und lassen, was er will.

Luisa blätterte weiter. Während der nächsten vierzehn Tage hatte Gabriella anscheinend Zeit gehabt und viel geschrieben. Sie hatte sich auch nach der Zeit ihres Hausarrests ihren Eltern, Luisas Großeltern, widersetzt und sich weiterhin heimlich mit Rocco getroffen.

Auf der letzten Seite des Buches, im Oktober, schrieb sie:

Ich weiß, was ich tun werde. Ich werde mit ihm zusammen weggehen. Wir haben schon alles geplant. Wir müssen abhauen, bevor sie mitbekommen, was passiert ist. Sie dürfen es nie erfahren. Ich hasse Mama. Ich weiß, dass sie mir alles kaputtmachen wird.

157

Acht

Eine Zeitlang war Jaxon der Meinung gewesen, dass es im Grunde keine Rolle spielte, ob man drinnen oder draußen war. Klar, im Knast war man von Mauern umgeben. Andererseits herrschte dort drinnen die Gesetzlosigkeit und es hatte vor seiner Verhaftung Zeiten gegeben, in denen er sich wesentlich gefangener gefühlt hatte als später im Gefängnis.

Jetzt wusste er, dass diese Sache mit den Mauern nicht zu unterschätzen war. Er mochte keine geschlossenen Räume mehr. Je kleiner, desto schlimmer. Und die Zimmer in Toms Haus waren allesamt klein und hatten niedrige Decken.

Er war über einen Balkon auf das Dach des Haupthauses gestiegen, wo er auf einem Vordach saß. Während er Sarahs Tiraden zuhörte, sah er abwechselnd in die Ferne und zu dem kleinen Mädchen in den Hof hinunter.

»Ich werde demnächst die Nummer wechseln«, unterbrach er sie irgendwann. »Und die neue gebe ich dir nur, wenn du jetzt die Klappe hältst.«

Als hätte er auf einen Schalter gedrückt, verstummte sie, aber er hörte sie nach wie vor aufgebracht atmen.

»Ist Oliver zurückgekommen?«, fragte er in die Pause hinein.

Sie stieß die Luft aus. »Woher weißt du, dass Oliver weg ist?«

»Wieso hast du ihm meine Nummer gegeben?«, entgegnete Jaxon. »Ich hatte dich gebeten, sie überhaupt niemandem zu geben.« Er sprach nach wie vor ruhig, obwohl er bei dem Gedanken daran, dass sie sich ständig über seine Wünsche hinwegsetzte, sauer wurde. In dieser Hinsicht war es genau richtig, dass er momentan etwas tat, das ihr so richtig gegen den Strich ging.

»Oliver gehört zur Familie«, sagte sie in einem Tonfall, als wäre er besonders schwer von Begriff.

»Ich scheiß drauf, wer deiner Ansicht nach zur Familie gehört. Wenn ich niemandem sage, dann meine ich niemandem.«

»Er hat dich vermisst, Jax. Er hat oft von dir gesprochen.«

Jaxon gelang es nicht, ein Stöhnen zu unterdrücken. »Ja … sicher.«

»Hat er dich angerufen?«

»Allerdings. Er wollte meine Hilfe. Der Junge hat anscheinend den Knall nicht gehört.« Jaxon beugte sich ein wenig nach vorne, als Matilda damit aufhörte, den Ball gegen die Hauswand zu treten, zur Leiter kam und zu ihm hochschaute. Sie war klein, dünn, hatte riesenhafte Augen und die gleiche Frisur wie Tom. Er bedeutete ihr mit einer Handbewegung, unten zu bleiben.

»Er ist noch nicht wieder Zuhause«, sagte Sarah. Dann schwieg sie und er spürte geradezu, dass sie wieder darüber nachdachte, wie sie ihn zum Zurückkommen bewegen konnte.

»Leroy hat Maurice Reyman kontaktiert«, sagte sie und das Mädchen begann mit dem Aufstieg.

Jaxon musste an Reymans zorngerötetes Gesicht denken, als sie sich das letzte Mal im Anwaltszimmer gegenübergesessen hatten. Es war ein knappes Jahr nach seiner Inhaftierung gewesen, als Jaxon wegen Körperverletzung noch einmal vor Gericht gestanden hatte. Reyman, der ein dicker Kumpel von Leroy und ihm noch einen Gefallen schuldig gewesen war, hatte sich Jaxon zur Brust genommen und geschworen, er würde sein Mandat niederlegen, wenn Jaxon es noch einmal wagen sollte, seine harte Arbeit zunichte-zumachen. Er war sauer gewesen, weil Jaxon sich nicht gut führte, wie er es nannte. Stattdessen schlug er Leute nieder und rasierte sich kurz vor dem Prozess die Haare ab, womit er noch aggressiver wirkte als ohnehin schon.

»Warum erzählst du mir das?«, fragte er.

»Du wirst ihn brauchen, wenn sie erst dahintergekommen sind, dass du an dem Einbruch beteiligt gewesen bist.«

Das Mädchen war richtig schnell. Schon schob es seinen Kopf über die Dachkante, dann zog es sich hinauf.

»Okay. Ich lege jetzt auf, Sarah.«

»Er wird dich wieder vertreten.«

Jaxon sagte nichts. Er konnte an ihrer Atmung hören, wie ihr Puls langsam anstieg. »Du hast mitgemacht, hab ich Recht?«, sagte sie mit mühsam unterdrückter Wut. »Gott, Jax, weißt du was? Ich bin kurz davor, dich aufzugeben. Ich kann ganz einfach nicht mehr.«

Das Dach war voller Löcher, aber Matilda lief drumher-um und Jaxon hatte den Eindruck, dass sie nicht zum ersten Mal hier oben war. In seiner Nähe hockte sie sich hin und sah ihn an.

»Wir alle sind hier und bieten dir unsere Hilfe an und an-statt sie anzunehmen, tust du dich mit Typen wie diesem Sandro zusammen, brichst in ein Haus ein und verschwin-dest einfach.«

Du bist auf Bewährung!

»Du bist immer noch auf Bewährung, Jax!«

»Haltet euch den Typen warm«, sagte er.

»Wie bitte?«

»Für Oliver.«

Sie schwieg und er konnte sie vor sich sehen, wie sie in ihrem aufgeräumten Wohnzimmer auf dem Laminatfußboden hin und her ging und sich fragte, was er ihr damit wohl sagen wollte.

»Okay, ich muss jetzt aufhören«, nutzte Jaxon den Moment und beendete das Gespräch.

»Scheiße«, sagte er. Er spürte den Blick des Manga-Mädchens auf sich, aber er sah in die Ferne und konnte den Drang, sein Handy in hohem Bogen vom Dach zu schleudern, nur mühsam unterdrücken. Der Magen drehte sich ihm um bei all bei den Erinnerungen, die Sarahs Worte in ihm weckten. Dabei versuchte er doch die ganze Zeit, nicht daran zu denken, wie all das für ihn ausgehen würde.

Die Zellen öffneten sich um sieben, Einschluss war um zwanzig Uhr. In der Zwischenzeit hieß es, auf der Hut zu sein. Nur die Hälfte der Insassen hatte Arbeit, die andere gärte in den Höfen oder arbeitete im Trainingsraum an den Gewichten. Immer und überall konnte es zu Gewalttätigkeiten kommen und seit Sandro den Serben mit dem Duschkopf überwältigt und Jaxon seine Spießgesellen auf die Krankenstation befördert hatte, war es noch schlimmer geworden. Ratkos Thron war ins Wanken geraten. Er hatte einiges von seinem unantastbaren Ruf verloren, musste Kämpfe neu ausfechten und bekam seine Dusch- und sonstigen gekauften Zeiten nicht mehr mit derselben Selbstverständlichkeit wie sonst zugesprochen.

Jaxon ging er aus dem Weg. Es schien, als wäre er sich noch nicht so recht im Klaren darüber, was er mit ihm anstellen sollte. Eine offene Konfrontation stand an und sie würde endgültig sein, das war beiden Parteien klar. Die Frage war nur, wann und auf welche Weise. In der Zwischenzeit machten sie sich gegenseitig das Leben so schwer wie möglich. Seit er sich nackt und mit Ständer über ihn gelegt hatte, hatte Jaxon eine so tiefe, körperliche Abscheu gegen Ratko entwickelt, dass es ihm beinahe unerträglich war, überhaupt in demselben Gebäude mit ihm zu leben. Ratko hingegen konnte es sich nicht leisten, zuzulassen, dass sich ihm jemand, den er sich einmal ausgesucht hatte, verweigerte.

Jaxon hatte anfangs die schlechteren Nerven, packte sich Farid oder dessen Bruder, sobald er die Gelegenheit dazu bekam, und landete, nicht zuletzt, da die drei über mysteriöse Verbindungen in die Leitungsebene verfügten, für alles, was er getan oder nicht getan hatte, in Einzelhaft. In der Beruhigungszelle, dem Verlies des Knasts, einem Raum ohne Fenster, mit einer Panzertür, kahlen, weißen Wände und gleißendem Neonlicht, das immer brannte, hörte man nichts außer seinem eigenen Herzschlag und sein Blut in den Ohren.

»Drei Tage ist Maximum«, erklärte Sandro ihm eines Tages, nachdem er besonders lange eingesessen hatte. »Du solltest einen Termin bei der Leitung beantragen.«

Jaxon, der vor zwei Stunden rausgekommen war und im Trainingsraum auf einer der Bänke saß, zog nur die Brauen hoch. Die Zelle hatte ihren Zweck wie immer erfüllt. Er fühlte sich so ausgelaugt, als käme er gerade aus einem mehrwöchigen Trainingscamp. Er hatte einen seltsamen Druck auf den Ohren und nahm alles um sich herum so unwirklich wahr als gehörte er gar nicht dazu. Seit einer halben Stunde sah er Sandro bereits beim Bankdrücken zu, ohne auch nur den kleinsten Funken Energie mitzumachen.

Mit einem leisen Klirren legte Sandro die Hundert-Kilo-

Langhantel in die Halterung zurück und setzte sich auf. Er griff nach dem Handtuch, das neben ihm auf dem Boden lag und trocknete sich das Gesicht und die schweißglänzenden Arme ab.

»Wer kommt denn da?«, sagte er in normaler Lautstärke. Jaxon folgte seinem Blick zur Tür hinüber. Ratko kam in Trainingssachen herein. Seine beiden Hunde waren immer noch auf der Krankenstation, daher war er allein. Er nahm kurz zur Kenntnis, wer anwesend war und machte sich auf den Weg durch die Halle. Um die Hantelbank, auf der Sandro saß, machte er einen Bogen; Jaxon beachtete er überhaupt nicht.

Jaxon setzte sich aufrechter und spürte etwas durch die Abgestumpftheit dringen, die sich in den letzten Tagen wie eine Daunendecke über ihn gelegt hatte. Das Gefühl, dass es keine bessere Gelegenheit geben würde. Dass dies der richtige Moment war.

Mit provozierender Aufdringlichkeit sah er Ratko dabei zu, wie er sich in der Nähe des Abstellraumes an die Brustmaschine setzte und die Gewichte einstellte. Dann stand er auf, begann seine Arme und Beine wieder zu spüren und konnte gerade so viel der lähmenden Taubheit von sich abschütteln, wie er brauchen würde.

»Heute ist er dran«, teilte er Sandro mit. Er brauchte sich nicht umzusehen, um zu wissen, wie viele Blicke auf ihn gerichtet waren. Das Schnaufen und das Scheppern von Metall, Geräusche, die sonst den stickigen, durchdringend nach Schweiß und Leder riechenden Raum erfüllten, nahmen ab und machten einer leichten Spannung Platz, einem Knistern in der Luft, wie so oft, kurz bevor es zu Gewaltausbrüchen kam. Ein paar Leute nutzten den Moment, um sich rechtzeitig zu verdrücken.

Sandro stand ebenfalls auf und warf sich das Handtuch über die Schulter.

Ratko hatte den Blick fest auf das Ende der Bank gerichtet und begann mit stoischer Gleichmäßigkeit zu trainieren. Aber er wusste, was kam. Alle hier wussten es, als Jaxon und Sandro in den hinteren Teil des Raumes schlenderten.

Jaxon zögerte nicht. Im Grunde dachte er noch nicht einmal darüber nach. Nachdem sie den sich heftig wehrenden Ratko gepackt und in den Abstellraum gezerrt hatten, stopfte Sandro ihm das Handtuch als Knebel in den Mund, hielt ihn fest und Jaxon tat es einfach. Als würde er einem vorgeschriebenen Drehbuch folgen. Und als hätten auch alle anderen das Drehbuch gelesen, leerte sich die Halle und die Tür hinter ihnen, die sonst immer offen stand, fiel ins Schloss.

»Spielen wir ein Spiel?« Matilda war immer noch da.

Träge drehte er den Kopf in ihre Richtung.

»Wer zuerst lacht, hat verloren«, sagte sie.

Jaxon gähnte. »Du verlierst sowieso.«

»Nein.« Sie rutschte einen halben Meter näher an ihn heran. Sie war barfuß und hatte schmutzige Füße und Knie. »Ich lache nicht«, sagte sie. Dann guckte sie ihn an und er guckte zurück. Einige Zeit war sie ganz still; außer dem Rauschen der Bäume und dem leisen Vogelgezwitscher um sie herum war kein Laut zu hören. Dann, irgendwann, begann ihr dunkler Blick über sein Gesicht zu wandern. Als hätte sie etwas Trauriges gesehen, zog sie die Brauen zusammen.

»Wer war das?« Sie streckte einen Arm aus und berührte eine Narbe an seinem Kopf.

Jaxon fuhr sich mit der Hand über die Stelle.

»Das.« Er versuchte, sich zu erinnern. »Ein Mann. Mit einer Flasche.«

Glasflaschen waren bei ihnen, ebenso wie Gabeln und Messer, verboten gewesen. Manche Leute hatten trotzdem welche gehabt. Wer eine halbe Flasche mit Hals dran besessen hatte, war besonders gut dran gewesen.

»Das hat bestimmt geblutet«, sagte sie.

»Ich glaub schon.« Die Dusche hatte wie ein Schlachthaus ausgesehen. Alles war voller Blut gewesen und sie waren beim Kampf um die Flasche immer wieder darin ausgerutscht.

»Und wehgetan«, fuhr sie mit belegter Stimme fort.

»Ziemlich.«

Sie umschlang ihre Knie mit den Armen. »Du brauchst auch einen Drachen«, sagte sie mit leiser Stimme.

Jaxon grinste. »Was brauche ich? Einen Drachen?«

Dann fiel ihm auf, dass er verloren hatte.

***

Tom hatte für Matilda zum Mittagessen Tortellini gekocht. Während sie an der Theke saß und aß, räumte er die Küche auf und behielt sie im Auge.

Sie schob den halbleeren Teller von sich und machte Anstalten aufzustehen.

»Warte«, sagte er und sie blieb sitzen und sah zu ihm auf. Er ging zu ihr und nahm ihren Teller weg. »Willst du Pudding haben?«

Sie war eine schlechte Esserin, aber wie jedes Kind stand sie auf Süßes. Ohne ihre Antwort abzuwarten, holte er einen Schokoladenpudding aus dem Kühlschrank, steckte ihren roten Kinderlöffel hinein und stellte ihn vor sie.

»So«, sagte er, zog sich einen Hocker heran und setzte sich ihr gegenüber. Matilda starrte ihn an und begann langsam zu essen. Die Hälfte des Puddings auf ihrem Löffel fiel auf die Unterlage auf der Theke, aber er versuchte, nicht darauf zu achten.

»Matilda, du musst mir erzählen, was in der Nacht passiert ist, in der deine Mutter gestorben ist«, sagte er.

Ihre Hand, die den Löffel hielt, erstarrte mitten in der Luft. Dann hielt sie seinem Blick nicht mehr stand und senkte den Kopf.

»Es ist wirklich wichtig, hörst du?« Er legte ihr eine Hand auf den Unterarm. »Bitte. Du musst dich erinnern und es mir sagen. Ich weiß, dass du es gesehen hast.«

Langsam schüttelte sie den Kopf. Die Lust auf Pudding war ihr offensichtlich vergangen.

»Was, nein?«, sagte er. »Nein, du hast es nicht gesehen, oder nein, du willst es mir nicht sagen?«

Sie schüttelte wieder den Kopf. Der Löffel fiel ihr aus der Hand und sie ließ die Hände in den Schoß sinken und rührte sich nicht mehr.

Tom zog die Hand zurück. Er fuhr sich durch die Haare und zwang sich dazu, die Nerven zu bewahren. Im Grunde war es wie Schachspielen. Manchmal musste man für einen erfolgversprechenden Zug eine Figur opfern. Er hatte sich nun mal für Matilda und gegen ein Gespräch mit Kent entschieden. Damit musste er jetzt leben.

Er lehnte sich zurück und angelte sich den Brotkorb, in dem er sein Kiffzeug aufbewahrte, von der Anrichte. Judith drehte durch, wenn er es wagte, in Matildas Gegenwart zu rauchen, aber anders würde er dieses Thema in Kombination mit dem sprachlosen Kind nicht durchstehen.

»Okay«, sagte er, während er seine Tüte baute. »Dann machen wir ein Spiel draus. Ich stelle dir eine Frage. Und du musst nur nicken oder mit dem Kopf schütteln, in Ordnung?« Er ließ sein Feuerzeug aufflammen und hoffte, dass sie das Passivkiffen vielleicht auch ein bisschen entspannte.

»Waren die Leute, die sie umgebracht haben, zu zweit?«

Sie rührte sich nicht.

»Ja, oder nein? So geht das Spiel, Matilda. Du musst antworten!«

Es funktionierte nicht. Tom starrte auf ihren gesenkten Kopf und fragte sich, wie um alles in der Welt er an die Informationen herankommen sollte, die da drin waren. Und er wusste, sie waren da. Warum sonst sollte sie aufgehört haben zu sprechen?

»Matilda!« Er schlug mit der flachen Hand auf die Theke. »Komm schon!«

Sie sagte etwas.

»Was?«

Sie hob den Kopf. Ihre Stimme klang klein. »Kann ich spielen gehen?«

Tom sprang auf. »Nein, verdammt, du kannst nicht *spielen gehen*. Du beantwortest mir jetzt meine Fragen. Was ist in der Nacht passiert, Matilda? Was?«

»Tom!«

Tom fuhr herum. Jaxon war von draußen hereingekommen. Er stand in der Tür und sah ihn an. »Reiß dich zusammen«, sagte er leise.

Tom hielt inne. Dann schnappte er sich sein Feuerzeug und zündete sich seinen Joint wieder an.

»Du halt dich da raus«, blaffte er. »Was weißt du denn schon?«

»Dass du dich gerade wie ein Arschloch verhältst, zum Beispiel.«

Tom sah Matilda hinterher, die wie ein flüchtender Kanarienvogel durch die Terrassentür ins Freie verschwand, und sank auf seinen Hocker zurück. Er wusste nicht, ob es der Joint oder Jaxons Anwesenheit war, die ihn wieder zur Ruhe brachte.

»Verdammt.« Er stieß die Luft aus. »Ich habe Kent für einen Bauern geopfert.«

***

»Nur, dass ich das richtig verstehe.« Tom hob ein paar halbverfaulte Bretter vom Boden auf und schleuderte sie auf den Holzhaufen, der ein Stück von der Abrissstelle entfernt in die Höhe wuchs. »Du hast den Einbruch mitgemacht. Ich meine, *richtig* mitgemacht. Du hast nicht nur den Plan gezeichnet oder das Fluchtauto gefahren …«

Jaxon, der seit dem frühen Morgen damit beschäftigt war, die alte Scheune abzureißen, antwortete nicht. Aber Tom erwartete auch keine Antwort. Sie hatten darüber gesprochen, wie es gelaufen war.

»Und jetzt«, fuhr er fort, »willst du deinen Anteil nicht abholen? Kannst du mir das bitte nochmal erklären? Ich kapiere es nämlich nicht.«

Jaxon ließ den Vorschlaghammer sinken und dehnte seine Schultern und Arme. Die Scheune war solide gebaut worden und die Nägel und Holzbalken hatten sich mittlerweile verzogen. Es war ein ungeheurer Kraftakt, sie voneinander zu lösen. Er wünschte sich, Tom würde die Klappe halten.

»Da gibt's nichts zu kapieren«, entgegnete er. »Ich will damit einfach nichts zu tun haben.«

Er nahm den Hammer wieder auf, holte aus und fuhr damit fort, immer neue Löcher in die Wand zu schlagen. Obwohl es mittlerweile Abend war und er es für heute gut sein lassen sollte, fiel es ihm schwer aufzuhören. Es gefiel ihm, wie sich das Holz sträubte und letztendlich unter seinen Schlägen nachgab.

Tom lehnte sich gegen die Zarge des noch existierenden Tores und kramte eine Zigarettenschachtel aus der Hosentasche. »Wozu hast du es überhaupt riskiert«, rief er gegen das Krachen des splitternden Holzes an, »wenn du jetzt nicht hinfährst?«

Jaxon biss die Zähne zusammen. Sandro hatte ihn gestern kontaktiert und ihm mitgeteilt, bei wem die Beute deponiert war und wo er sie heute abholen konnte. Aber er hatte sich stattdessen dem Abriss der Scheune gewidmet. Er hätte diese Angelegenheit vergessen können, wenn Tom nicht unablässig darauf herumreiten würde.

Er ließ den Vorschlaghammer fallen und riss ein paar Bretter und den Fensterrahmen aus der Wand.

»Ich bin doch nicht verrückt«, brachte er heraus und trat den Rahmen aus dem Weg in Toms Richtung. »Ich kann von Glück sagen, dass ich nicht längst wieder eingebuchtet bin.«

Tom schnaubte. »Glück? Das hat ja wohl nichts mit Glück zu tun.« Er machte eine Pause, während der er sich eine Kippe aus der Schachtel klopfte. »Es geht um deine Kohle, Jax.« Er warf ihm einen bedeutungsvollen Blick zu. »Die jetzt irgendjemand anderes hat.«

Jaxon schüttelte den Kopf. Er war versucht, Tom mitzuteilen, dass er diese Ansicht durchaus nicht teilte, aber seine Lungen brannten und er sparte sich jedes weitere Wort. Außerdem wurde Tom in diesem Augenblick von etwas auf der gegenüberliegenden Seite des Geländes abgelenkt. Er kniff die Augen zusammen, während er seine unangezündete Zigarette in die volle Schachtel zurücksteckte.

»Was macht *sie* denn schon wieder hier?«

Jaxon drehte sich um und sah zwei Gestalten, die im abendlichen Zwielicht den Hof überquerten. Als sie näherkamen, erkannte er, dass es Luisa war. Sie ging langsam und passte ihre Schritte Matilda an, die sie an der Hand hielt.

Tom stieß sich von dem Holzbalken ab, schob die Zigarettenschachtel in seine Hosentasche zurück und ging den beiden entgegen.

»Wo kommst du denn her?« Er griff Matilda am Arm und zog sie von Luisa weg. »Weißt du eigentlich, wie spät es ist?«

»Ich habe sie im Wald getroffen«, sagte Luisa. »Sie war schon fast bei mir drüben. Nicht mehr lange und es wäre dunkel gewesen. Deswegen dachte ich, ich begleite sie besser nach Hause.«

Tom nickte, dann hob er Matilda auf seinen Arm. »Du kannst doch nicht einfach das Grundstück verlassen«, blaffte er sie an.

Jaxon stützte sich auf dem Hammergriff ab, während Tom mit Matilda auf das Haus zustiefelte.

Luisa sah den beiden nach, dann wandte sie sich Jaxon zu. »Sie spricht nicht viel, was?«, sagte sie in dem Moment, in dem die Haustür ins Schloss fiel.

»Nicht besonders, nein.« Jaxon musste an heute Mittag zurückdenken, als Matilda in der Küche gesessen und Tom sie bedrängt hatte. Das Mädchen war wie erstarrt gewesen und dann, sobald Tom von ihr abgelassen und seine Aufmerksamkeit auf Jaxon gerichtet hatte, aus der Terrassentür und offensichtlich in den Wald geflüchtet. Er konnte es ihr nicht verdenken.

»Gut, dass du sie hergebracht hast«, sagte er, während er den Vorschlaghammer beiseitestellte und damit begann, das restliche Holz aufzusammeln. In der hereinbrechenden Dunkelheit und ohne Tom hatte es wenig Sinn weiterzumachen. »Wir haben uns schon gefragt, wo sie steckt.«

Luisa ließ ihren Blick über die Abrissstelle wandern. Sie hatte die dunklen Haare zu einem straffen Pferdeschwanz gebunden und trug eine enge Hose, Laufschuhe und ein bauchfreies Sportoberteil.

»Was macht ihr denn hier?«, fragte sie, als er das Holz auf den Scheiterhaufen warf. Sie sah ihn an und Jaxon musste daran denken, wie sie sich letzte Woche in ihrer Küche gegenübergestanden hatten. Ihr Blick auf ihm war der gleiche gewesen, mit dem sie ihn auch jetzt bedachte. Er spürte, wie sein erhitzter Körper allmählich abkühlte und sich gleichzeitig eine neue Wärme in ihm auszubreiten begann.

»Hat die Kleine dich um deine Joggingrunde gebracht?«, fragte er.

Luisa schüttelte den Kopf. »Ich wollte nur den Kopf freikriegen«, sagte sie. »Und das hat funktioniert.«

Sie betrat die Abrissstelle und sah sich um. »Was ist denn das?«

Jaxon, der damit begonnen hatte, den Metallschrott in einer Plastikwanne zu sammeln, richtete sich auf. Luisa war an den Bauplänen stehengeblieben, die er gezeichnet und neben dem frischen, abgeladenen Holz an den Stamm des Apfelbaums gepinnt hatte.

»Das ist die Garage, die hier hinsoll.«

Luisa betrachtete die Zeichnung, dann drehte sie sich um und sah ihn an. »Und du baust sowas?« Sie machte eine Pause. »Bist du deswegen hier?«, fügte sie hinzu und er spürte, dass das eine Frage war, die ihr nicht gerade erst eingefallen war.

Er zuckte die Achseln. »Ich bin gelernter Zimmerer«, sagte er. »Also, ja, ich baue sowas.«

Sie zog die Augenbrauen hoch. »Und ist es bei euch üblich, ohne Helm zu arbeiten? Und ohne Shirt?« Sie lachte und ihre Augen und Zähne schimmerten in der hereinbrechenden Dunkelheit. Jaxon stellte die Plastikwanne ab und wandte sich ihr zu. Sie war viel kleiner als er. Und er schätzte, dass sie um einiges jünger war. Dafür, dass sie allein mit ihm hier war, fand er, dass sie ziemlich vorlaut war. Er hatte in den letzten Jahren keine Erfahrung mit Mädchen sammeln können und war sich nicht sicher, wie ernst sie ihr Flirten meinte. Aber er hatte Lust darauf, es herauszufinden.

»Tja«, sagte er und hielt ihren Blick fest. »Wen interessiert das hier draußen schon?« Er senkte die Stimme. »Hier kann ich tun, was immer ich will, oder?« Ohne den Blick von ihr abzuwenden, ging er einen Schritt auf sie zu und genoss es, als ihre Selbstsicherheit ganz leicht ins Wanken geriet. Sie schluckte, aber ihr Blick auf ihm glühte und so kam er näher, bis sie vor ihm zurückwich und mit dem Rücken gegen das Blech des Pickups stieß. Ihr Top war weit ausgeschnitten und er sah oberhalb ihres Schlüsselbeins ihren Puls galoppieren. Einen Moment lang gab er sich diesem Anblick hin. Ihr leichtbekleideter Körper an dem Auto stehend, ihr leises Keuchen, ihr leicht geöffneter Mund. Ihm war bewusst, dass es unfair war, was er tat. Sie wusste nicht, wer er wirklich war. Dass er im Gefängnis gesessen und praktisch sechs Jahre lang kein Mädchen zu Gesicht bekommen hatte.

»Du solltest nach Hause gehen«, sagte er. Seine Stimme klang rau und er war sich plötzlich nicht mehr sicher, ob er sie überhaupt noch gehen lassen würde. Aber Luisa schüttelte den Kopf.

Jaxon streckte seine Arme rechts und links von ihrem Körper aus und zog sich hinter ihrem Rücken die Arbeitshandschuhe von den Händen. »Also bleibst du lieber hier, bei mir?« Er stand so nah vor ihr, dass sie sich fast berührten.

Luisa nickte und er merkte, dass sie zwar nervös war, aber auch erregt. »Was soll ich denn bei mir drüben, ganz allein?«

»Also gut.« Er ließ die Handschuhe zu dem Metallschrott auf die Autoladefläche fallen, umschloss ihren Nacken und zog sie dicht an sich heran. Einen Herzschlag lang war er überrascht, dass sie es zuließ. Er wusste genauso wenig über sie wie umgekehrt, aber er hätte wetten können, dass sich Mädchen wie Luisa von Typen wie ihm fernhielten, wenn es darauf ankam. Sie jedoch legte ihre Arme um seinen Nacken und als er sich zu ihr hinunterbeugte, reckte sie sich ihm entgegen und erwiderte seinen drängenden Kuss.

Neun

Als Tom am nächsten Tag die Treppe in das Erdgeschoss hinunterkam, fühlte er sich wie gerädert. Nachdem sich Matilda als Niete herausgestellt hatte, hatte er die halbe Nacht damit zugebracht, über seine nächsten Schritte nachzudenken, und erst im Morgengrauen ein paar Stunden Schlaf gefunden.

Bei einem Abstecher in die Küche wollte er sich einen Kaffee holen, wobei er hoffte, dem schweigsamen Kind nicht zu begegnen; da sah er es im Nachthemd am Esstisch kniend, ein Croissant essend, aus dem die Nuss-Nougat-Creme herausquoll.

Wie erstarrt blieb er im Torbogen stehen. Was ihm die Sprache verschlug war aber nicht Matilda, sondern die Person, die neben ihr saß und ihr ein Glas Apfelsaft einschenkte. Eine Hundertstelsekunde lang hatte er wirklich geglaubt, *sie* wäre zurückgekommen. Die verdammte Realität drehte ihm den Magen um.

»Was ist denn hier los?«, brachte er heraus.

Laika stand aus ihrem Körbchen im Wohnbereich auf, kam schwanzwedelnd näher und stieß ihm ihre Schnauze in die Hand. Luisa hob den Kopf in seine Richtung.

»Guten Morgen«, sagte sie, obwohl es bereits auf Mittag zuging. Sie trug eins von Jaxons neueren T-Shirts über ihren Sportklamotten und hatte ein Lächeln im Gesicht, das mit der Sonne draußen um die Wette schien.

Tom presste die Zähne aufeinander, dass seine Kiefer knackten. Sein Blick suchte Jaxons, der denkbar entspannt an der gegenüberliegenden Tischseite saß, die Füße auf einen Korbstuhl in der Nähe gelegt, einen vollbeladenen Frühstücksteller auf einem Oberschenkel balancierend.

»Komm schon, sei nett.« Mit einer ausladenden Geste wies er über den Tisch, der mit Aufbackbrötchen, einer Käseplatte und Eiern aufwendig gedeckt war. »Trink einen Kaffee mit.«

Tom zog sich sein T-Shirt an und betrat den Wohnraum. Irgendetwas an Luisas Anwesenheit machte ihn nervös. Und es war nicht die Tatsache, dass er generell keinen Besuch mochte. Es hatte etwas mit ihr zu tun. Damit, dass sie von einem auf den anderen Tag in Parlow aufgetaucht war. Und dass sie nicht wieder ging, obwohl ihre Mutter bereits vor Wochen gestorben war. Sie schnüffelte herum und das bereitete ihm aus unerfindlichen Gründen Kopfschmerzen.

Er wich ihrem Blick aus, griff sich eine Tasse und die Glaskanne vom Tisch und schenkte sich einen Kaffee ein.

»Alles okay?« Jaxon beobachtete ihn stirnrunzelnd.

»Sicher.« Tom stürzte seinen Kaffee hinunter, der eine dünne, lauwarme Plörre war. »Es wäre nur gut, wenn ihr eure Schäferstündchen zukünftig auf die andere Seeseite verlegen könntet.«

Er warf Jaxon, der genau wusste, dass sie niemanden auf das Grundstück und schon gar nicht in das Haus ließen, einen scharfen Blick zu, bevor er die oberste Schublade unter der Küchenanrichte aufzog. Während er zwei Voltaren aus dem Streifen drückte, bemerkte er, dass Luisa die Lippen aufeinanderpresste und einen schnellen Blick mit Jaxon wechselte.

»Willst du dich nicht zu uns setzen?«, wehte ihre Stimme zu ihm herüber, woraufhin er sich vorsichtshalber eine dritte herausdrückte.

»Ich habe keine Zeit.« Er schluckte die Tabletten mit einem Zug aus einer Wasserflasche hinunter und griff nach seinem Schlüsselbund. Er hatte irgendwann in der Nacht beschlossen, so schnell wie möglich wieder nach Berlin zu fahren. Er würde, wenn überhaupt, nur dort erfahren, was Judith zugestoßen war. So riskant es auch war, nachdem er ihm Matilda weggenommen hatte, aber er würde noch einmal bei Kent aufschlagen müssen. Bei dem Gedanken tastete er seine Jeanshose nach seinem Springmesser ab und schnappte seine Jacke, die auf einem der Barhocker lag.

Luisa räusperte sich. »Also, eigentlich wollte ich ganz gerne noch mit dir reden«, hörte er sie sagen.

Erst jetzt bemerkte er, dass sie ihn ansah, und verharrte im Torbogen. Vielleicht hat es etwas mit Matilda zu tun, dachte er, als sein Blick auf das Mädchen fiel, das neben Luisa am Tisch saß und das Apfelsaftglas an den schokoladenverschmierten Mund hob. Vielleicht hatte Matilda gestern im Wald irgendetwas gesagt oder getan, dass Luisa hellhörig hatte werden lassen. Etwas, das ihm vielleicht sogar weiterhelfen würde. Ihm fiel ein, dass Luisa überhaupt erst bei ihnen aufgetaucht war, weil sie Matilda nach Hause gebracht hatte. Und dass er sich noch gar nicht dafür bedankt hatte. Nicht auszudenken, was es für seine Nerven bedeutet hätte, wenn sie gestern Abend noch eine Suchaktion durch die hiesigen Wälder hätten starten müssen.

Luisas Blick ruhte immer noch auf ihm. »Es ist wichtig«, sagte sie. »Sonst würde ich nicht fragen.«

»Na gut.« Tom zuckte die Achseln. »Ich muss sowieso noch eine Runde mit dem Hund gehen. Du kannst mitkommen, wenn du willst.« Er stieg in seine Stiefel und sah zu, wie Luisa aufstand, etwas zu Jaxon sagte, während sie ihr frisch belegtes Brötchen vom Teller schnappte, und sich beeilte, ihm zu folgen.

Sobald er draußen auf dem Hof war, fühlte er sich besser. Luisa nicht mehr im Haus zu haben, entspannte ihn etwas und die Seeluft half dabei, das Hämmern in seinem Kopf auf ein erträgliches Maß zu dämpfen.

Er folgte ihr auf die Straße hinaus und schloss das Tor ab. Links und rechts der Kopfsteinpflasterstraße erstreckte sich Grünland, etwas weiter entfernt begannen die Buchenwälder, die den See und das Grundstück umgaben. Laika trabte schwanzwedelnd um sie beide herum und begann damit, ihre sozialen Eckpfeiler zu markieren. Tom wusste, sobald sie damit fertig war, würde ihr Enthusiasmus schlagartig dahinsein.

»Ich frage mich«, begann Luisa, als sie ein Stück vom Tor entfernt waren, »ob du meine Mutter eigentlich gekannt hast.«

»Deine Mutter?« Tom brauchte ein paar Sekunden, um ihren Gedanken zu folgen. Er hatte mit allem gerechnet. Dass sie versuchen würde, ihn über Jaxon auszufragen. Oder ihm vorwarf, nicht gut genug auf Matilda aufzupassen. Aber nicht, dass sie mit ihm über ihre Mutter reden wollte; ein Thema, zu dem er weniger als nichts beizutragen hatte.

»Ich bin mir nicht sicher«, antwortete er ausweichend. »Warum ist das wichtig für dich?«

»Ich weiß nicht.« Sie seufzte. »Ich dachte, du würdest schon länger hier wohnen und hättest vielleicht ein paar … Antworten.«

Er sah sie von der Seite an. Er dachte daran, dass ihre Mutter gestorben war und ihre Schwester das Weite gesucht hatte. Er fragte sich, warum sie nicht ebenfalls in ihren schwarzen Golf mit dem Kölner Kennzeichen stieg und in ihr altes Leben zurückkehrte, das sicher viel für sie bereithielt. Andererseits wusste er, wie es sich anfühlte, auf der Suche nach Antworten zu sein.

»Ich bin erst vor einigen Jahren hergezogen und treffe nicht sonderlich viele Leute«, sagte er. »Warum fragst du nicht jemanden, der sich hier auskennt?« Er dachte kurz nach. »Die Wirtin, zum Beispiel.« Bei der Erinnerung an den denkwürdigen Grillnachmittag vor einer Woche sträubten sich ihm immer noch die Nackenhaare. Er machte seitdem jedenfalls einen großen Bogen um das Kehrwieder.

***

Er ist ein Windhund, genau wie Dora gesagt hat, dachte Luisa. Sie beobachtete seine Reaktion auf ihre Frage, aber er ließ sich nichts anmerken, senkte nur kurz den Blick. Er wirkte unruhig, aber das tat er schon die ganze Zeit. Aus irgendeinem Grund wich er ihr aus und wollte sie nicht bei sich zuhause haben. Aus irgendeinem Grund sagte er ihr nicht die Wahrheit. Luisa verdrängte den Gedanken, dass das auch für den Typen galt, in dessen Bett sie heute Morgen aufgewacht war. Sie wusste, dass es gefährlich war, sich auf Jaxon einzulassen. Sie hatte es trotzdem getan.

Eine Weile gingen sie schweigend nebeneinander her, immer am Seeufer entlang.

»In der Schublade, die du neulich geöffnet hast, lagen Tagebücher meiner Mutter«, sagte sie.

Sie schlugen einen Pfad ein, der in den Wald hineinführte und so schmal war, dass sie hintereinandergehen mussten.

»Und?«, fragte Tom, der ein Stück hinter ihr war. »Hast du sie gelesen?«

Luisa warf ihm einen Blick über die Schulter zu. Er riss Blätter von einem Zweig, den er in der Hand hatte.

»Einen Teil davon«, sagte sie.

In dem zweiten Buch war ebenfalls ein Foto eingeklebt: Gabriella, jung, allein, am Ufer ebendiesen Sees, den sie gerade umrundeten. Es war Frühling, wie jetzt, vielleicht ein bisschen früher im Jahr, denn die Bäume, unter denen sie stand, blühten. Sie trug ein langes, grünes Kleid, unter dem sich ihr runder Babybauch unverkennbar wölbte.

Ich erkenne Rocco nicht mehr wieder, schrieb sie. *Er will mich nicht mehr sehen. Aber ich weiß, dass Papa ihn dazu gezwungen hat, das zu sagen. Papa redet auch nicht mehr mit mir. Er schaut mich nicht mal mehr an.*

Außer Dora habe ich überhaupt niemanden mehr. Niemanden außer ihn.

Ich weiß genau, wenn ich ihn erst einmal im Arm halte, wird Rocco wieder zu mir zurückkommen und alles wird gut werden.

»Sie war fünfzehn«, sagte Luisa. »Und schwanger.«

Tom schob das dichtgewachsene Buschwerk beiseite und schloss zu ihr auf, als der Weg wieder breiter wurde. »Hast du das nicht gewusst?«

Luisa schüttelte den Kopf. »Ich habe achtzehn Jahre lang mit meiner Mutter zusammengelebt, aber sie hat nie auch nur ein Sterbenswort darüber gesagt.«

Wie war das nur möglich? Wie war es möglich, dass Gabriella ein so großes Geheimnis zeitlebens mit sich herumgetragen hatte?

»Ich habe einen Bruder«, sagte sie vor sich hin, nur um zu wissen, wie sich das anfühlte. »Irgendwo habe ich einen Bruder.«

Gabriella hatte nicht ihr ganzes Leben schriftlich festgehalten. Nur besonders bewegende Zeiträume. Die Einträge waren unregelmäßig, im Wochentakt etwa, und geprägt von ihrer inneren Zerrissenheit.

30. April – Ich habe Mama und Papa noch nie so wütend erlebt. Sie sagen, ich darf das Baby nicht behalten. Wie können sie so etwas sagen? Er ist ihr Enkelkind! Ich werde das niemals zulassen. Ich beschütze mein Baby. Eher laufe ich für immer weg.

Ich weiß nicht, wie ich das durchstehen soll. Ich vermisse Rocco so sehr. Wenn wir wieder zusammen wären, wäre alles viel einfacher.

9. Mai – Ich habe Rocco und Frank auf dem Rummel getroffen. Rocco hat getan, als wäre ich Luft. Ich hasse ihn. Selbst, wenn er zu mir zurückkommen sollte, will ich ihn nicht wiederhaben.

Dora ist mitgekommen, Babykleidung kaufen. Das war sooo schön!

27. Mai – In drei Wochen ist es soweit. Meine Eltern meinen es ernst. Ich muss mein Baby abgeben. Und ich darf Rocco nie wiedersehen und muss weg von Zuhause. Ich glaube, ich muss sterben.

Sie hatten eine seichte, sandige Stelle des Seeufers erreicht und Tom hob einen Stock vom Boden auf und schleuderte ihn in den See hinein.

»Einen kurzen Moment lang habe ich wirklich geglaubt, dass sich meine Mutter das Ganze nur ausgedacht hat«, sagte sie, während sie gemeinsam Laika zusahen, die in den See strauchelte und den Stock wieder herausfischte.

Luisas Großeltern waren liebe Menschen gewesen, die Haus, Pflanzen und Tiere gewissenhaft umsorgt und für Gabriella und ihre Enkelkinder alles getan hatten. Dass sie ihre Tochter dazu gezwungen haben sollten, ihr Kind wegzugeben, war einfach unvorstellbar. Und Gabriella hatte in den letzten Wochen so viel fantasiert, dass es leicht war, sich vorzustellen, dass sie immer schon dazu geneigt hatte.

Aber da war ja das Foto. Und diese unerklärliche Trauer, die Gabriella umgeben hatte, seit Luisa denken konnte.

»Sie wollte ihn Luis nennen«, sagte sie. »Luis Tamino.«

Luis und Luisa. Ihre Mutter hatte sie nach ihm benannt. Als hätte sie gehofft, ihn durch sie auf irgendeine Weise zurückzubekommen, stellte sie mit Bitterkeit fest. Oder zu ersetzen.

Laika ließ den Stock in den Sand fallen und schüttelte sich. Luisa drehte sich zu Tom um, der ein Stück von ihr entfernt stand und auf den See blickte. Mit seinen schwarzen Jeans und den abgetretenen Bikerstiefeln passte er irgendwie überhaupt nicht in diese beschauliche Landschaft.

»Hast du ihn vielleicht gekannt?«, fragte sie.

Tom reagierte nicht sofort. Nach ein paar Sekunden wandte er sich ihr zu. Sein Gesicht wirkte verschlossen.

»Tom?«

»Nein«, sagte er.

»Was?«

»Ich habe ihn nicht gekannt.«

»Bist du ganz sicher? Es war neunzehnhunderteinund …«

»Vollkommen.« Er hob den Stock auf. »Ich muss jetzt gehen«, sagte er.

Ohne sie noch einmal anzusehen, drehte er sich um und ging den Weg zurück, den sie gekommen waren. Sein Hund folgte ihm schwanzwedelnd.

Luisa sah ihm hinterher, auch als er schon längst zwischen den Bäumen verschwunden war.

Teil 3

Zehn

Tom hatte es eilig, nach Hause zu kommen. Er brauchte seine Bar, die unberührte Stille und Dunkelheit seines Arbeitszimmers und einen Joint.

Verfluchte Luisa. Wieso war sie bloß hier aufgetaucht? Wieso nur hatte sie diesen Namen aussprechen müssen?

Er versuchte, an etwas anderes zu denken, aber da gab es nichts. Nur das alte Haus, in dem er lebte, und Judith, die ihn verlassen hatte.

Matilda saß auf dem obersten Treppenabsatz in der geöffneten Haustür und spielte mit Playmobilpferden. Als sie ihn näherkommen sah, rappelte sie sich auf. Ohnmacht überkam ihn; ein Gefühl, als rückten Wände auf ihn zu. Unvermittelt blieb er stehen und packte sie am Ausschnitt ihres gelben T-Shirts.

»Raus mit der Sprache!«, bellte er und schüttelte sie einmal hin und her. »Was ist mit ihr passiert?« Schrill schrie sie auf, Stoff zerriss unter seiner Faust. Mit flackernden Augen starrte sie ihn an.

Wie sehr er ihr Schweigen hasste. Wie sehr er sich wünschte, einfach aus ihr herausschütteln zu können, was sie wusste.

»Sag es endlich, verdammt noch mal! Ich weiß, dass du es gesehen hast!« Er holte mit der freien Hand aus, um irgendetwas zu tun, zuzuschlagen vielleicht, da wurde sein Arm festgehalten und in einer Bewegung nach hinten verdreht. Schmerz zog heiß bis in seine Schulter hinauf. Tom schnappte nach Luft und stolperte einen Schritt zurück, als Jaxon ihn auch schon wieder losließ und sich zwischen ihn und Matilda schob.

»Sag mal, geht's noch?« Er stieß ihn heftig vor die Brust. »Was ist in dich gefahren?«

Tom griff sich an die rechte Schulter, die brannte, als wäre sie mit einem Schürhaken bearbeitet worden. Tief atmete er durch und versuchte, sich zu beruhigen, aber es funktionierte nicht. Die Wände waren immer noch da, kamen immer näher, drohten, ihn zu zerquetschen.

Jaxon musterte ihn, als würde er nach irgendetwas suchen. »Komm runter, okay?«, sagte er und Tom wurde plötzlich bewusst, wie sehr er sich verändert hatte. Da war ein harter Ausdruck in seinen Augen, eine Stärke, die früher nicht dagewesen war. Er starrte Jaxon an, während die blinde Wut in ihm allmählich verflog. Sein Blick fiel auf Matilda, die sich im sicheren Abstand zu ihm in der offenstehenden Haustür herumdrückte. Ihr T-Shirt war am Ausschnitt ausgeleiert und aufgerissen.

Scheiße, dachte er. Was hast du getan, Mann?

Er wandte sich ab und lief mit drei Sätzen die Treppe hinauf. Er hörte, wie sich Jaxon an Matilda wandte: »Heh, komm her, ist schon wieder gut.«

Er warf die Tür seines Arbeitszimmers hinter sich zu und schnappte sich die halbvolle Flasche Jack Daniel's aus dem Schrank. Während er mitten im abgedunkelten Zimmer stand und den Whisky in tiefen Zügen aus der Flasche trank, musste er an Judith und Matilda denken. Sie drei waren eine Familie gewesen. Zwar keine glückliche und auch keine intakte, aber eine Familie. Er hatte weder Judith noch Matilda je grob angefasst. Ja, verdammt, was war in ihn gefahren?

Er zog seinen Hanfbeutel aus der Hosentasche und ließ sich mit der offenen Flasche in der Hand auf das Sofa fallen. Mit fahrigen Fingern bastelte er sich einen Joint, zündete ihn an und inhalierte den Rauch tief in die Lunge. Er schloss die Augen und versuchte, Matildas blasses Gesicht und ihre riesigen braunen Augen zu vergessen. Wie sie ihn angestarrt hatte.

Mit schwerem Arm gelang es ihm, sein Handy hervorzuholen und Musik einzuschalten. Goran Bregovic, der Soundtrack für seine Trips. Während die Musik leise durch den Raum schwappte, legte sich die Ruhe wie ein dicker Mantel über ihn.

Sie wollte ihn Luis nennen. Luis Tamino.
Hast du ihn vielleicht gekannt?

Herne, 1995

Judith hatte geahnt, dass es eines Tages soweit sein würde. Ihr Onkel hatte Andeutungen gemacht, seit sie neun Jahre alt war. Wie hübsch sie sei. Wie süß sie sei. Und dass er sie eines Tages ganz für sich haben wollte. Dass er sie sich holen würde. Sie hatte gehofft, dass er noch etwas länger damit warten würde. Aber als sie zwölf Jahre und vier Monate alt war, war er offensichtlich der Meinung, sie sei alt genug. Aus irgendeinem Grund, vielleicht, weil sie noch so gar nichts über diese Dinge wusste, hatte sie geglaubt, dass sie es schon aushalten würde. Sie hatte geglaubt, dass es ja nicht so viel schlimmer sein konnte, als das, was er Luis und ihr schon seit Jahr und Tag antat.

Sie hatte sich getäuscht. Als sie an diesem Nachmittag in der Küche stand und das Abendessen zubereitete, als wäre es ein Tag wie jeder andere, fühlte sie sich, als wäre sie

186

zerbrochen. Und als wäre ein Teil von ihr für immer verschwunden.

Sie hörte, wie Luis die Wohnung betrat. Eigentlich wohnte er mit seinem Vater in der Wohnung über ihr, aber heute war sie krank Zuhause und ihre Mutter arbeitete lange, deswegen war er für sie einkaufen gewesen.

Als er die Küche betrat, blieb sie mit dem Rücken zu ihm am Spülbecken stehen und spürte, wie sich ihr ganzer Körper verkrampfte. Obwohl heute ein warmer Tag war, trug sie eine lange Jogginghose und hatte sich die Kapuze ihres schwarzen Hoodies tief ins Gesicht gezogen.

Sie hörte, wie er die Einkäufe auf dem Küchentisch abstellte. Er sagte nichts, nicht einmal »hi«, was ungewöhnlich war, und sie traute sich nicht, sich umzudrehen. Sie versuchte, die Möhren weiterzuschneiden, aber ihre Hände waren wie gelähmt.

Als er sprach, klang seine Stimme wie Scherben. »Was hat er getan?«

Tränen schossen ihr in die Augen und sie wischte sie mit dem Handrücken weg. Sie wünschte sich, ein Loch würde sich im Boden auftun, in dem sie einfach verschwinden konnte. Sie wünschte sich, er würde gehen. Aber nichts davon geschah. Er war ganz dicht hinter ihr, fasste sie am Arm und wollte sie herumdrehen, aber sie wich ihm aus.

»Lass mich in Ruhe!«

»Was ist passiert?«

»Gar nichts.« Sie umklammerte das Gemüsemesser so fest mit der rechten Hand, dass ihre Knöchel weiß hervortraten. »Verschwinde, Luis. Sofort.«

Aber Luis verschwand natürlich nicht. Das tat er nie. Judith hätte nicht geglaubt, dass sie ihn eines Tages dafür hassen würde.

Er trat neben sie, griff an ihr vorbei und nahm ihr das Gemüsemesser aus der Hand. Dann drehte er sie herum und sah ihr ins Gesicht. Sie konnte seinen Blick nicht erwidern, aber sie merkte, dass sich jeder Muskel seines Körpers anspannte.

»Scheiße«, flüsterte er.

Judith versuchte, seine Arme wegzuschlagen. »Sei still!«, schluchzte sie und spürte, wie ihre mühsam errichteten Dämme zu brechen begannen.

»Oh Gott«, hörte sie Luis irgendwo ganz weit weg sagen. »Sag nicht, dass er es getan hat. Sag nicht, dass dieses Schwein dich angefasst hat.« Er wirkte, als würde er gleich durchdrehen.

Mit einer heftigen Bewegung riss sie sich von ihm los. Einige Atemzüge lang standen sie sich gegenüber und starrten sich an. Judith weinte.

»Siehst du, was du angerichtet hast?«, fauchte sie und wischte sich das Gesicht ab. »Was soll ich jetzt tun, wenn Mama nach Hause kommt?«

Luis' Gesicht war verzerrt. In seinen Augen brannte etwas. Er sah aus, als wäre auch in ihm etwas zerbrochen.

»Es ihr sagen«, sagte er.

Judith wandte sich mit einem Ruck ab, nahm das Messer wieder zur Hand und tat so, als würde sie sich wieder den Möhren widmen. In ihrem Inneren flammte ein brennender Schmerz auf bei Luis' Worten.

»Red keinen Stuss.« Sie wussten beide, wie hilflos Virginie war. Dass sie ebenfalls ein Opfer Franks war.

Es war schlimmer geworden, seit sie vor einem Jahr hergezogen waren. In Brandenburg hatten sie auf einem weitläufigen Hof gelebt. Frank hatte die meiste Zeit in der

Autowerkstatt gearbeitet und außer ein paar Feierabendbier wenig getrunken. Hier hatten sie nur kleine Mietwohnungen und der Getränkehandel lief so schlecht, dass Frank und Luis' Vater bald selbst ihre besten Kunden geworden waren.

Heute hatte Frank sehr viel getrunken, bevor er in ihr Zimmer gekommen war.

Judith musste schlucken. Dann rutschte sie mit dem Messer aus und schnitt sich in den Finger. Sie betrachtete das hellrote Blut, das aus der Wunde quoll. Sie wünschte sich, sie würde irgendetwas fühlen. Schreck oder Schmerz. Aber da war gar nichts.

»Bitte geh jetzt«, sagte sie leise. »Ich muss allein sein.«

Sie würde alle Hände voll damit zu tun haben, die Mauer wiederaufzubauen, bis ihre Mutter nach Hause kam.

Luis' Wut schien den ganzen Raum einzunehmen. »Dann werde *ich* es ihr sagen.«

Judith fuhr herum. »Das wirst du nicht tun.«

»Oh doch. «

»Luis!«

Er packte sie an den Schultern. Er war zwei Jahre älter und einen Kopf größer als sie und sah auf sie herab. »Er wird es wieder tun, das ist dir doch klar«, sagte er und jedes seiner Worte fühlte sich an wie ein Messerstich. »Wir müssen etwas dagegen unternehmen.«

Judith nickte. Sie wollte einfach nur, dass er ging. Sie wollte ihre Schmerzen in seinem Gesicht nicht mehr sehen.

»Ja«, sagte sie. »Das werden wir.«

Elf

Zwei Tage, nachdem Jaxon mit dem Abriss begonnen hatte, war Toms Scheune Geschichte. Der Holzhaufen, den sie auf dem Hof aufgeschichtet hatten, hatte mehrere Stunden lang gebrannt und schwarze Qualmwolken in den blauen Maihimmel geblasen. Jaxon hatte am Morgen den Metallschrott zur Deponie gebracht und danach das Grundgerüst der neuen Garage in Angriff genommen.

Als der Nachmittag in den Abend überging, zog er die letzte Gewindeschraube fest, steckte den Schraubenschlüssel in seinen Werkzeuggürtel und stieg von der Leiter. Mit etwas Abstand betrachtete er sein Werk. Es sah äußerst stabil aus. Nachdem er die vier Eckpfeiler in Beton gegossen hatte, hatte er das restliche Grundgerüst aus dicken, witterungsbeständigen Lärchenholzbalken gebaut. Als Nächstes war die Verkleidung an der Reihe, die wahrscheinlich einen weiteren Tag in Anspruch nehmen würde. Die Sache mit dem Garagentor war etwas schwieriger; die vertagte er lieber, bis Tom wieder soweit war, dass er ihm zur Hand gehen konnte.

Er nahm eine Wasserflasche von der Ladefläche des Pickups, schraubte sie auf und trank ein paar Züge, als er Luisa sah. Sie kam den Abhang vom Seeufer herauf, entdeckte ihn und ging auf ihn zu. Jaxon ließ die Flasche sinken. Bei ihrem Anblick regte sich etwas in ihm. Er musste daran denken, wie sie sich auf ihn eingelassen und sie sich beide hier, an dieses Auto gelehnt, nähergekommen waren. An die gemeinsame Nacht mit ihr. Gepaart mit dem Gefühl der Freiheit, das er hatte, seit er hier war, war das der beste Moment der letzten Jahre für ihn gewesen.

Er fragte sich, ob es eine einmalige Sache für sie gewesen war, oder ob sie eine weitere Nacht mit ihm verbringen würde. Vielleicht, dachte er, als sie näherkam und ihn anlächelte. Er hatte sich zurückgehalten, bis sie in seinem Schlafzimmer gewesen waren, hatte sich Mühe gegeben, die Sache nicht aus dem Ruder laufen zu lassen und es sogar geschafft, auf ihre Bedürfnisse einzugehen.

Ein paar Schritte von ihm entfernt blieb sie stehen. »Wow«, sagte sie. »Du bist ja wirklich ein Zimmerer.«

Jaxon wandte sich ab und sammelte mit einer Hand ein paar verirrte Holzreste ein. Er spürte etwas in sich nagen. Ein kleines Tier, das ihn daran erinnerte, dass das hier nicht sein Leben war. Dass er ihr die Wahrheit sagen musste, wenn er weiterhin mit ihr zusammen sein wollte. Wo er herkam. Und, vor allem, was er getan hatte.

Er warf das Holz in die sterbende Glut, die daraufhin zu neuem Leben erwachte. »Hast du daran gezweifelt?«

Sie betrachtete ihn eine paar Sekunden lang, als würde sie darüber nachdenken. »Nein.«

Sie war sommerlich gekleidet und trug einen blauen Leinenbeutel mit einem Storch darauf über der Schulter. Als sie die Griffe mit beiden Händen fasste und zum Haus herübersah, wusste er, dass sie etwas beschäftigte, das nichts mit ihm zu tun hatte. Sie wirkte angespannt, wie an dem Tag, als er ihr Auto repariert hatte.

»Alles okay?«, fragte er und nickte zu dem Beutel. »Was hast du da?«

Luisa scharrte mit ihrem Sneaker im Kies. »Ich wollte Tom etwas geben. Ist er da?«

Jaxon nickte und wies mit seiner Wasserflasche zu einem

der Fenster im oberen Stockwerk hinauf, das mit Vorhängen zugezogen war. »Allerdings ist er noch dabei, sich von eurem letzten Gespräch zu erholen.«

Luisas Kopf fuhr zu ihm herum. »Was meinst du damit?«

Jaxon dachte daran, wie vollkommen neben sich Tom gestanden hatte, als er von seinem Spaziergang mit Luisa zurückgekommen war. An den Abgrund, den er eine Sekunde lang in seinem rasenden Blick gesehen hatte, als er ihm gegenübergestanden hatte.

»Worüber hast du mit ihm gesprochen?«, fragte er.

Luisa zuckte die Achseln, aber sie sah beunruhigt aus. »Ich … habe ihm eigentlich nur Fragen gestellt.« In einer hilflosen Geste hob sie den Beutel an. »Über das, was meine Mutter in einem ihrer Tagebücher geschrieben hat.«

Jaxon zog die Brauen zusammen. »Und warum? Was hat Tom mit den Tagebüchern deiner Mutter zu tun?« Aber noch während er diese Frage stellte, wurde ihm bewusst, wie wenig er eigentlich über Toms Vergangenheit und über diesen Ort wusste. Einen Moment lang wunderte er sich darüber, dass sie nie darüber gesprochen hatten.

»Erinnerst du dich daran, was ich dir über ihr Testament erzählt habe?«

Jaxon nickte.

»Meine Schwester und ich konnten einfach nicht glauben, dass unsere Mutter so ein Testament aufgesetzt hat. Und das hat sie auch nicht. Ich bin überhaupt nicht der *erstgeborene Nachkomme*, so wie es im Text steht. Und auch Amelie nicht.« Sie machte eine Pause und holte Luft. »Da gibt es noch jemanden, von dem wir bisher nichts wussten.«

Jaxon leerte seine Wasserflasche und stellte sie in den Kasten zurück, der auf der Ladefläche stand. »Mein Mitbewohner wird auch nichts von ihm wissen, da kannst du dir sicher sein.«

Luisa ließ ihren Stoffbeutel von der Schulter gleiten und zog ein abgegriffenes Buch hervor, dessen Deckel mit einem schwarzen Gummiband zusammengehalten wurden. Sie legte eine Hand darauf und sah ihn an. »Ich weiß, meine Mutter war verwirrt in den letzten Monaten«, sagte sie und Jaxon ahnte, was jetzt kommen würde. »Aber sie hat Tom in diesem Buch erwähnt. Ich bin mir also sicher, dass er *irgendetwas* weiß. Aber er will mir nichts sagen.« Die Verzweiflung in ihrer Stimme erinnerte Jaxon an Toms Versuche, Matilda auszuquetschen. Verwirrt hin oder her, sicher interessierte es ihn, dass sein Name in einem Tagebuch stand, das in einem hundert Jahre alten Schreibtisch auf der anderen Seeseite eingeschlossen gewesen war.

»Du kannst ja zu ihm hochgehen und es versuchen«, sagte er. Er schnallte sich den schweren Werkzeuggürtel von der Hüfte und legte ihn auf den Pickup. Er brauchte dringend ein Abendessen. Und eine Dusche.

»Er ist seit fast zwei Tagen da drin. Es wird Zeit, dass er wieder rauskommt.«

***

Luisa stieg die Treppe hinauf. Die meisten Türen, die von dem Flur im oberen Stockwerk abgingen, standen offen. Sie schaute in ein kleines, unaufgeräumtes Kinderzimmer mit roten Vorhängen hinein, dann in ein altmodisches, dunkelgrün gefliestes Bad. Vor einer verschlossenen Holztür blieb sie stehen. Sie holte tief Luft und klopfte. Als sie keine Antwort bekam, öffnete sie die Tür einen Spaltbreit. Der Raum dahinter war schummrig. Die Vorhänge waren zugezogen, die Luft war gras- und alkoholgeschwängert. Auf dem Schreibtisch quoll der Aschenbecher über, eine Leergutsammlung drängelte sich neben Tastatur und Bildschirm.

Auf dem Sofa, zwischen einigen Kissen und leeren Flaschen, saß Tom. Er trug nichts außer schwarzen Jeans, hatte die Ellbogen auf die Oberschenkel gestützt und das Gesicht in den Händen vergraben. Sein Rücken, der vollständig von einem gigantischen, vielfarbigen Tattoo bedeckt war, war vornübergebeugt. Er schien nicht zu bemerken, dass jemand die Tür geöffnet hatte, denn er reagierte nicht. So wie er dasaß und fast zittrig ein- und ausatmete schien es, als hätte er Schmerzen.

Ein paar Sekunden lang spielte Luisa mit dem Gedanken, so leise, wie sie gekommen war, wieder zu verschwinden, da hob er den Kopf und sah sie an. Sein Gesicht sah blasser und etwas eingefallener aus als sonst, wodurch sich die Narbe, die seine linke Wange teilte, deutlich abzeichnete.

»Luisa«, sagte er mit einer Stimme wie Schleifpapier. »Du bist ja immer noch hier.«

Sie trat einen Schritt in den Raum hinein. Durch den Spalt der dunklen Vorhänge fiel die Abendsonne und ließ Staubkörner durch den Raum tanzen. Tom ließ sie nicht aus den Augen. Als sie den Leinenbeutel von der Schulter gleiten ließ, blieb sein Blick daran haften.

»Hier gibt es nichts für dich«, sagte er. »Also geh wieder nach Hause.«

»Das kann ich nicht.«

Wütend starrte er sie an, aber Luisa hielt seinem Blick stand. Nach einigen Atemzügen gab er auf. Er erhob sich, erstaunlich sicher auf den Beinen, ging an ihr vorbei und angelte sich ein T-Shirt aus einem Wäschekorb, der in der Ecke stand. Als er es sich über den Kopf zog, öffnete sie den Mund, um etwas zu sagen, aber er kam ihr zuvor.

»Ich beantworte dir keine einzige deiner Fragen, also versuch es gar nicht erst.«

»Ich bin nicht hergekommen, um mit dir zu reden.«

»Ach, nein? Das ist ja was ganz Neues.«

»Ich will dir etwas geben.« Sie zog das Buch aus der Tasche und streckte es ihm entgegen. Tom verharrte in seiner Bewegung und starrte es an. Seine Miene war völlig unbeweglich.

»Was soll das? Ich habe dir schon gesagt, dass ich diesen Typen nicht gekannt habe.«

»Lies es«, sagte sie. »Du kommst auch darin vor.«

Sein Blick flackerte an ihr vorbei zur offenstehenden Tür, aber Luisa stellte sich ihm in den Weg und hielt ihm das Buch vor die Brust. Als würde es ihm die Haut verbrennen, wich er einen Schritt zurück.

»Pack dieses Ding weg und verschwinde damit!«

Luisa schüttelte den Kopf. Sie spürte ihr Herz hart schlagen. »Ich habe meiner Mutter versprochen, ihn zu finden.«

Sie versuchte, seinen Blick aufzufangen, versuchte, irgendwie Kontakt zu ihm aufzunehmen, aber er sah sie nicht an. Er streckte den Arm aus und schob sie beiseite.

»Dann musst du dein Versprechen eben brechen«, sagte er und verließ das Zimmer. Luisa hörte die Badezimmertür härter als nötig ins Schloss fallen. Ein paar Sekunden lang verharrte sie bewegungslos. Ihre Knie fühlten sich weich an und sie merkte erst jetzt, wieviel Kraft es sie gekostet hatte, sich ihm entgegenzustellen. Als sie kurz darauf das Rauschen der Dusche vernahm, holte sie tief Luft. Sie ging ein paar Schritte in den Raum hinein und legte das Buch neben seine Tastatur auf den Schreibtisch.

Als Luisa den Hof betrat, berührte die Sonne am Westufer des Sees bereits die Baumkronen der Buchen. Ein scharfer Geruch nach nasser Holzkohle lag in der Luft und sie sah, dass Jaxon die Glut des Feuers mit Wasser gelöscht hatte. Sie war ein wenig enttäuscht, dass er nicht mehr hier war, denn sie hätte gerne nochmal mit ihm gesprochen. Vielleicht hätte sie wieder ein wenig mit ihm flirten und das angespannte Aufeinandertreffen mit Tom vergessen können. Oder sich sogar von ihm nach Hause fahren lassen und die Nacht drüben im Bungalow mit ihm verbringen können. Einen Moment lang überlegte sie, ob sie ihn suchen sollte, verwarf den Gedanken jedoch. Sie sollte sich lieber beeilen, um Zuhause zu sein, bevor es dunkel war.

Sie wollte gerade den Hang zum Seeufer hinuntergehen, als sie auf dem Dach des Hauses eine Gestalt wahrnahm, die sich als schwarze Silhouette vor dem dunkelblauen Himmel abzeichnete. Ein eisiger Schreck durchfuhr sie, als sie erkannte, dass es Matilda war.

Luisa schnappte nach Luft. Ihr erster Impuls war, laut nach ihr zu rufen, aber sie konnte ihn unterdrücken. Sie wollte das Mädchen nicht erschrecken. Sie hastete zum Haus zurück, wo eine verwittert aussehende Leiter aus Holz in der Fassade verankert war. Ein paar Sprossen fehlten und die, die vorhanden waren, wirkten nicht unbedingt, als würden sie eine erwachsene Person tragen können. Die Höhe war schwindelerregend, aber das Dach war nicht besonders steil und man konnte gut darauf laufen, auch wenn viele

Ziegel von der Sonne ausgeblichen und brüchig waren. Mit angezogenen Knien und einem Stofftier im Arm saß Matilda auf dem Giebel und sah Luisa zu, dich sich vorsichtig in ihre Richtung bewegte.

»Matilda«, sagte sie, vor Anspannung leicht keuchend. »Komm her, ich hol dich runter.« Sie streckte eine Hand nach ihr aus, die ziemlich zitterte.

Matilda rührte sich nicht.

»Komm schon!« Luisa wagte sich noch etwas weiter vor und als sie den Dachgiebel auf Matildas Höhe erreicht hatte, war sie erleichtert, einen stabilen Platz erreicht zu haben, auf dem sie pausieren konnte. Ihr Herzschlag beruhigte sich etwas und sie ließ den Blick über den spiegeldunklen See schweifen, dann über das löchrige Dach.

»Was machst du denn hier oben?«, sagte sie, obwohl sie wusste, dass sie sowieso keine Antwort bekommen würde. Matilda umklammerte ihr Stofftier fester. Aus der Nähe erkannte Luisa, dass es ein ziemlich abgewetzter grauer Wolf war. Ihr fiel auf, dass das Mädchen das gelbe T-Shirt trug, das sie auch vor zwei Tagen angehabt hatte, als sie sich im Wald getroffen und sie Matilda nach Hause gebracht hatte. Es war schmutzig und am Saum zerrissen.

Was hat dieses Kind bloß erlebt?, dachte sie. Und was war wohl mit ihrer Mutter passiert? Luisa musste an Toms Reaktion denken, als Dora ihn danach gefragt hatte. Wie er vom Tisch aufgestanden und in die Küche geflüchtet war, wo er über das Spülbecken gebeugt dagestanden hatte, als würde die Antwort auf diese Frage ihn geradezu niederdrücken.

»Sie ist tot«, sagte Matilda und Luisa zuckte zusammen. Es war das erste Mal, dass sie Matilda überhaupt sprechen hörte. Ihre Stimme war leise und flüchtig wie der Wind, der vom See herüberwehte.

Luisa schluckte. »Oh Gott. Das tut mir leid.« Ein Frösteln überkam sie, obwohl sie auf den warmen Dachziegeln saß.

»Erschossen.« Matilda senkte den Kopf und zupfte ihrem Wolf das Fell von den fast kahlen Ohren. »In einem Bunker.«

»Was?« Luisa wurde schwindelig. Der Hof unter ihr erschien auf einmal weit weg und begann merkwürdig zu schwanken. »Matilda …«, begann sie und wollte vorschlagen, ob sie sich nicht an den Abstieg machen und unten im Hof weiterreden wollten, da hob das Mädchen den Kopf und sah ihr zum ersten Mal direkt in die Augen. »Was ist ein Bunker?«

Sie erfindet das bloß, dachte Luisa. Sie hat dieses Wort aufgeschnappt und irgendeine haarsträubende Geschichte drumherum erfunden, weil ihre Mutter verschwunden ist.

»Ein Bunker …«, begann Luisa. »Ich weiß nicht genau. Ein Bunker ist ein stabiles Gebäude, in dem man sich schützen kann. Vor Bomben, zum Beispiel. Hier fallen aber keine Bomben. Ich glaube nicht, dass es hier noch irgendwelche Bunker gibt«, sagte sie, ohne es genau zu wissen.

»Doch«, sagte Matilda. »Es war in einem Bunker.«

»Lass uns runterklettern, okay?«

»Sie hätten das Auto da gebraucht«, fuhr Matilda fort. Sie zeigte auf den anthrazitfarbenen Pickup, der neben der Baustelle stand, und Luisa folgte ihrem Blick. »Aber sie hatten es nicht.«

Ein Schatten fiel über sie und Luisa sah auf. Matilda war aufgestanden. Sie beugte sich nach vorne und sah in den Hof hinunter.

»Matilda!« Luisa packte sie am Unterschenkel und hielt sie fest. Der Stoffwolf glitt ihr aus den Händen und rutschte die hellroten Dachziegel hinunter.

Matilda sah ihm hinterher. »Sie hatten es nicht«, wiederholte sie. »Aber sie haben es trotzdem getan.«

***

Als Tom in die Küche hinunterkam, war er froh darüber, lediglich Jaxon anzutreffen, der an der Theke saß und einen Teller Nudeln verschlang. Er fühlte sich momentan nicht dazu in der Lage, Matildas Schweigen oder Luisas bohrende Blicke zu ertragen.

Er nahm sich eine Flasche Wasser aus dem Kasten, der neben der Anrichte auf dem Boden stand, und schraubte sie auf.

Jaxon hob den Blick von seinem Teller. »Ah, sie hat es geschafft«, sagte er.

Einmal angefangen, konnte Tom nicht aufhören zu trinken, bis die Flasche leer war. Wasser versorgte den Körper doch auf eine andere, elementarere Art und Weise mit Flüssigkeit als Alkohol.

Er stellte die Flasche in den Kasten zurück, fuhr sich mit dem Unterarm über den Mund und beäugte Jaxons Nudelteller. Jaxon nickte zum Herd herüber. »Es ist noch was da.«

Tom hob die Deckel an, häufte sich Nudeln und Tomatensoße auf einen Teller und setzte sich Jaxon gegenüber. Unwillkürlich schaute er sich in der Küche um. Dass sein Mitbewohner hier den Laden geschmissen, gekocht und eine Garage gebaut hatte, während er oben im Delirium gelegen hatte, fühlte sich seltsam an. Fast so, als wäre *er* hier der Untermieter. Dass er gerade an der Besucherseite der

Theke saß, machte die Situation nicht besser.

Jaxon hatte als Erster seinen Teller geleert, räumte ihn in die Spülmaschine und holte eine Packung Eis aus dem Kühlfach. Nachdem er sich an die Anrichte gelehnt und den Plastikdeckel geöffnet hatte, fragte er: »Warum regt es dich eigentlich so auf, mit Luisa zu sprechen?«

Tom hob den Kopf von seinen Nudeln und warf Jaxon über die Theke hinweg einen unwilligen Blick zu. »Weil sie versucht, mich auszufragen. Sie ist von dem Gedanken besessen, ich könnte ihr dabei helfen, irgendeinen verschollenen Verwandten zu finden.«

Jaxon tunkte seinen Löffel in das Eis. »Und? Kannst du?«

»Nein!«

Jaxon runzelte die Stirn. »Stimmt es denn, dass dein Name in diesem Buch drinsteht?«

»Was weiß ich denn?« Tom merkte, dass er zu laut sprach und atmete tief durch. Aber der Gedanke an das Tagebuch, das Luisa ihm hatte geben wollen, drehte ihm den Magen um.

Lies es. Du kommst auch darin vor.

Er schob den halbvollen Nudelteller von sich. »Scheiße. Du hättest sie nicht einfach ins Haus lassen dürfen.«

Jaxon nickte zur Decke hinauf und deutete ein Achselzucken an. »Irgendwie musste ich dich ja aus diesem Loch herausbekommen. Außerdem«, fügte er nach einer Pause hinzu, »ist sie ganz schön verzweifelt.« Er sah Tom an. »Warum kannst du ihr nicht sagen, was du weißt?«

»Wie bitte?« Tom spürte, wie sein Blutdruck bei dieser Frage unkontrolliert in die Höhe schoss. »Was soll das, Jaxon?«, fuhr er auf. »Schlägst du dich jetzt auf ihre Seite, weil du mit ihr ins Bett gehst? Steht ihr demnächst gemeinsam bei mir im Arbeitszimmer, oder was?«

Jaxon verzog keine Miene. Drückte den Deckel auf die leere Eispackung und ließ Toms Zorn ins Leere laufen. War es früher nicht genau umgekehrt gewesen zwischen ihnen? Was war nur mit ihm passiert?

»Jetzt krieg dich wieder ein«, sagte Jaxon. »Sie hat dir doch einfach nur Fragen gestellt. Sie stand nicht mit einer Waffe vor dir, um aus dir herauszukriegen, was du weißt.«

Tom funkelte Jaxon ein paar Sekunden lang an. »Mit einer Waffe?«, wiederholte er. »Wovon redest du eigentlich?«

Jaxon ließ den Mülleimerdeckel zufallen und wandte sich Tom zu. »Ich rede davon, wie du mit Matilda umgehst.«

Tom holte automatisch Luft, um etwas zu erwidern, verstummte dann aber und wich Jaxons ungewohnt ernstem Blick aus. Er war außer sich gewesen, weil Luisa ihm draußen am See zu sehr auf die Pelle gerückt war, aber das war nichts, was er Jaxon erklären brauchte.

»Wie alt ist sie?«, fuhr Jaxon ungerührt fort. »Vier? Fünf?« Er machte eine Pause. »Du hättest beinahe zugeschlagen, Mann.«

Tom stand vom Barhocker auf, zog eine zerdrückte Packung Marlboro aus seiner Hosentasche und fummelte mit zitternden Fingern eine Zigarette heraus.

»Du verstehst das nicht.« Er konnte Jaxon nicht ansehen. »Sie weiß, was passiert ist. Ich sehe es in ihren Augen. Es ist alles da, in ihrem Kopf. Aber sie sagt es mir verdammt nochmal nicht!« Er wandte sich von der Theke ab und zündete sich seine Zigarette an. Das alles, Luisas Besuch in seinem Arbeitszimmer, das Tagebuch und dieses Gespräch mit Jaxon, war zu viel für ihn.

»Tom!«, hörte er Jaxons Stimme hinter sich und merkte,

dass er bereits auf dem Weg in den Flur war. Im Durchgang blieb er stehen und drehte sich um.

Jaxon war ihm um die Theke herum gefolgt. »Das führt doch zu nichts«, sagte er. »Wenn du nicht warten kannst, bis sie von selbst anfängt zu reden, werden wir uns etwas Anderes einfallen lassen, okay?«

Tom nickte mechanisch. Laika war auf einmal da, fiepte und scharwenzelte um ihn herum. Er legte eine Hand auf ihren Kopf und spürte plötzlich, wie erleichtert er darüber war, dass Jaxon da war. Dass er eines Tages einfach hier hereingeschneit war und ihn vom Heuboden heruntergeholt hatte. Dass er diese unermüdliche Geschäftigkeit an den Tag legte, die ihm immer wieder half, aufzustehen und weiterzumachen. Dass er zu genau dem richtigen Zeitpunkt hinter ihm gestanden und nicht zugelassen hatte, dass er seinem Kind etwas antat.

»Okay«, sagte er und fing Jaxons Blick auf. »Danke.«

Er wandte sich ab, zog seine Stiefel an, die neben der Tür lagen und trat vor die Tür. Er sah zu dem Bauwerk herüber, das in die Höhe wuchs, wo jahrzehntelang die Scheune gestanden hatte, als auf einmal etwas vom Himmel fiel und direkt vor seinen Füßen landete.

Er ging ein paar Schritte in den Hof hinaus, drehte sich um und sah zu den oberen Fenstern hinauf, dann glitt sein Blick weiter nach oben bis zum Dach.

Wie ein schwarzer Schatten stand jemand im Gegenlicht der untergehenden Sonne, ganz oben auf dem Giebel. Ein Gefühl der Panik durchzuckte ihn, furchtbar vertraut. »Matilda!«, brüllte er. »Runter da!«

Judith hatte ein Versteck. Es war ein altes, verlassenes Gebäude, von Gestrüpp und Unkraut umgeben, das hinter ihrer Schule lag. Luis sagte, es sei einmal eine Sporthalle gewesen, aber Judith fand nicht, dass es danach aussah. Sie erinnerte es an ihr altes Zuhause in Parlow mit dem Heuboden, der Werkstatt und den vielen Winkeln und alten Bäumen. Sie kam fast jeden Tag nach der Schule hierher und blieb, so lange es ging. Dann saß sie oben auf dem flachen Dach und schrieb Geschichten oder Gedichte. Oder auf der Treppe zwischen den hohen Sträuchern auf der Rückseite des Gebäudes, wo sie Origami-Tiere aus den beschriebenen Seiten ihrer Schulhefte faltete. Manchmal kam Luis und leistete ihr Gesellschaft, aber er stieg nicht gerne auf Dächer. Außerdem gefielen ihm ihre traurigen Gedichte und die gefalteten Schwäne und Kraniche nicht besonders. Er stand auf Fantasy. Auf Orks und Drachen und anderes düsteres Zeug. Aber Drachen zu falten, war ihr zu schwierig.

Seit dem Tag, an dem diese Sache mit Frank angefangen hatte, war Luis wütend. Da war ein harter Glanz in seinen Augen, der nicht mehr wegging. Er hatte sich ein Springmesser zugelegt, Judith wusste nicht woher, das er in der Hand hielt und ansah, während er erzählte, was sie alles tun sollten. Frank umbringen. Rocco umbringen. Das Haus, in dem sie wohnten, anzünden. Weglaufen. Weit weg. Und nie mehr zurückkommen.

Judith hörte ihm zu, sah sein Messer an und wusste, dass nichts davon die Teile von ihr, die abgebrochen und verschwunden waren, zurückbringen konnte.

Das versuchte sie, Luis zu erklären, aber er war anderer Meinung. Er war sich sicher, dass es etwas gab, irgendetwas, das er tun konnte.

Eines Tages, es war Spätsommer, etwa drei Monate nach Tag eins, stand er vor ihr, mit etwas gestohlenem Geld, einem vollgepackten Rucksack, ihren Schlafsäcken und einem Plan.

»Wir gehen«, sagte er und obwohl sie Angst hatte und eine Stimme in ihr sie davor warnte, stand sie auf und nahm seine Hand.

Luis' Plan schien zunächst aufzugehen. Sie fuhren nach Hannover, dann nach Berlin, wo sie bei Dima und seiner älteren Schwester Irene unterkamen, Freunden aus ihrer Zeit in Parlow. Nach ein paar Tagen fuhren sie zu dritt weiter nach Orchowo in Polen, wo Dima Verwandte hatte.

Zwei Wochen vergingen, in denen sie sich ein wenig wie im Ferienlager fühlten. Judith merkte, dass sie es sich hin und wieder erlauben konnte, ihre Mauer zu vernachlässigen. Luis' blaue und schwarze Flecken, die er überall am Körper hatte, begannen ebenso wie seine Wut allmählich zu verblassen. Immer öfter vergaß er, sein Messer mit sich herumzutragen, bis er es schließlich ganz im Rucksack ließ.

Und dann, eines Tages, tauchte Frank auf. Er fuhr mit seinem Mercedes über den Hof, bis vor die Tür des Gänsestalls, stieg aus und marschierte in seinen guten Schuhen durch den Schlamm, bis er sie gefunden hatte. Luis stellte sich vor Judith, kreidebleich im Gesicht und Frank holte aus und schlug ihn, so dass er mit dem Kopf gegen die Stallwand flog und beinahe das Bewusstsein verlor.

Die Heimfahrt dauerte neun Stunden und war schlimmer als alles, was Judith zuvor erlebt hatte. Weil Frank sie kalt erwischt hatte. Weil etwas wie Hoffnung in ihr aufgekeimt und ihre Mauer instabil gewesen war. Und weil sie wusste, was passieren würde, wenn sie erst wieder Zuhause wären. Er würde Luis verprügeln, sobald die Wohnungstür hinter ihnen ins Schloss fiel. Danach würde er ihn Rocco überlassen und sich Judith zuwenden. Sie würde es zu spüren bekommen, dass er mehr als zwei Wochen lang auf sie hatte verzichten müssen.

Zuhause saß sie in ihrem Zimmer auf dem Fußboden und musste sich die Ohren zuhalten. Sie hatte Frank noch nie so wütend erlebt. Sie hörte ihn im Wohnzimmer toben und schreien und hoffte, es würde endlich aufhören. Und wünschte gleichzeitig, es würde ewig andauern.

Luis, es tut mir leid, dachte sie. Aber diesmal schaffe ich es nicht.

Und sie stand auf, nahm sich ihren Rucksack, der noch vollgepackt auf ihrem Bett lag, und schlich sich aus dem Zimmer. Als sie an der offenstehenden Küchentür vorbeikam, verharrte sie. Ihre Mutter saß am Tisch, blass, mit vom Weinen geröteten Augen, und sah sie an. Einen kurzen Moment lang hoffte Judith, sie würde irgendetwas tun oder sagen. Sie aufhalten vielleicht, oder fragen, wo sie gewesen war. Aber Virginie rührte sich nicht. Saß einfach nur zittrig da und knüllte ihr Taschentuch in der Faust zusammen, während ihr Bruder im Nebenzimmer keuchte und hustete und brüllte.

Sie waren weit gekommen, aber nicht weit genug. Sie hatten eine gute Zuflucht gehabt, aber sie war nicht gut genug gewesen. Kein Ort der Welt wird jemals gut genug sein, dachte sie. Wann würde Luis das jemals begreifen?

Als sie ihr Versteck erreicht hatte und über die rostige Eisenleiter durch die offenstehende Klappe auf das moosbewachsene Dach des alten Gebäudes hinaufstieg, ging gerade die Sonne hinter den Dächern der Stadt unter. Sie hielt Ausschau nach Luis und wusste doch gleichzeitig, dass ihm etwas Furchtbares zugestoßen sein musste. Vielleicht hatte Frank ihn so schwer verletzt, dass er nicht in der Lage sein würde, zu ihr zu kommen?

Ob er sein Springmesser bei sich hatte?

Panik erfasste sie. Immer neue Bilder tauchten in ihrem Kopf auf. Frank, der, als er entdeckte, dass Judith verschwunden war, ausrastete und ein weiteres Mal auf Luis losging. Ihn vielleicht sogar umbrachte.

Sie ging bis zur Dachkante nach vorne und sah nach unten auf den rissigen Asphalt, durch den sich überall die Pflanzen erfolgreich ihren Weg ans Tageslicht gesucht hatten. Sie wusste nicht genau, wie tief es nach unten ging. Vielleicht acht Meter, oder zehn. Eine ganze Weile stand sie da, dann schloss sie die Augen. Sie konnte nicht wieder nach Hause gehen. Und sie konnte auch nicht ohne Luis überleben. Sie brauchte ihn. Seine Wut, sein Messer, seine Pläne. Er war alles, was sie nicht sein konnte. Ohne ihn war sie ganz allein, umgeben von ihrer Mauer, die von Mal zu Mal höher wurde.

Als sie die Augen wieder öffnete, sah sie ihn. Er stieg gerade durch die Lücke des Maschendrahtzauns. Sie wankte, so erleichtert war sie, ihn zu sehen. Und doch war da noch etwas anderes. Eine Tür, die sich auf einmal schloss und ihr den Ruf nach ihm in der Kehle stecken ließ.

Als er sich aufrichtete und sie sah, erstarrte er mitten in der Bewegung. Dann ließ er seinen Rucksack neben sich auf den Asphalt fallen.

»Judith!«, rief er zu ihr nach oben. »Geh zurück! Ich bin jetzt da.«

Zwölf

»Oh Gott. Was stimmt nur nicht mit mir?« Tom stöhnte und legte sich einen Arm über die Augen. Sein Kopf schmerzte und er fühlte ein seltsames Brennen hinter den Augen.

»Ich denke an Dinge. Dinge, die überhaupt nicht mehr in meinem Kopf sein dürften. Einfach so, mitten am Tag.«

Ihm war bewusst, dass er jammerte, aber er befand sich bei Irene auf dem Sofa, dem einzigen Ort auf der Welt, an dem er sich das in diesem Ausmaß gestattete. Auch wenn Irenes Freundin Sabrina mit verschränkten Armen im Türrahmen lehnte und die Szenerie verfolgte.

Irene ließ sich in einen Sessel neben ihm sinken. »Warum sollten sie nicht mehr in deinem Kopf sein dürfen?«

»Weil ich sie rausgeworfen habe, damals.« Er nahm den Arm weg, sah, dass Irene ein Glas Wodka Lemon vor ihn auf die Glasplatte des Couchtisches gestellt hatte, und rappelte sich in eine sitzende Position auf. »Ich meine, ich stehe da, vor dem Haus, sehe Matilda oben auf dem Dach …«

»Matilda?«, unterbrach Sabrina ihn und tauschte einen schnellen Blick mit Irene. »Du hast sie also?«

»Allerdings.«

»Wie geht es ihr?«

»Kann ich dir nicht sagen.« Er nahm einen tiefen Schluck und hielt sich das kühle Glas gegen die schmerzende Stirn. »Sie spricht nicht mehr mit mir.«

»Kent ist auf hundertachtzig«, sagte Sabrina. »Er hat sich einen Untermieter in die Wohnung geholt und eine Alarmanlage eingebaut. Du hättest nicht einfach bei ihm einbrechen und sie ihm wegnehmen dürfen.«

Nein, hätte er nicht. Matilda sprach nicht, sie kletterte barfuß auf Dächern herum und wer wusste, was sie tat, während er zwei Tage ausgeknockt im Arbeitszimmer vegetierte? Wenn Jax nicht da wäre, wäre sie wahrscheinlich längst verhungert.

»Tom.« Er spürte Irenes Hand auf seinem Oberschenkel und öffnete die Augen. Er sah sie direkt vor sich, ihr vertrautes Gesicht mit den kastanienbraunen Augen, dem lilafarbenen Tattoo an der Schläfe und dem Unterlippen-Piercing. Er schluckte, als die Erinnerungen an damals ihn überwältigten. An den Tag, an dem er Herne für immer verlassen und hierhergekommen war.

Berlin, 1997

»Was machst du denn hier?«

Luis öffnete die Augen. Im ersten Moment wusste er nicht, wo er sich befand. Dann erkannte er Irene, die vor ihm kniete, ihren Bruder Dima, der hinter ihr stand, und den Hausflur, in dem er eingeschlafen war. Er zog den Rucksack unter seinem Kopf hervor und kämpfte sich auf die Beine. Vom stundenlangen Schlafen auf der Fußmatte schmerzte ihm jeder Knochen.

Als niemand etwas sagte und Irene und Dima ihn weiterhin ansahen, als erwarteten sie eine Antwort, räusperte er sich. »Ich bin von Zuhause weg.«

Dima wandte sich im Treppenhaus um. »Alleine?«

Luis nickte und spürte, wie sich sein Magen verknotete. Er hatte Judith nichts von seinen Fluchtplänen erzählt und sich auch nicht von ihr verabschiedet. Er wusste, dass sie ihn dazu überredet hätte, sie mitzunehmen oder bei ihr zu bleiben, und beides kam für ihn nicht infrage. Frank würde ihnen folgen, sie aufspüren und zurückholen. Das würde er kein zweites Mal überleben.

Irene zog ihren Schlüssel aus der Tasche und öffnete die Wohnungstür. »Jetzt komm erstmal rein.«

Irene und Dima voran betrat er die dunkle Wohnung. Als er heute Morgen seinen Rucksack gepackt und, anstatt in die Schule zu gehen, zum Bahnhof gegangen war, hatte er nicht weitergedacht als bis hierhin. Bloß weg, nach Berlin fahren, bei Dima unterkommen. Alles andere würde sich schon ergeben.

Er hatte gedacht, wenn er erst einmal hier wäre, würde er so etwas wie Erleichterung verspüren. Aber jetzt, als er sich neben seinen Rucksack auf das Sofa setzte, merkte er, dass es nicht funktionierte. Judith verfolgte ihn. Ihr trauriges Gesicht, ihre großen, dunklen Augen, ihre letzten Worte an ihn.

Wir beide werden für immer zusammen sein.

Was würde sie tun, wenn sie entdeckte, dass er gegangen war und sie zurückgelassen hatte? Luis' Augen brannten und er presste sich die Handballen dagegen.

Irene kam und hielt ihm ein Glas mit einer bernsteinfarbenen Flüssigkeit entgegen. »Herzlichen Glückwunsch zum Geburtstag«, sagte sie. »Hier. Das bringt dich auf andere Gedanken.«

Luis schüttelte den Kopf. Frank war ein Trinker.

Er nahm Dima wahr, der in der Nähe der Wohnzimmertür stehengeblieben war. Niemand kannte Luis besser als Dima und seine Schwester. Dennoch wich er den Blicken beider aus und sah auf das Glas hinunter, das Irene wieder auf den Tisch gestellt hatte und in dem sich das Licht der Stehlampe brach, die den Raum matt erleuchtete.

Judith und er hatten es gegen Mitternacht in ihrem Geheimversteck hinter der Schule getan. Es war sein erstes Mal gewesen und ihr Geburtstagsgeschenk an ihn. Erst danach war ihm klargeworden, dass es sein Todesurteil war.

Niemand vergriff sich ungestraft an Frank Lehmanns Eigentum.

Sein Brustkorb zog sich schmerzhaft zusammen. Die Angst vor Frank und seine eigene Unfähigkeit schnürten ihm die Luft ab.

»Ich muss zurück«, brachte er heraus. »Ich muss sie rausholen.«

Dima kam ein paar Schritte näher. »Das kannst du nicht«, sagte er.

Irene setzte sich neben ihn. »Dima hat Recht«, sagte sie. »Du weißt, was Frank mit dir anstellen wird.«

Luis starrte auf seine Hände, die vor seinen Augen verschwammen. An seinem Oberschenkel spürte er das harte Metall des Springmessers, das in der Hosentasche seiner Jeans steckte. Es war immer da. Er hatte es noch nie für etwas anderes als Apfelsinenschälen und primitive Schnitzarbeiten benutzt.

Nein, er konnte nicht zurückgehen. Aber *jemand* musste es tun.

Er griff nach dem Whiskyglas, das vor ihm auf dem Tisch stand, und begann zu trinken.

Er sah auf, als Irene sein leeres Glas gegen ein volles tauschte. Er versuchte ein Lächeln, aber er glaubte nicht, dass es ihm gelang.

Mittlerweile war es dunkel im Zimmer. Tom hörte Sabrina nebenan in der Küche werkeln und sah Irene zu, die damit begann, die Kerzen auf dem Tisch und den Regalen anzuzünden.

»Judith war auch öfters hier«, sagte sie.

Tom hob den Kopf. Mit ihren dunklen Haaren, den verschlungenen Tätowierungen und dem im Kerzenlicht funkelndem Metall im Gesicht sah sie aus wie eine unheilvolle Wahrsagerin.

»Sie hat dich geliebt. Aber bei dir musste sie immer sie selbst sein. Das war schwer für sie.«

»Kannst du bitte aufhören, in der Vergangenheitsform über sie zu reden?« Tom stand auf. Der Raum begann, sich um ihn zu drehen und er musste sich an einem Regal festhalten. Er wusste selber, dass es für Judith nicht leicht war, mit ihm zusammen zu sein. Immer wieder hatte er sie verlassen. Oft ohne Abschied und manchmal für Jahre, in denen er versucht hatte, woanders neu anzufangen. Aber seit er vor sechs Jahren zu ihr zurückgekommen war, war er geblieben. Da war sie die diejenige gewesen, die immer wieder gegangen war.

Irene blies das letzte Streichholz aus. »Es gibt Dinge, vor denen kann man nicht davonlaufen«, sagte sie und drehte sich zu ihm um. »Die holen einen irgendwann wieder ein.«

Tom verzog das Gesicht. Er konnte nicht aufhören, in die flackernden Flammen zu schauen, die sich in den schwarzen, regennassen Fensterscheiben spiegelten.

»Ich gehe runter«, sagte er. »Ich bleibe heute Nacht hier.«

Sie nickte und er verließ die schummerige Wärme der Wohnung. Er ließ das Licht im Treppenhaus ausgeschaltet und hielt sich am Geländer fest, während er die zwei Treppen zu seiner eigenen Wohnung hinuntertaumelte. Den Vanilleduft von Irenes Kerzen würde er tagelang nicht mehr aus der Nase bekommen.

Eine dunkle Gestalt saß direkt vor seiner Wohnungstür gegen den Türrahmen gelehnt. Tom blieb so abrupt stehen, dass er rücklings gegen das Treppengeländer stieß. Die Person erhob sich und er erkannte trotz der Dunkelheit, dass es der Kerl war, der vor einer Woche schon einmal hier gewesen war. Jaxons Bruder.

»Scheiße«, stieß er hervor und kramte seinen Wohnungsschlüssel aus der Jackentasche. »Was willst du denn hier?«

Der Junge wich zur Seite, als Tom an ihm vorbeitrat und die Wohnungstür aufschloss. Er sagte irgendwas, aber Toms Schädel dröhnte und Irenes Worte spukten ihm im Kopf herum.

Es gibt Dinge, vor denen kann man nicht davonlaufen.

» … fragen, ob ich nicht mit zu dir kommen kann.« Der Junge war immer noch da.

Tom rieb sich über das Gesicht. »Hat Jax dir nicht Geld gegeben und dich nach Hause geschickt?«

»Schon, aber … hab den Zug verpasst und …«

Oh Gott, was redete dieses Kind da nur? Tom hielt sich am Türrahmen fest. »Du hast hier nichts verloren«, sagte er. »Geh nach Hause, wo du hingehörst.«

Ohne einen Einwand abzuwarten, schloss er die Tür. Ein Anflug von schlechtem Gewissen überkam ihn, aber es verschwand ebenso schnell wie es gekommen war.

***

Luisa lag eng an Jaxon geschmiegt in seinem Bett und fragte sich, ob nicht mittlerweile er der Grund dafür war, dass sie Parlow nicht verließ.

Heute definitiv, dachte sie, legte ihre Hand auf seinen Bauch und streichelte seinen Oberkörper, der sich warm und muskulös anfühlte. Sein Herz schlug stark und gleichmäßig und sie ließ ihre Hand auf seiner Brust verweilen. Er hatte die Augen geschlossen, aber sie wusste, dass er nicht schlief, weil er vor wenigen Augenblicken noch wach und in ihr gewesen war.

»Jaxon?«, sagte sie, als sie eine Weile dagelegen und dem Regen zugehört hatten, der leise gegen die Fensterscheiben klopfte.

»Hm?«

»Was machst du eigentlich, wenn die Garage fertig ist?«

Jaxon öffnete die Augen, die Brauen leicht zusammengezogen. »Was meinst du damit?«

Luisa zuckte die Schulter, auf der sie nicht lag, und legte ein Bein über seine. »Es interessiert mich einfach, was du vorhast, hiernach.« Sie machte eine Pause. »Gehst du wieder weg von hier?«

»Vielleicht.« Er schob sich einen Arm unter den Hinterkopf und ließ seinen Blick durch das Zimmer wandern. »Vielleicht aber auch nicht. Eigentlich gefällt es mir hier.«

Luisa spürte einen leichten Stich der Enttäuschung, weil er ihrer Frage auswich. Sie zog sich die Bettdecke über die Schultern. »Weißt du es wirklich nicht?«, hakte sie nach, »oder willst du es mir nur nicht sagen?«

Ungeduld flackerte in seinem Blick auf, als er sich ihr zuwandte. »Ich weiß es noch nicht. Ich werde sehen, was sich ergibt.«

Luisa schwieg. Ein Typ ohne eigenes Zuhause und ohne Pläne für die Zukunft – in den Augen ihrer Mutter würde Jaxon sicher noch schlechter abschneiden als Arne, der Bühnenbauer. Aber ihre Mutter lebte nicht mehr. Und Luisa war hier, in seinem Bett, und hatte bereits die zweite Nacht mit ihm verbracht.

Es waren die Ereignisse des vergangenen Abends, die dazu geführt hatten, dass sie geblieben war. Nachdem Tom Hals über Kopf in seinen Pickup gestiegen und davongefahren war, war Jaxon im Hof aufgetaucht. Er hatte Matilda ins Haus geschickt und, während Luisa ihr in der Küche Nudeln und Saft vorgesetzt hatte, die morsche Leiter von der Hauswand abmontiert und mit ein paar Axtschlägen zu Kleinholz verarbeitet. Luisa hatte zugesehen, wie er die Bruchstücke auf die Asche der Feuerstelle geworfen hatte.

Gemeinsam hatten sie Matilda ins Bett gebracht. Nachdem Luisa das Licht ausgeschaltet und die Tür hinter sich geschlossen hatte, hatte Jaxon im Flur an der Wand gelehnt. Seine Augen hatten in der Dunkelheit geglüht und sie hatte sofort gewusst, was er wollte. Ein Brennen hatte sich in ihr ausgebreitet, als er sie an sich gezogen und geküsst hatte. Mit Jaxon zu schlafen, war aufregend. Er war zärtlich und einfühlsam, gleichzeitig konnte sie seine Kraft und Energie unter der Oberfläche spüren, als könnte er jeden Moment die Kontrolle über sich verlieren. Mit ihm zusammen zu sein, dachte sie, war wie eine schillernde Seifenblase, die jeden Moment zerplatzen konnte.

»Was hast du denn gemacht, bevor du hierhergekommen bist?«, fragte sie, ohne im Streicheln innezuhalten. Sie hatte gehofft, diese Frage wäre unverfänglicher als die nach seinen Zukunftsplänen, aber sie konnte spüren, wie sich sein Körper unter ihrer Hand versteifte.

»Das ist keine Geschichte, die du gerne hören willst«, sagte er mit leiser Stimme und fügte, noch bevor sie etwas entgegnen konnte, hinzu: »Und nichts, worüber ich gerne reden möchte.«

Luisa klappte den Mund zu. Sie spürte die Distanz, die sich bei seinen Worten zwischen ihnen auftat, und wusste dennoch, dass sie das Thema fallenlassen musste. Es war beängstigend, wie sehr sie sich wünschte, etwas über ihn herauszufinden, das über seine Lieblingsstellung hinausging. Und damit mehr für ihn zu sein als eine reine Bettbekanntschaft.

Er hatte die Augen wieder geschlossen und sie stand vom Bett auf. Während sie sich ihren Slip und ihr T-Shirt überzog, warf sie einen Blick aus dem kleinen Fenster. Der Himmel war tiefverhangen und der See, der sonst spiegelglatt dalag, war grau und unruhig. Auf dem Hof hatten sich Pfützen gebildet. Es sah nicht danach aus, als würde es heute überhaupt richtig hell werden.

»Tom ist noch nicht zurück«, sagte sie. »Ich gehe mal nach Matilda sehen.«

Jaxon brummte etwas und Luisa verließ das Schlafzimmer. Matildas Zimmertür am anderen Ende des Ganges war geschlossen, wahrscheinlich schlief die Kleine noch. Toms Büro jedoch, an dem sie auf dem Weg ins Badezimmer vorbeiging, stand offen. Sie warf einen Blick hinein; das Tagebuch ihrer Mutter lag unberührt an Ort und Stelle auf seinem Schreibtisch.

Luisa betrat das grüne Badezimmer und setzte sich auf die Toilette, dann wusch sie sich an dem kleinen Waschbekken und warf einen Blick in den Spiegel. Die Fliesen, der Schrank, die Sanitäranlagen; das alles schien noch aus den

Siebzigerjahren zu stammen. Während das Erdgeschoss des Hauses generalüberholt aussah, schien dem Handwerker hier oben die Luft ausgegangen zu sein.

Auf dem Holzfußboden im Flur lag ein dicker, staubiger Läufer, in einer Nische stand eine ausladende, selbstgebaute Holzkommode. Ein zerschlissener Samtvorhang verbarg eine Art Abstellkammer. Halbverdeckt von dem Vorhang hingen einige gerahmte Fotografien an der Wand.

Luisa blieb stehen und schob den Vorhang ein Stück beiseite. Es waren Farbfotos, die jedoch so ausgeblichen waren, dass sie fast wie Schwarzweißaufnahmen wirkten. Auf einem Bild, das sich fast hinter dem Vorhang befand, standen zwei junge, bärtige Männer nebeneinander. Der größere der beiden hatte seinen Ellbogen auf die Schulter des anderen gelegt. Sie sahen stolz und glücklich aus und hatten Bierflaschen in der Hand, die sie in die Kamera hielten und gegeneinanderstießen. Es sah aus, als feierten sie etwas.

Luisa starrte das Foto an. Sie hatte das Gefühl, die beiden Männer schon einmal gesehen zu haben, wusste aber nicht, wo. Erst als sie herantrat und das Foto näher betrachtete, traf es sie wie ein Schlag. An dem Gebäude, vor dem die beiden Männer standen, hing ein Schild. *Franks Garage* stand darauf. Sie erkannte die Vortreppe des Hauptgebäudes, die Fenster im Erdgeschoss, die ehemalige Scheune daneben, die offensichtlich eine Autowerkstatt gewesen war.

Auch wenn das Schild heute nicht mehr da war: das Gebäude auf dem Foto war eindeutig das, in dem sie sich gerade befand.

Luisa vergaß fast zu atmen. Sie spürte den Holzfußboden unter ihren Füßen, den Luftzug, der um ihre nackten Beine strich, das leichte Brennen zwischen ihren Beinen von den vielen Malen, die sie mit Jaxon geschlafen hatte.

Rocco hat mich mit zu sich genommen, in seine eigene Bude, direkt über Franks Garage. Ich bin die ganze Nacht bei ihm geblieben!

Die Tagebucheinträge ihrer Mutter, ihre Erzählungen, all das hatte sich genau auf diesen Ort bezogen. Es war ihre Mutter gewesen, die den Zaun am Waldrand aufgeschnitten hatte, um Nacht für Nacht mit ihrer großen Liebe zusammen zu sein.

Es ist nicht gut ausgegangen für mich, Luisa. Es hat wehgetan.

Sie nahm eine Bewegung im Flur wahr und fuhr herum. Jaxon war in der Schlafzimmertür aufgetaucht. Er sagte nichts, sah sie nur an.

Gabriella hatte sie gewarnt, selbst kurz vor ihrem Tod noch. Aber Luisa hatte nicht auf sie gehört. Sie hatte sich auf Jaxon eingelassen, der genau wie Rocco eines Tages plötzlich dagewesen war und seitdem hier arbeitete, in Franks Garage.

»Luisa«, sagte er. Er trug nur Boxershorts, seine Stimme war rau. Er ging einen Schritt in den Flur hinein und sie wich zurück.

»Es tut mir leid«, sagte er. »Es ist nur …«

»Schon gut.« Luisa schlang sich die Arme um den Leib, als sie zu frösteln begann. Sie hatte auf einmal das Gefühl, nicht schnell genug von hier fortkommen zu können. »Du brauchst mir nichts zu erzählen, Jaxon. Ich muss jetzt gehen.«

***

»Es ist *dasselbe* Haus, Amelie!«

Amelie stieß ein Schnauben aus. »Besonders viele Häuser gibt es ja auch nicht in Parlow.«

Luisa stand mit dem Handy am Ohr am Wohnzimmerfenster. Von einem bestimmten Winkel aus konnte sie durch die Baumkronen hindurch die Gebäudedächer auf der anderen Seeseite erahnen. Franks Garage. Sie stellte sich die fünfzehnjährige Gabriella vor, die nachts aus dem Bungalow und um den See herumschlich. Sie wusste genau, wie sie sich damals gefühlt hatte.

»Deshalb hat sie Tom in ihrem Tagebuch erwähnt«, sagte sie. »Weil er dort lebt, wo das alles passiert ist.«

Sie hörte Amelie seufzen. Luisas Schwester war seit einer Woche wieder in Köln, ging zur Uni und war bereits dabei, das alles hinter sich zu lassen.

»Vermutlich«, sagte sie. »Können wir das überspringen und zu dem Punkt kommen, an dem du in dein glücklicherweise repariertes Auto steigst und zurückkommst?«

Luisa drehte dem Wohnzimmerfenster den Rücken zu. Nachdem sie gestern Jaxons Schlafzimmer verlassen hatte und durch den strömenden Regen nach Hause gelaufen war, hatte sie tatsächlich beschlossen, dass es das Beste für sie wäre, ihre Zelte abzubrechen. Sie wusste natürlich, dass Jaxon nicht Rocco und sie nicht ihre Mutter war. Dass das alles wahrscheinlich nichts als ein merkwürdiger Zufall war. Doch die Erwähnung von Toms Namen in dem Buch, Jaxons Verschwiegenheit und das ausgeblichene Foto im Flur waren zu viel für sie gewesen.

»Mama ist vor fast drei Wochen gestorben, Luisa. Ich finde es echt gruselig, dass du immer noch alleine in dem alten Haus sitzt. Ich meine, du hast nicht mal einen Hund, der auf dich ...«

»Schon gut«, unterbrach Luisa ihre Schwester. »Ich komme zurück.«

»Wirklich?«

»Ich habe schon gepackt.«

Erleichtert lachte Amelie auf. »Gottseidank.«

Luisa hörte ein Motorengeräusch und ging zum Fenster zurück. »Morgen früh fahre ich los«, sagte sie. Sie wollte noch etwas zu ihren Zündkerzen sagen und dass sie hoffte, ihr Auto würde die Strecke ohne Komplikationen überstehen, aber der Kommentar blieb ihr im Hals stecken.

Der graue Amarok rumpelte die Schotterstraße entlang auf das Haus zu, Reifen knirschten auf Kies. Luisa bekam Herzflattern.

»Das ist überhaupt kein Problem«, hörte sie Amelie reden. »Wir engagieren von hier aus ein Entrümpelungsunternehmen. Und einen Makler, der sich um das Haus kümmert ...«

Luisa hörte nicht mehr zu. Sie dachte daran, wie Jaxon sie angesehen hatte, als er sie im Flur an sich gezogen hatte. An die zahlreichen Male, die sie miteinander geschlafen hatten. Wie er ihr die Treppe hinunter bis an die Haustür gefolgt war und versucht hatte, sie dazu zu überreden, bei ihm zu bleiben. Plötzlich war sie sich nicht mehr sicher, ob sie bereit dazu war, ihn schon wieder zu verlassen. Gabriellas Warnungen hin oder her, sie würde ihn reinlassen und sich anhören, was er ihr sagen wollte, dachte sie in dem Moment, in dem sich die Autotür öffnete.

Es war Tom, der auf der Fahrerseite ausstieg.

»... melden diesen Luis meinetwegen bei *Vermisst* an«, drang Amelies Stimme wieder an ihr Ohr.

Luisa schluckte. »Ich muss jetzt Schluss machen.«

»Was?«

»Ich melde mich später nochmal.« Luisa beendete den Anruf in dem Moment, in dem Tom mit gesenktem Kopf und den Händen in den Jackentaschen durch den Vorgarten auf das Haus zukam.

Luisa wich vom Fenster zurück. Sie war so überrascht über sein Auftauchen, dass sie erst reagierte, als er an der Haustür klingelte.

Als sie öffnete, war er einen Schritt zurückgetreten und hatte die Hände immer noch in den Taschen vergraben.

»Was ist passiert?«, fragte sie, als er nach ein paar Atemzügen noch nichts gesagt hatte.

»Hey.« Er hob den Kopf und zum ersten Mal, fiel ihr auf, wich er ihrem Blick nicht aus. Er räusperte sich. »Ich muss mit dir reden.«

Luisa nickte nur. Sie versuchte, die Enttäuschung darüber zu verdauen, dass es nicht Jaxon war, der zu ihr gekommen war.

»Sicher.« Sie trat einen Schritt beiseite. »Willst du reinkommen?«

Tom warf einen Blick an ihr vorbei ins Haus hinein und ging einen weiteren Schritt in den Garten zurück.

»Lieber nicht.« Er zog einen Plastikbeutel aus seiner Jackentasche und wies damit zu der Sitzgruppe, an der sie beim Grillnachmittag beisammengesessen hatten.

Luisa schlüpfte in ihre Schuhe und folgte ihm auf die Terrasse. Die Gartenmöbel waren noch feucht vom Regen, aber Tom schien das nicht zu stören. Er saß bereits am Tisch und begann damit, sich eine Zigarette zu drehen.

Luisa zog sich ihre Jacke über die Schulter. »Worüber willst du mit mir reden?«, fragte sie, als er sich seine Zigarette, die wie ein Joint aussah, zwischen die Lippen steckte und anzuzünden versuchte. Seine Hände zitterten und sie merkte, wie sich seine Anspannung auf sie übertrug.

»Du hattest Recht.« Er inhalierte den Rauch so tief, dass er in ihm verschwunden zu sein schien. »Ich bin nicht ehrlich zu dir gewesen.«

Er sprach ganz ruhig, aber Luisas Herz machte einen heftigen Satz.

»Was? Heißt das, du weißt, wer Luis Tamino ist?«

Er senkte den Blick auf seine Hände, die mit dem Feuerzeug spielten. Er nickte. »Du konntest ihn gar nicht finden«, sagte er mit leiser Stimme. »Weil es ihn nicht mehr gibt.«

Luisa schwieg. Ihr Herz trommelte in ihrer Brust. »Was meinst du damit? Ist er tot?«

Tom sah an seinem Auto vorbei und über den Feldweg hinweg. Um diese Jahreszeit konnte man durch die Bäume hindurch noch die Stelle sehen, an der Gabriella in ihrem grünen Kleid gestanden hatte, hochschwanger.

»Ich war Luis Tamino«, sagte Tom. Er verzog das Gesicht, als würde er sich an etwas Schmerzhaftes erinnern. »Ich war dieser Junge. Und dann … musste ich jemand anderes werden.«

Luisa starrte ihn an. Seine Worte hallten in ihrem Kopf nach, während sie versuchte herauszufinden, was er ihr sagen wollte.

»*Du* bist Luis? *Du* bist mein Bruder?«

Toms Kopf ruckte zu ihr herum. »Nein!« In seinen Augen flammte etwas auf. »Hast du mir nicht zugehört?«

Luisa konnte seinem Stimmungswechsel ebenso wenig folgen wie dem Inhalt seiner Worte.

»Was? Aber du hast doch gerade gesagt …«

»Ich wollte nie wieder darüber nachdenken«, fuhr er sie an. »Nie wieder! Aber jetzt ist Judith weg. Und du bist hier aufgetaucht. Und plötzlich …« Er schloss für ein paar Sekunden die Augen. »Plötzlich kommen Erinnerungen zurück.«

Luisa sagte nichts. Sie hätte auch gar nicht gewusst, was. Mit allem hatte sie gerechnet. Dass Tom ihren Bruder gekannt hatte. Dass es irgendeinen Grund, vielleicht einen Unfall oder ein Verbrechen, dafür gab, dass er nicht über ihn reden oder nicht an ihn erinnert werden wollte.

Aber nicht, dass er Luis *gewesen war*.

Was auch immer das bedeutete.

Der Mensch, den sie suchte, war die ganze Zeit über hier gewesen. Sie hatte neben ihm im Auto gesessen. Sie war über sein Grundstück spaziert, hatte sich mit ihm unterhalten.

»Du hast es gewusst«, brachte sie nach einigen Sekunden der Stille heraus. »Du hast die ganze Zeit gewusst, dass ich nach ihm … nach *dir* gesucht habe. Und du hast *nichts* gesagt?«

Tom schüttelte den Kopf. »Ich konnte nicht«, sagte er, ohne sie dabei anzusehen. »Du verstehst das nicht. Ich … ich musste das alles hinter mir lassen.«

Luisa presste die Lippen aufeinander. Sie musste an das Haus denken, in dem er mit Jaxon zusammen lebte. An seine verschwundene Freundin. An das kleine Kind, ihre *Nichte*, die allein auf dem Hausdach saß und davon sprach, dass ihre Mutter erschossen worden war.

Sie sah ihn an, wie er dasaß, mit den dunklen, halblangen Haaren, die ihm ins Gesicht fielen, wenn er den Kopf gesenkt hielt. Mit dieser Narbe und dem verschlossenen Blick.

Er ist mein Bruder, versuchte sie sich klarzumachen. Er hätte mit uns zusammen aufwachsen können; aufwachsen *müssen*. Aber irgendetwas ist schiefgegangen. Sie fragte sich, ob sie jemals erfahren würde, was ihm widerfahren war.

Wie von einem unsichtbaren Band gezogen verließ sie ihren Platz am Rand der Terrasse, kam zum Gartentisch und setzte sich neben ihn. Sie wollte ihm wieder in die Augen blicken, wie vorhin an der Haustür. Sehen, ob es da eine Verbindung gab zwischen ihnen.

Sie roch das Marihuana und spürte die Feuchtigkeit, die durch ihre dünne Hose drang. »Wohin haben sie dich gegeben?«, fragte sie.

Widerwillig sah Tom auf. »Ich bin bei meinem Vater aufgewachsen.« Seine Stimme klang so tonlos, dass Luisa eine Gänsehaut überlief.

Ihre Großeltern hatten ihr erstes Enkelkind nach der Geburt also an Rocco übergeben. Und ihre Tochter ins Internat geschickt, wo sie nie wieder etwas von ihrem Sohn gehört hatte.

Sie holte tief Luft. »Meine … *unsere* Mutter, Gabriella, hat sehr darunter gelitten, dass du ihr weggenommen wurdest.« Es war ein seltsames Gefühl, diese Worte auszusprechen. Dass Amelie und sie nicht die einzigen Kinder ihrer Mutter waren, war ungeheuerlich. Und dass sie *ihn* gefunden hatte. Dass sie neben ihm saß und in der Lage dazu war, ihr Versprechen einzulösen.

»Sie hat dich ihr ganzes Leben lang vermisst.« Luisa musste bei ihren eigenen Worten und der Erinnerung daran schlucken, aber Toms Miene blieb unbeweglich.

»Ich wusste nicht, dass sie meine Mutter war«, sagte er.

Luisa fragte sich, wie das möglich war. Hatte Luis nie wissen wollen, wer seine leibliche Mutter war? Warum hatte Rocco ihm nie gesagt, was nach seiner Geburt passiert war? Und jetzt, als sie beide ein Jahr lang praktisch Nachbarn gewesen waren? Wie hatten sie sich da nur verpassen können?

Weil er genauso ist wie sie, dachte Luisa. Er hat die Wahrheit irgendwo tief in sich verschlossen und den Schlüssel fortgeworfen.

Tom drückte die Reste seines Joints in einem buntbemalten Blumenuntersetzer aus, der als Aschenbecher auf dem Holztisch stand. Dann stand er auf.

»Du musst das unbedingt für dich behalten«, sagte er.

»Was?« Luisa erhob sich ebenfalls. »Wie meinst du das?«

Tom entgegnete ihren Blick und hielt ihn fest. »Ich habe dir das erzählt, weil dich diese Sache nicht losgelassen hat«, erklärte er. »Nicht, damit sich das Dorf im Kehrwieder das Maul über mich zerreißen kann.« Er stopfte sich sein Feuerzeug und den Hanfbeutel in seine Jackentasche. »Oder weil ich auf der Suche nach einer Familie bin.«

Ein Schmerz der Enttäuschung durchfuhr Luisa. Kurz vor ihrem Ende hatte Gabriella alles aufgegeben und war nach Parlow zurückgekommen in der Hoffnung, ihren Sohn noch einmal wiederzusehen. Ihre letzten Worte hatten nicht etwa der Tochter gegolten, die Tag und Nacht an ihrem Bett gesessen und sie auf ihren letzten Metern und in den Tod begleitet hatte. Nein, er war es gewesen. Gabriella hatte so lange und tief um ihren verlorenen Sohn getrauert, dass sie bis zum Schluss keine Zeit gehabt hatte, etwas anderes zu tun.

Und was tat er? Er brachte sie um diese Chance, indem er seine Identität verleugnete und unauffindbar war.

Er wandte sich zum Gehen, aber Luisa packte seinen Arm

und wartete, bis er sich zu ihr umdrehte.

»Warum?«, fragte sie. »Warum hast du das gemacht?«

Tom schien sich einige Sekunden lang nicht sicher, was er antworten sollte.

»Es gab etwas zu erledigen.« Er schluckte so trocken, dass es sich anhörte, als hätte er Halsschmerzen. »Etwas, das Luis nicht tun konnte.«

Luisa starrte ihn an, während sie versuchte, ihm zu folgen. »Aber Tom konnte es, oder was?«, fragte sie und merkte, wie sehr es sie aufregte, dass sie ihn nicht verstand.

Mit einem Ruck entzog er ihr seinen Arm. Sein Ausdruck war hart. »Natürlich.«

Luisa wich einen Schritt zurück. Sie versuchte, sich die Tat vorzustellen, um die zu begehen er so weit gegangen war, seine Identität vollkommen hinter sich zu lassen, aber ihre Gedanken überschlugen sich. Sie konnte nur dastehen und zusehen, wie er den Garten verließ, in sein Auto stieg und davonfuhr, als wäre er auf der Flucht.

***

Seine alte Identität loszuwerden, hatte sechs Wochen gedauert. Genauso lange, wie Irene gebraucht hatte, um sein Tattoo zu stechen. Zuerst hatte sie es nicht tun wollen. Er sei zu jung. Noch nicht ausgewachsen. Aber er hatte darauf bestanden. Er hatte gewusst, wenn er zurückgehen und Judith da rausholen wollte, brauchte er einen starken Begleiter.

Er wusste nicht mehr, wie lange er im *Black Cat* unter Irenes Tattoonadel auf den schwarzen, abgewetzten Polstern der Liege verbracht hatte. Dreißig Stunden, vielleicht vierzig. Zeit genug jedenfalls, um darüber nachzudenken, was er als Nächstes tun würde. Sich einen Plan zu überlegen.

Er hatte damit gerechnet, dass die Prozedur ziemlich wehtun würde, aber die Schmerzen waren nichts gewesen gegen das, was er all die Jahre Zuhause erlebt hatte. Zu spüren, wie der Drache auf seinem Rücken Gestalt annahm, Tag für Tag, Zentimeter um Zentimeter, hatte ihn gestärkt. Und als Irene irgendwann verkündet hatte, sie sei fertig, war er aufgestanden und hatte gewusst, dass er sich nie mehr allein und hilflos fühlen würde.

Danach hatte er getan, was er sich vorgenommen hatte: sich einen neuen Namen zugelegt. Einen guten Namen, der nach einem starken, unbeugsamen Typen klang; sich eine brauchbare Waffe angeschafft. Und dann war er zurückgegangen und hatte Judith geholt.

Nie wieder hatte er zurückgeblickt.

Und jetzt war auf einmal Luisa da. Luisa, die auf der Suche nach Antworten war, einfach so in seinem Arbeitszimmer auftauchte und ein Buch mitbrachte.

Er wusste nicht warum, aber er hatte nie darüber nachgedacht, ob er vielleicht irgendwo eine Mutter haben könnte. Virginie war da gewesen, eine Art Mutter in seinem Leben, und er hatte gesehen, wie sie Tag für Tag aufs Neue versagt und Judith ihrem Schicksal überlassen hatte.

Er hatte kein Interesse an einer Mutter gehabt.

Sie hat dich ihr ganzes Leben lang vermisst.

Er stand auf, ging zu seinem Schreibtisch und nahm das Buch in die Hand. Er wollte es nicht lesen. Er wollte es nicht wissen. Gabriella war tot und er längst nicht mehr der Junge, den sie vermisst hatte.

Er öffnete es trotzdem.

Er las die ersten Zeilen, die mit blauem Kugelschreiber in ordentlicher, runder Schrift verfasst waren, und merkte kaum, wie er im Zeitlupentempo rückwärts Richtung Sofa ging. Er blätterte ein paar Seiten vor, dann noch ein paar, bis zu einem Lesezeichen, das jemand, beabsichtigt oder nicht, hineingelegt hatte. Als er die Sofakante an den Waden spürte, ließ er sich in die Polster sinken. Panik erfasste ihn und der Schweiß brach ihm aus. Die markierte Textstelle handelte von ihm.

Es ist seltsam, wieder in unserem alten Haus zu wohnen. Ich war so lange nicht mehr hier. Dieser Ort ist voller Erinnerungen. Seit ich hier bin, habe ich wieder diesen Traum. Ich weiß jetzt, dass ich Mama und Papa nie verzeihen konnte.

Ich war heute drüben bei Franks Garage. Ich wollte eigentlich nur den alten Anbau nochmal sehen, in dem Rocco und ich diese unvergessliche Zeit verbracht haben, bevor das alles passiert ist.

Da habe ich ihn gesehen. Ich konnte nichts sagen. Ich habe ihn nur angestarrt.

Toms Blick wanderte zur linken oberen Ecke der Seite, wo das Datum des Eintrags stand. 15. Dezember 2013. Die Aufzeichnung war erst fünf Monate alt.

Er ließ das Buch sinken und starrte aus dem Fenster. Seine Mutter hatte vor fünf Monaten da draußen vor dem Tor gestanden? Er versuchte, sich die Frau in Erinnerung zu rufen, die immerhin ein Jahr lang in dem kleinen Bungalow auf der anderen Seeseite gewohnt hatte, aber in seinem Kopf wollte sich kein Bild einstellen. Vielleicht war er ihr nie begegnet. Oder, was wahrscheinlicher war, denn das Dorf, in dem er lebte, war ziemlich klein, er war ihr begegnet und hatte sie nicht wahrgenommen. Das würde ihm ziemlich ähnlich sehen, schließlich war er die meiste Zeit voll und ganz mit sich selbst beschäftigt.

Januar 2014. Er lässt mich nicht los. Ich weiß jetzt, dass er der Grund ist, warum ich nach Parlow zurückgekommen bin. Ich habe gespürt, dass er hier ist. Dora sagt, dass ich verrückt bin. Der Mann, der auf Franks Grundstück wohnt, heißt nicht Luis, sondern Tom. Er lebt erst seit einigen Jahren hier und kommt ab und zu in ihren Laden.

Dora kennt alle Leute hier, aber meine Träume werden schlimmer. Ich glaube, dass sie sich täuscht.

Es war nicht zu fassen. Wie konnte sie, die ihn nur ein einziges Mal aus der Ferne gesehen und kein Wort mit ihm gewechselt hatte, wissen, dass er Luis war, wenn er es nicht einmal selbst mehr gewusst hatte? Er trug seinen Drachen seit siebzehn Jahren auf dem Körper und hatte den Teil seines Lebens, der davor stattgefunden hatte, so weit von sich geschoben, dass er einfach verschwunden gewesen war.

Hatte sie etwa Rocco in ihm gesehen? Tom grub in seinem Gedächtnis und versuchte, sich an das Aussehen seines Vaters zu erinnern.

Am Rande bekam er mit, dass seine Bürotür einen Spaltbreit geöffnet wurde und Matilda wie eine kleine, dunkle Katze hineinhuschte.

Nein, Rocco war dunkelblond, blauäugig und hatte überhaupt keine Ähnlichkeit mit ihm. Eigentlich, dachte er, sahen er und Luisa sich ziemlich ähnlich.

Matilda hatte die Tür wieder geschlossen und begann auf der anderen Seite des Zimmers damit, irgendwas zu spielen. Tom blätterte eine Seite im Tagebuch um.

Februar 2014. Ich habe es geschafft, mich anzuziehen und in den Ort zu fahren. Ich war einkaufen und als ich aus dem Laden herauskam, stand sein Auto auf dem Parkplatz. Direkt neben meinem.

Mein Herz ist fast stehengeblieben.

Heute musste ich ihn ansprechen. Es könnte meine letzte Chance sein. Schon morgen könnte der Tag sein, an dem ich gar nicht mehr aufstehen kann.

Ich wusste nicht, was ich ihm sagen sollte. Ich konnte ihm doch auf einem Supermarktparkplatz nicht einfach sagen, dass ich seine Mutter bin?

Noch bevor ich mir einen Plan zurechtgelegt hatte, ist er aus dem Laden heraus und auf mich zugekommen. Es hat mir fast den Boden unter den Füßen weggezogen. Ich habe mich nicht mehr gefühlt wie die neunundvierzigjährige Frau, die ich bin. Auf einmal war ich wieder sechzehn Jahre alt und man hatte mir mein Kind weggenommen. Ich habe diesen unsagbaren Schmerz wieder gefühlt, genau wie damals.

Ich war mir sicher, er müsste mich sehen. Er müsste mich doch sicher erkennen und irgendwas sagen? Aber er ist einfach an mir vorbeigegangen.

»Luis«, habe ich gesagt, aber er hat nicht reagiert. Er hat seinen Wagen aufgeschlossen, seine Einkäufe hineingestellt und ich habe Panik bekommen. Ich wollte ihm unbedingt wenigstens einmal in die Augen sehen.

»Tom«, habe ich gerufen und bin ein paar Schritte in seine Richtung gegangen.

Und da hat er sich umgedreht und mich angesehen.

Tom klappte das Buch zu. Er hatte das Gefühl zu ersticken, so sehr schmerzte sein Brustkorb.

Er erinnerte sich an diesen Moment.

Es war ein Samstag gewesen. Judith und er hatten sich gestritten und Judith war an diesem Morgen mit Matilda zusammen weggefahren. Er hatte gewusst, dass ihm zwei harte Tage bevorstanden und war nach Joachimsthal gefahren, um sich mit genügend Sprit einzudecken. Und als er aus dem Laden gekommen war und im Schneeregen an seinem

Auto gestanden hatte, hatte ihn aus heiterem Himmel diese Frau angesprochen. Er hatte zunächst abweisend reagiert, aber sie hatte ihn angelächelt und er hatte sich ein wenig entspannt. Sie schien glücklich darüber gewesen zu sein, ihn zu sehen, aber gleichzeitig war da eine Traurigkeit in ihr gewesen, die ihn schmerzlich an Judith erinnert hatte.

Sie war einen Schritt auf ihn zugegangen und hatte sein Gesicht gemustert, als würde sie nach etwas suchen und er hatte sich automatisch abgewandt. Er sollte verdammt nochmal vorsichtig sein, auch wenn er immer ganz schön neben der Spur war, wenn Judith ihn verlassen hatte.

Er hatte die hintere Autotür zugeschlagen, hinter der er seine Einkäufe verstaut hatte, und war auf der Fahrerseite eingestiegen.

»Warte!« Die Frau war noch einen Schritt an das Auto herangekommen. Sie hatte nicht mehr gelächelt, sondern ängstlich ausgesehen. Ihr Blick auf ihm war so intensiv gewesen, dass er ihm beklommen ausgewichen war.

»Tut mir leid.« Er hatte den Arm ausgestreckt, um die Autotür zuzuziehen. »Ich muss los.«

»Bitte«, hatte er sie sagen gehört, »sag mir nur, dass es dir gut geht.«

Er hatte nichts erwidert, ihr nur einen letzten Blick zugeworfen, bevor er den Wagen angelassen und davongefahren war.

Er erinnerte sich, dass ihn die Begegnung mit der Frau die ganze Rückfahrt lang nicht losgelassen hatte. Er hatte sich gefragt, was sie von ihm gewollt hatte. Ihre Augen waren ihm von irgendwoher bekannt vorgekommen, aber er war nicht darauf gekommen, wo er sie schon mal gesehen hatte.

Nun, dachte er, jetzt wusste er es. Er musste ja nur in den Spiegel schauen.

Wie hatte er diese Begegnung nur so falsch einschätzen und vollkommen vergessen können? Vermutlich hatte er sich Zuhause dermaßen die Kante gegeben, dass der Streit mit Judith und alles, was danach gekommen war, aus seinem Kopf verschwunden gewesen war.

Bis heute.

Tom stöhnte und vergrub den Kopf in den Händen. Das Tagebuch fiel mit einem dumpfen Geräusch auf den Fußboden. Er versuchte, Luft zu holen, aber sein Brustkorb fühlte sich immer noch an wie zugeschnürt. Das war der Preis dafür, dass er aufgehört hatte, Luis zu sein. Luis hätte sie erkannt, als es darauf angekommen war.

Eine Bewegung in seiner Nähe lenkte ihn ab und holte ihn aus seinen Gedanken.

»Matilda«, seufzte er, als ihm einfiel, dass sie ja hereingekommen war.

Er hob den Kopf, um sie so freundlich wie möglich aus seinem Arbeitszimmer zu komplimentieren. Da blickte er direkt in den Lauf seiner Glock und das Blut gefror ihm in den Adern.

Eine Sekunde, die ihm wie eine Ewigkeit erschien, saß er einfach nur da. Dann setzte sein Herzschlag wieder ein, hektisch wie ein galoppierendes Pferd, und noch ehe Matilda wusste, wie ihr geschah, stand er auf den Beinen und riss ihr die Pistole aus den Händen.

»Was tust du damit, verflucht nochmal?«, schrie er sie an. Er stürmte an ihr vorbei zu dem Rollcontainer neben seinem Schreibtisch und erstarrte, als er sah, womit sie sich die letzte Viertelstunde anscheinend die Zeit vertrieben hatte. Die unterste Schublade des Containers, die tiefste, die aus einem sehr guten Grund stets sorgfältig abgeschlossen war, stand offen und ihr Inhalt, der vornehmlich aus diversen Waffen und Munition bestand, lag davor verstreut. Mühsam um Fassung ringend drehte er sich um.

»Wo ist die Smith?«, fragte er mit eisiger Stimme, aber Matilda, die mit leeren Händen immer noch vor dem Sofa stand, reagierte nicht.

Oh Gott, dachte er, und versuchte, seinen rasenden Puls zu beruhigen. Falscher Adressat für diese Frage.

Er bückte sich, um mit wenigen Handgriffen seine Messer und Patronenschachteln einzusammeln, und zuckte zurück. Der Schließzylinder des Schlosses war herausgeschlagen und die Schublade auf der Vorderseite zerbeult und gewaltsam geöffnet worden. Ein paar Atemzüge lang starrte Tom auf die aufgebrochene Schublade und konnte sich nicht rühren. Jemand war in seinem Arbeitszimmer gewesen, raste es durch seinen Kopf. Wahrscheinlich in einer der Nächte, die er in Berlin verbracht hatte. Jemand, der Zugang zu seinem Haus und gewusst hatte, dass er nicht Zuhause war. Bei dem Gedanken daran, dass hier irgendjemand mit seiner Smith bewaffnet unterwegs war, drehte sich ihm der Magen um.

Er stand auf und ging zu Matilda zurück. »Ab in dein Zimmer!« Mit einer Hand auf ihrem Rücken schob er sie aus seinem Arbeitszimmer hinaus, durch den Flur in ihr Kinderzimmer hinein. Er beugte sich zu ihr herunter und sah ihr direkt in die Augen. »Du bleibst hier drin und rührst dich nicht.«

Zwei Sekunden später hatte er den Flur durchquert und stieß die Tür zu Jaxons Schlafzimmer auf. Sein Mitbewohner stand mitten im Raum, mit nichts als Boxershorts bekleidet, der Körper und die Haare noch feucht vom Duschen. Er hatte eine Jeans in den Händen, die er gerade im Begriff war anzuziehen. Als Tom hereinkam, hielt er inne.

Tom beachtete ihn nicht. Er riss die Türen des Kleiderschrankes auf, zog wahllos einige Kleidungsstücke heraus und schlug sie wieder zu.

»Wo ist sie, verdammt noch mal?«, schrie er und wandte sich dem Bett zu. Sein Gesichtsausdruck, während er die Kissen hochhob und in die Ecke warf, musste mörderisch sein, denn Jaxon kam ihm nicht zu nahe.

»Suchst du was Bestimmtes?«, hörte er seine Stimme.

Tom zog die Holzschublade des Nachtschranks heraus und kippte den Inhalt auf dem Bett aus. Er fuhr zu Jaxon herum. »Du hast verdammte Scheiße gebaut!«

Jaxon ließ die Hose auf den Boden fallen. Beschwichtigend hob er beide Hände auf Schulterhöhe an und Tom fiel erst jetzt auf, dass er seine schwarze Glock noch immer in der Hand hatte.

»Was soll das hier werden, Tom?«

Tom spürte seinen Puls rasen. Er musste sich regelrecht dazu zwingen, sich die Pistole ins Kreuz zu stecken. »Du hast Luisa ins Haus gelassen!«

»Und?«

»Und? Jetzt treibt sie irgendwelche Spielchen mit uns.«

Jaxon schüttelte den Kopf. »Tom, ehrlich, du stehst gerade völlig …«

»Sie ist in mein Arbeitszimmer eingebrochen, als ich nicht Zuhause war!«

Jaxon runzelte die Stirn. »Was?«

»Tu doch nicht so!« Toms Stimme überschlug sich beinahe. »Sie hat wieder hier übernachtet, stimmt das etwa nicht?«

Jaxon nickte langsam. »Doch. Aber sie hat nicht …«

»Hör doch auf, Jax! Als hättest du sie die ganze Zeit im

Blick, wenn sie hier ist. Und du hast doch selber erst dieses Zeug gequatscht.«

»Welches Zeug?«

»Luisa, die mit einer Waffe in der Hand vor mir steht … sicher ist sie hier durchs Haus gegeistert, während du geschlafen hast.« Er ließ die leere Schublade auf das zerwühlte Bett fallen. »Hier ist sie nicht. Jetzt haben wir ein verdammtes Problem.«

Panik pulsierte durch seinen Körper; er war kaum in der Lage, klar zu denken. Er spürte Jaxons Hand, die seine Schulter griff und ihn durch den Raum schob, bis er mit dem Rücken gegen die Wand stieß.

»Jetzt beruhigst du dich erstmal«, sagte er. »Und sagst mir, was überhaupt passiert ist.«

Tom holte tief Luft. Die Wand hinter und Jaxons Körper direkt vor sich halfen ihm tatsächlich dabei, seine Gedanken zu sortieren.

»Meine fünfjährige Tochter steht mit einer geladenen Waffe vor mir«, sagte er, wohlweislich verschweigend, dass er selbst mit im Zimmer gewesen war und nichts davon mitbekommen hatte. Wie auch immer das hatte passieren können. »Weil irgendjemand meinen Waffencontainer aufgebrochen hat.«

Jaxon holte tief Luft. »Okay«, sagte er. »Du glaubst aber nicht wirklich, dass es Luisa war.«

»Außer uns beiden war sie die Einzige, die Zugang zum Haus hatte. Wer soll es deiner Meinung nach also sonst gewesen sein?« Tom verschränkte die Arme vor der Brust und spürte, wie sehr er zitterte. »Ich bin gespannt.«

Jaxon hob eine Schulter und ließ sie wieder fallen. »Du selbst?«

Tom ließ die Arme fallen. »*Ich* soll das Schloss meines eigenen Schreibtisches aufgebrochen haben? Ich habe einen Schlüssel für diesen Container, Jax. Außerdem schlage ich keine Zylinder aus Schubladen wie ein Anfänger.« Er funkelte Jaxon an, der plötzlich beunruhigt aussah.

»Bist du dir ganz sicher?«

Tom entfernte sich von der Wand und begann, im Zimmer auf und ab zu laufen. Wie, dachte er, hatte er das nur übersehen können? Wie hatte er denselben Fehler, seine Waffen, wenn er schon welche im Haus haben musste, in einem einfachen Rollcontainer statt in einem Safe mit Elektronikschloss aufzubewahren, wiederholen können?

Es war an einem Tag im August, ungefähr vier Jahre, nachdem Tom und Judith Herne verlassen hatten. Sie wohnten mit Dima und Kent zusammen in einer viel zu kleinen Wohnung in Berlin-Friedrichshain. Dima hatte mit Irenes Unterstützung die Räume neben ihrem Tattoo-Studio im Erdgeschoss des Vorderhauses angemietet. Tom und er nutzten sie als Lager, in dem sie alles Mögliche und Unmögliche versuchten, um an Geld zu kommen. Wenn sie gerade nicht arbeiteten, saßen sie oben in der Wohnung oder auf dem Balkon, kifften und schmiedeten Pläne, von hier wegzuziehen. Nach Hamburg oder Rotterdam, wo, wie sie gehört hatten, das ganz große Schmuggelgeschäft zu machen war. Über Toms und Judiths Vergangenheit redeten sie nie und wenn sie doch einmal zur Sprache kam, nannten sie sie nur »die große Scheiße« und wechselten das Thema.

Aber Judith war auch da. Sie konnte Dima nicht ausstehen, glaubte nicht an ihre Geschäftsideen und wollte nachts, wenn sie an Tom geschmiegt in ihrem winzigen, gemeinsamen Zimmer lag, über das sprechen, was hinter ihnen lag, bis er glaubte, daran ersticken zu müssen. Dann weinte sie, sagte, dass sie Luis vermisste und Tom stand auf, nahm sein Kopfkissen mit und schlief unten in den Lagerräumen.

Als sie damit begann, sich Kent zuzuwenden, unternahm Tom nichts dagegen. Kent war in Judith verliebt und er tat all das, was Tom nicht konnte: er unterstützte sie bei ihren Ideen und redete mit ihr, worüber sie wollte, stundenlang.

Tom nahm an, dass es Judith mit Kent an ihrer Seite besser ging und so stürzte er sich in den Aufbau seiner Geschäfte, war die meiste Zeit mit Dima unterwegs und mietete sich, sobald er es sich leisten konnte, eine eigene Wohnung, um Kents Gegenwart nicht länger ertragen zu müssen.

Bis der Tag kam, an dem er spätabends von einem mehrtägigen Hamburg-Trip zurückkam. Noch bevor er das Haus betreten hatte, stellte er fest, dass im Schlafzimmer seiner Zweizimmerwohnung eine Lampe brannte.

Sein erster Gedanke war, dass sich Judith, die einen Zweitschlüssel hatte, mit Kent gestritten und in seine Wohnung geflüchtet hatte. Aber die Wohnung war leer. Der Stuhl, der vor seinem Schreibtisch stand, lag umgestürzt auf dem Boden und die Schublade, in der er seine Pistole aufbewahrte, stand einen Spaltbreit offen. Eine ungute Ahnung beschlich ihn, als er langsam das Schlafzimmer durchquerte, den Stuhl aufstellte und sich zur Schublade hinunterbeugte.

Er war sich nicht mehr hundertprozentig sicher, ob er selbst das Licht angelassen und die Schublade nicht richtig verschlossen hatte. Es war eine ganz normale Schreibtischschublade ohne besondere Schließvorrichtung. Da er alleine wohnte, hatte er es nicht für nötig befunden, seine Waffe wegzuschließen.

Sein Puls galoppierte, als er die Schublade aufzog. Und dann sah er den Drachen. Er war kunstvoll aus rotschwarzem Papier gefaltet, hatte große Flügel und einen gezackten Schwanz. Judith hatte seit Jahren versucht, einen Origamidrachen hinzubekommen. Er saß genau an der Stelle, an der sonst seine mattschwarze Glock lag, die Pistole, mit der er vor vier Jahren nach Herne zurückgegangen war.

Ein paar Sekunden lang stand er einfach nur da und starrte den Drachen an, während sich die Gedanken in seinem Kopf überschlugen. Panik durchflutete seinen Körper und half ihm dabei, aus seiner Starre zu erwachen und loszulaufen. Erst durch die Räume seiner Wohnung, dann hinaus auf die dunkle Straße, auf der jetzt, im Hochsommer, auch nachts noch Leben herrschte. Die Wohnung, in der er früher gelebt hatte, lag nur zwei Straßen entfernt und er war in wenigen Minuten da und sprintete die Treppen hinauf.

Dima lag auf dem Sofa und sah fern, zutiefst verwirrt, Tom atemlos und in heller Aufregung in der Wohnzimmertür stehen zu sehen.

»Ist sie hier?«

Dima schüttelte nur den Kopf und Tom verließ die Wohnung und lief die Treppen wieder hinunter.

Er fand sie im Hinterzimmer der Lagerräume. Barfuß, nur in Shorts und ein weißes Unterhemd gekleidet, saß sie mit gesenktem Kopf und gebeugtem Rücken auf einem Hocker, die Pistole in einer Hand locker auf dem Schoß liegend. Eine Sekunde lang stockte ihm der Atem. Seine Lunge drohte, in seiner Brust zu zerspringen, so sehr war er gerannt. Judith hob den Kopf und noch bevor sie irgendwie reagieren konnte, war Tom bei ihr und riss ihr die Pistole aus der schlaffen Hand.

»Was ist in dich gefahren?«, brüllte er. In der Stille des kleinen Raumes hallte seine Stimme unheimlich von den fensterlosen Wänden wider. Breitbeinig stand er vor ihr, heftig atmend, und musste all seine Willenskraft aufbringen, ihr keine runterzuhauen.

Judiths Brustkorb erzitterte. Sie verschlang die Finger ihrer leeren Hände im Schoß.

»Warum nur musstest du herkommen?«, flüsterte sie.

Tom musste an den umgestürzten Stuhl und den Drachen in seiner Schublade denken. Er schnappte nach Luft.

»Was dachtest du, was ich tue?« Er packte sie an den Oberarmen und zog sie auf die Füße. Sie schien fast nichts zu wiegen. Ihr Körper war kalt und bebte. Tom schnürte es die Kehle zu, sie so zu sehen.

»Scheiße, tu mir das nie wieder an«, brachte er heraus, während ihn die Erleichterung darüber, sie lebend gefunden zu haben, beinahe von den Füßen riss.

Judith hob den Blick und sah ihn an. Im grauen Halbdunkel des Lagerraums schimmerten ihre Augen dunkel.

»Gottseidank bist du gekommen«, sagte sie, schlang ihre Arme um seinen Hals und begann zu weinen.

Tom legte ihr einen Arm um die Taille, zog sie an sich und wartete mit geschlossenen Augen darauf, dass sie sich beruhigte, aber es war, als würde der Schmerz mehrerer Jahre aus ihr herausfließen, während sie sich an ihn klammerte wie eine Ertrinkende.

»Ich halte das alles nicht mehr aus«, brachte sie unter Schluchzern heraus. »Ich habe einfach keine Kraft mehr.«

Tom sagte nichts. Er stand in der Dunkelheit, spürte, wie die Kälte von Judiths Körper auf seinen überging und konnte nur Eines denken: Er war zurückgegangen und hatte sie herausgeholt, aber es war umsonst gewesen. Er hatte Judith nicht retten können.

»Tom?«

Tom hob den Kopf. Er saß zwischen all dem Sammelsurium, das er aus dem Nachtschrank gekippt hatte, auf dem Bett. Jaxon stand vor ihm, die Hände in den Hüften, und sah mit gerunzelter Stirn zu ihm herab. Tom musterte ihn ein paar Sekunden lang. Jaxon war ein Stück größer als er selbst, mit breiten Schultern, kräftigen Armen und muskelbepacktem Oberkörper. Er war früher schon ein Schrank gewesen, hatte in den letzten Jahren aber definitiv noch einige Kilos zugelegt.

»Jaxon«, sagte er und stand vom Bett auf. »Ich brauche dich bei was.«

Dreizehn

Sabrina hatte nicht gelogen. Kent hatte seinen Eingangsbereich tatsächlich mit einer Alarmanlage aufgerüstet. Und nicht nur das.

»Ist das eine Kamera da oben?«, fragte Jaxon hinter ihm in die Stille des Treppenhauses.

»Eine Attrappe«, gab Tom zurück, während er sich daran machte, die Alarmanlage zu entschärfen. Es war eine der günstigeren Modelle aus dem Baumarkt, die mittels einer Fernbedienung scharf geschaltet wurden. Und genau das war die Sicherheitslücke. Er hatte das Signal zuvor nur aufzuzeichnen brauchen und konnte die Anlage nun in Ruhe entsichern. Tom konnte nicht fassen, dass Kent, der ihn schon lange kannte, davon ausging, ihn mit einer gefakten Kamera und derartigen Alarmanlage fernhalten zu können.

Blieb der mysteriöse Untermieter.

So leise er konnte, öffnete er die Wohnungstür. Die Dunkelheit drückte auf seine Augäpfel und er konnte nichts hören außer seinem eigenen, tiefen Atmen.

Jaxon war nahe hinter ihm. »Scheiße, das gefällt mir nicht.«

»In einer Minute sind wir wieder weg.«

Die Holzdielen knarrten, als sie ein paar Schritte den Flur entlanggingen. Da er schon einmal hier gewesen war, fand sich Tom trotz der Dunkelheit zurecht. Er wusste, dass die zweite Tür auf der linken Seite des Flures in das Wohnzimmer führte. Hier hatte Virginie vor dem Fernseher gesessen und Wache gehalten. Genau gegenüber lag das Schlafzimmer, dessen Tür nur angelehnt war.

Tom bedeutete Jaxon, im Flur stehenzubleiben und betrat

das Wohnzimmer. Hier gab es mehrere Fenster, durch die das Mondlicht hereinfiel, so dass er sich auch ohne Taschenlampe orientieren konnte. Er sah ein Sofa und einen Sessel, einen Fernseher auf einem aus Weinkisten selbstgebauten Tisch und einen abschließbaren Schrank, vor dem er niederkniete und sich daranmachte, das Schloss zu öffnen. Es dauerte eine halbe Minute und ihm brach der Schweiß aus allen Poren. Seine Hände wurden feucht und der Draht entglitt ihm und fiel auf den alten, rissigen Parkettboden.

Er ertastete den Dietrich, wischte sich die Hände an seiner Jeans ab und versuchte es erneut. Tastete sich so lange im Schloss vor, bis es endlich klickte und die Schranktür aufschwang. Es war ein kleiner Schrank, eigentlich nur ein Sideboard, das aussah, als hätte Kent es auf einem Flohmarkt gekauft. Während Tom die Taschenlampe seines Handys einschaltete, betete er, dass Kent nicht irgendeinen gewitzteren Ort für seinen illegalen Kram ausgewählt hatte. Einen Lampenfuß, zum Beispiel, ein loses Dielenbrett oder das Eisfach. Aber Kent überraschte ihn nicht. Als Tom mit seinem Handy in den Schrank leuchtete, sah er auf dem oberen Regalbrett mehrere kleine, durchsichtige Plastikbeutelchen mit weißem Pulver- und Pilleninhalt lagern. Im unteren Fach bewahrte Kent in einer Kiste ein ganz ansehnliches Waffenarsenal auf. Tom erkannte Pistolen, Revolver, einige Klappmesser und, mittendrin, unscheinbar und halb zerknickt, einen kleinen, selbstgefalteten Drachen aus rotem Papier.

Einen Moment lang war Tom wie gelähmt. Obwohl er damit gerechnet hatte, konnte er den Drachen jetzt, wo er ihn tatsächlich entdeckt hatte, nur anstarren, bis seine Hand, die das Handy hielt, kraftlos herabsank. Geräusche aus dem

Flur rissen ihn aus seiner Starre und erinnerten ihn daran, dass sie es eilig hatten. Rein, nachsehen, raus.

Er nahm den Papierdrachen aus dem Schrank und stand auf. Matildas kleiner, bunter Kinderkoffer stand in der Nähe. Einen Moment lang dachte er daran, ihn mitzunehmen, aber die lauter werdenden Stimmen hinter ihm hielten ihn davon ab. In dem Netz, das außen an dem Koffer angebracht war, steckte die rote Mappe mit Matildas Papieren, die Judith aus Parlow mitgenommen hatte.

Kent war aus dem Schlafzimmer in den Flur getreten, offensichtlich aus dem Tiefschlaf aufgeschreckt; mit heiserer Stimme rief er etwas, das sich wie »zwei Typen« und »hat Matilda mitgenommen« anhörte.

Und obwohl er sich ermahnt hatte, bei was auch immer passieren würde, die Fassung zu bewahren, spürte er, wie sie ihm bei Kents Anblick entglitt.

Ohne zu wissen, was er als Nächstes tun würde, hatte er plötzlich sein Messer in der Hand, ließ die Klinge herausschnellen und duckte sich an Jaxon vorbei in den mittlerweile hell erleuchteten Flur.

Ich bringe ihn um, raste es durch seinen Kopf, während Kent überrascht vor ihm zurückwich.

Er hat Judith auf dem Gewissen. Ich bringe ihn um!

Er stürzte auf Kent zu, da packte ihn Jaxon und riss ihn zurück, so dass ihm das Messer aus der Hand fiel.

»Nein! Wir gehen jetzt.« Er drängte Tom durch den Flur in Richtung Wohnungstür, in der in diesem Moment ein zweiter Mann auftauchte. Er war fast so groß und breit wie der Türrahmen, trug Shorts, ein Unterhemd und offenstehende Turnschuhe, in die er offensichtlich gerade aus dem Bett heraus hineingestiegen war. Tom hörte Jaxon leise aufstöhnen und Kent, der über seine Schulter hinweg Richtung Hausflur sagte: »Hey, Till, das ist der Scheißkerl, der die Kleine gekidnappt hat.«

Der Typ im Türrahmen fokussierte Jaxon, dann Tom und blieb schließlich an Jaxon hängen. Vorsichtig, als bestünde der Boden aus dünnem Eis, ging er einen Schritt in den Flur hinein.

Kent näherte sich von hinten. »Du hättest nicht zurückkommen sollen, Tom«, sagte er in ruhigem Ton. »Jetzt bist du dran.«

Tom fuhr zu Kent herum und sah ihn aus schmalen Augen an. Ein brennender Schmerz breitete sich in seiner Brust aus. Bei dem Gedanken an eine körperliche Auseinandersetzung mit seinem Gegenüber ergriff ihn fast so etwas wie Erleichterung. Er bemerkte Tumult hinter seinem Rücken, war aber zu sehr auf Kent konzentriert, um dem weitere Beachtung zu schenken. Unwillkürlich ballte er die Hände zu Fäusten.

»Wie konntest du nur«, brachte er zwischen zusammengepressten Kiefern hervor. »Wie konntest du das nur zulassen?«

Holz splitterte hinter ihm, er hörte jemanden stöhnen, aber er konnte nur Kent ansehen, über dessen Gesicht ein dunkler Schatten huschte.

Dann war Jaxon wieder da. Grob packte er ihn an der Jacke und zerrte ihn von Kent fort in den hell erleuchteten Hausflur hinein. Tom atmete heftig und zitterte. Im Vorbeigehen sah er Kents Untermieter, der sich aus den Trümmern einer Kommode herauskämpfte, einen Handrücken gegen die Nase gepresst. Der Lärm, den sie bei alldem verursachten, war ohrenbetäubend.

»Los, weg hier.« Jaxon hielt den Kopf gesenkt, während er Tom voran die vier Treppen hinunterhastete. Niemand folgte ihnen, aber als sie die erste Etage passierten, nahmen sie Leute wahr, die ihre Köpfe aus Wohnungstüren steckten.

Schweigend verließen sie das Haus und überquerten den Innenhof. Als die Stille der nächtlichen Straße sie umfing, schloss sich Toms Hand um den Papierdrachen in seiner Jackentasche. Er hatte ganz unten in der Kiste gelegen und war zerknickt gewesen. Kent hatte er überhaupt nichts gesagt, vermutlich war er ihm nicht einmal aufgefallen.

Judith hatte ein Zeichen für ihn, Tom, hinterlassen. Sie hatte gehofft, er würde es finden und rechtzeitig kommen, aber das hatte er nicht. Dann hatte sie ihn angerufen in der Hoffnung, er würde irgendetwas sagen, um sie abzuhalten, aber er war nicht ans Handy gegangen.

Jaxon stieß ihn an. »Gib mir die Schlüssel. Ich fahre.«

Tom hatte nicht bemerkt, dass sie schon das ganze Stück die Straße hinunter zum Auto gelaufen waren.

»Das war eine verdammte Scheißaktion«, fluchte Jaxon, als sie eingestiegen waren und er den Wagen startete.

Er hätte erkennen und verhindern können, was geschehen war. Wenn er früher dazu in der Lage gewesen wäre, zurückzublicken.

Du schaffst es immer, nach vorne zu schauen, hatte Judith zu ihm gesagt. *Auch wenn da überhaupt nichts mehr ist. Aber ich, ich kann das nicht.*

»Heh!« Jaxon schlug ihm gegen den Oberschenkel. »Hörst du mir überhaupt zu?«

Genau, dachte Tom. Es war vorbei. Was geschehen war, war nicht mehr zu ändern.

Jaxon fluchte. »Hast du die ganzen Nachbarn gesehen?«

»Du hättest hier jetzt links gemusst.«

Jaxon schlug mit der flachen Hand auf das Lenkrad. »Verdammt nochmal, Tom!«

Tom fiel auf, dass die Knöchel seiner rechten Hand aufgeplatzt und geschwollen waren. Er musste an den Typen denken, der in den Trümmern der Kommode gelegen hatte.

»Hast du dem Kerl eine reingehauen?«

»Willst du mich verarschen? Du hast doch genau daneben gestanden!« Jaxon warf einen Blick in den Rückspiegel. »Wir haben da viel zu viel Aufhebens veranstaltet. Weil du so einen Aufstand anzetteln musstest.«

»Es tut mir Leid, okay?«

»Die haben was von Polizei gefaselt. Ich glaube, einer hat sogar ein Foto gemacht.« Sein Profil zeichnete sich scharf vor der Straßenbeleuchtung ab, als er die Kiefer aufeinanderpresste. »Ich bin auf Bewährung draußen, Tom. Ich hab die Schnauze voll von solchen Aktionen. Ich gehe nicht in den Knast zurück, hörst du? Nie wieder.«

Tom nickte. Er wusste, dass er es Jaxon zu verdanken hatte, dass er heil aus dieser Wohnung gekommen war. Ihn dabeizuhaben war definitiv besser als ein Drache auf dem Rücken.

»Mach dir darüber mal keine Gedanken«, sagte er. »Ich sorge schon dafür, dass dir nichts passiert.«

Jaxons Kopf fuhr zu ihm herum. »Ach, ja? Davon habe ich heute aber wenig gemerkt.« Sein Blick fiel auf den Origamidrachen zwischen Toms Fingern und er zog die Brauen zusammen, aber Tom schwieg dazu.

Er schob den Drachen in seine Tasche, lehnte sich zurück und merkte, wie ihn eine Ruhe überkam, wie er sie seit Ewigkeiten nicht mehr gespürt hatte.

***

Ein Sommergewitter war ausgebrochen. Regen und Wind stürmten gegen das Holztor der Werkstatt und ließen es in seinen Angeln erzittern.

Sie war zu dünn angezogen, trug nur ein Sommerkleid, und saß mit baumelnden Beinen auf der unebenen Arbeitsfläche der Werkbank. Sie aß Liebesperlen aus einer kleinen Plastikflasche, von denen ihr Mund schon ganz klebrig war, aber sie konnte nicht aufhören. Ebenso wenig wie sie es lassen konnte, Rocco anzusehen, der mit einem Schraubenschlüssel und ölverschmierten Händen über den Motorraum eines senffarbenen Skodas gebeugt stand.

»Du hast es versprochen«, sagte sie. »Du hast versprochen, dass wir zusammenbleiben und weggehen, egal was passiert.«

Er richtete sich auf. Er trug speckige Jeans und ein offenstehendes Hemd. Er hatte Muskeln und viele helle Haare auf der Brust und im Gesicht. Seine Augen leuchteten durch das Halbdunkel der Halle. »Ich weiß nicht, Süße. Es wird Ärger geben.«

»Wenn wir hierbleiben, werden wir noch viel mehr Ärger kriegen.«

Eine Sturmbö ließ das Holzgebäude erbeben. Die Metallstreben der Hebebühne schwankten und die Lampe, die den Motorraum erhellte, flackerte.

Rocco lächelte sie an. »Du bist hier, bei mir, oder? Das ist doch alles, was zählt.«

»Nein!«, rief sie. »Was zählt, ist unsere Zukunft.«

Er kam auf sie zu. »Na gut.« Er legte den Schraubenschlüssel auf die Werkbank und trat zwischen ihre Beine. »Wir gehen zusammen weg.«

»Bald.« Sie wusste, dass nicht mehr viel Zeit blieb.

»Okay, bald.« Er beugte sich über sie. Sein Atem roch nach Bier und Kaugummi. Sie schlang ihre Beine um seine Hüften und er legte seine raue Hand in ihren Nacken. Seine Lippen näherten sich ihren, doch bevor sie sich berührten, schlug jemand von außen gegen das Werkstatttor. Sie fuhren auseinander. Die Plastikflasche fiel von der Werkbank und obwohl sie fast leer gewesen war, verteilten sich hunderte bunte Perlen auf dem schmutziggrauen Boden.

»Gabriella!«, brüllte eine Stimme gegen das Heulen des Windes an. Die Stimme ihres Vaters. »Ich weiß, dass du mit ihm zusammen da drinnen bist! Komm raus!«

Ihr Magen mit all den Perlen darin drehte sich um. Sie wollte etwas antworten, aber es war, als hätte ihr der Zucker die Zähne verklebt. Rocco war blass geworden. Er hatte den Schraubenschlüssel wieder in der Hand und wandte sich dem Tor zu. Seine Augen leuchteten nicht mehr. Gabriella konnte sehen, dass er nicht stark genug war, um gegen ihren Vater zu bestehen.

Das Hämmern wurde lauter, übertönte den Sturm. »Mach die Augen auf, Tochter! Er kann nicht auf dich aufpassen. Er wird sich nehmen, was er will und dich unglücklich machen.«

Sie starrte Rocco an und er starrte zurück. Er sagte nichts. Der Sturm hatte sich ganz plötzlich gelegt und für einen Augenblick herrschte Stille. Dann begann ganz in der Nähe ein Hund zu bellen und sie fuhr herum, aber Rocco und sie waren nach wie vor allein in der Werkstatt.

Die Faust schlug gegen das Holz. *»Lauf weg, Luisa!«*

Es polterte laut, ganz in ihrer Nähe, und Luisa fuhr aus dem Schlaf.

Es war dunkel und sie brauchte einige Sekunden, um sich zu orientieren. Sie war bei Jaxon und Tom im Wohnzimmer auf dem Sofa eingeschlafen, nachdem Tom sie am Abend angerufen und gebeten hatte, herzukommen. Als sie seinen Namen auf dem Handydisplay gesehen hatte, war sie davon ausgegangen, dass er nach ihrem Gespräch im Garten noch einmal mit ihr reden wollte. Wenn er sich seine wahre Identität wieder eingestand, hatte sie gedacht, würde er früher oder später zurückkommen und Fragen stellen. Über seine Mutter, über sie und Amelie. Aber er hatte so geschäftlich geklungen wie sonst, war kurz angebunden gewesen und hatte sie gefragt, ob sie ein paar Stunden auf Matilda aufpassen könnte.

Das kleine Mädchen hatte wie immer wenig gesprochen, aber Luisa hatte es trotzdem gefallen, sich um sie zu kümmern. Sie hatte ihr nicht gesagt, dass sie ihre Tante war, aber sie hatte es die ganze Zeit über gedacht und Matilda schien dankbar dafür zu sein, dass sie da war, ihr ein Schokomüsli hinstellte, ihren Schlafanzug aus dem oberen Schrankfach holte und ihr eine Geschichte vorlas. Allein dafür, dachte sie, war es es wert gewesen, herzukommen.

Sie setzte sich auf und tastete zwischen den Sofakissen nach ihrem Handy. Es war kurz nach zwei Uhr in der Nacht. Von draußen hörte sie Autotürenschlagen und aufgebrachte Stimmen, dazwischen Schritte auf dem Kies.

»Wir hätten hierbleiben und ihn suchen müssen«, drang kurz darauf Jaxons Stimme aus dem Flur zu ihr herein. »Aber du musstest ja *unbedingt* diesen Einbruch durchziehen.«

Die Haustür klappte ins Schloss, das Licht im Flur wurde eingeschaltet, dann auch in der Küche. Luisa hielt den Atem an und rührte sich nicht. Das Wohnzimmer, in dem sie mit angezogenen Knien unter einer Wolldecke saß, lag im Dunkeln.

»Ich habe dir gesagt, dass es wichtig ist.« Tom betrat die Küche, öffnete einen Hängeschrank und holte Gläser heraus.

»Wie wichtig konnte das schon sein?« Jaxon tigerte auf der anderen Seite der Theke auf und ab. Luisa konnte die Spannung geradezu spüren, die von ihm ausging.

»Hier läuft irgendjemand mit deiner Smith & Wesson herum und du findest es okay, erstmal vier Stunden lang den Hof zu verlassen? Was hat uns das verflucht nochmal gebracht? Du bist doch sonst so pragmatisch.« Er schlug mit der flachen Hand auf die Theke. Er musste vergessen haben, dass Luisa hier war. Oder nahm vielleicht an, sie hätte sich in einem der oberen Zimmer zum Schlafen hingelegt.

Luisa wusste, sie hatte schon zu viel gehört. Sie versuchte, sich vollkommen lautlos zu verhalten, aber ihr Herz galoppierte in der Brust und sie stieß einen keuchenden Laut aus, als sie unwillkürlich nach Luft schnappte.

Tom verharrte mit der Flasche in der Hand. Er nickte Jaxon zu und keine Sekunde später flammte im Wohnzimmer das Deckenlicht an.

Luisa richtete sich auf, die Decke fiel auf den Fußboden.

»Wo seid ihr gewesen?«, hörte sie sich fragen. Ihre Stimme klang erstickt.

Jaxon lehnte sich mit der Schulter gegen den Torbogen und sah sie an.

»Entspann dich«, sagte er. »Wir haben nur einen alten Freund besucht.«

Er log sie an. Plötzlich war ihr alles klar. Warum er ihr gegenüber so reserviert geblieben war. Warum ihre innere Stimme sie die ganze Zeit vor ihm gewarnt hatte. Warum er nicht hatte antworten können, als sie ihn nach seiner Vergangenheit gefragt hatte.

Kälte breitete sich in ihrer Brust aus, so verraten fühlte sie sich.

»Jetzt schau mich nicht so an.« Seine Stimme war hart. »Als ob du es nicht schon vorher gewusst hast.«

»Was? Woher hätte ich es wissen sollen? Ich habe dich gefragt und du hast nichts gesagt, Jaxon.«

Er lehnte sich nach vorne. »Und trotzdem bist du Hals über Kopf weggerannt.«

»Ja! Weil ich die Nase von Typen wie dir voll habe«, schrie sie ihn plötzlich an. »Typen, die noch nicht einmal sagen können, wo sie herkommen.«

»Du willst nicht wissen, wo ich herkomme, Luisa.«

»Und ob ich das wissen will! Ich habe mich auf dich eingelassen, Jaxon. Du hättest mir die verdammte Wahrheit sagen müssen.«

Jaxon kniff die Augen zusammen und kam ein paar Schritte auf sie zu.

»Du willst die Wahrheit wissen?«, sagte er mit leiser Drohung in der Stimme. »Die Wahrheit ist, dass ich aus dem Knast komme. Ich habe sechs gottverdammte Jahre abgesessen. Ist es das, was du hören wolltest?«

Er stand jetzt nahe vor ihr und Luisa starrte ihn an. Sie wollte aufstehen, aber sie konnte sich nicht rühren.

»Ich …«, begann sie, aber ihre Stimme verlor sich, als ihr plötzlich bewusst wurde, in welcher Situation sie sich gerade befand. Dass niemand auf der Welt wusste, dass sie hier war. Dass sie Mitwisserin einer Straftat war und die beiden sie vielleicht nicht einfach so gehen lassen würden.

»Das reicht jetzt.« Tom knallte sein Glas auf die Anrichte. Er kam ins Wohnzimmer und griff Jaxon am Oberarm, der sich ruckartig losriss.

»Siehst du?«, fauchte er Tom an. »Es war ein verdammter Fehler, sie herzubestellen.«

»Komm schon, Jax.«

»Wir hätten Matilda einfach mitnehmen sollen.«

»Doch nicht zu *ihm*.«

»Du hast heute Nacht eine beschissene Entscheidung nach der anderen getroffen, Tom, gib es einfach zu.«

Tom sagte nichts mehr. Er sah an Jaxon vorbei Luisa an, die zitternd auf der Sofakante saß.

»Du gehst jetzt nach Hause«, sagte er zu ihr. »Ich bringe dich zu deinem Auto.«

Luisa stand auf. Sie wich Jaxons Blick aus, während sie in ihre Schuhe schlüpfte und ihr Handy einsteckte. Ihre Brust schmerzte und ihre Knie waren weich, aber Tom, der offensichtlich ahnte, wie es ihr ging, legte ihr einen Arm um die Schultern und eskortierte sie an Jaxon vorbei durch den Flur.

Als sie die Enge des Hauses hinter sich gelassen hatten und Luisa die Nachtluft einatmete, begann ihre Panik nachzulassen.

»Was hat er gemacht?«, fragte sie, während sie nebeneinander über den Hof gingen.

Tom sah sich aufmerksam auf dem Gelände um. »Was meinst du?«

»Jaxon. Weswegen ist er im Gefängnis gewesen?«

Sie erreichten ihren Golf, der neben dem Pickup vor der

Garage parkte, und Tom öffnete die Autotür für sie. Er schüttelte den Kopf.

»Du solltest so schnell wie möglich nach Köln zurückfahren«, sagte er.

»Wie bitte? Ist das alles, was du mir zu sagen hast?«

»Es ist nicht sicher hier, Luisa.«

Er wartete offensichtlich darauf, dass sie einstieg, aber sie rührte sich nicht. Da war so Vieles, worüber sie noch nicht gesprochen hatten. Es fühlte sich falsch an, auf Nimmerwiedersehen zu verschwinden, ohne dass er auch nur eine einzige Frage zu seiner wahren Herkunft gestellt hatte.

Sie sah ihn an wie er vor ihr stand, die Unterarme auf der geöffneten Autotür abgestützt. Jetzt, wo Luisa es wusste, war es für sie offensichtlich, dass sie Geschwister waren. Sie hatten die gleiche helle Hautfarbe, die hohen Wangenknochen, die dunklen Haare. Wie hatte sie die ganze Zeit über so blind sein können?

»Hat Jaxon dir eigentlich von dem Testament erzählt?«, fragte sie plötzlich.

Als er nicht antwortete, fügte sie hinzu: »Unsere Mutter hat alles, was sie besessen hat, dir vererbt. Geld, Immobilien, ein Auto …«

Tom zog die Stirn in Falten. »Du kannst es behalten.«

Gabriella hatte nicht *Luis* in das Testament hineingeschrieben, fiel Luisa ein, sondern *erster Nachkomme*. Als hätte sie geahnt, dass ansonsten Zweifel darüber aufkommen könnten, wer genau gemeint war.

»Unsere Mutter hat gewollt, dass du es bekommst«, sagte sie.

Er schüttelte den Kopf. »Sie hat gewollt, dass Luis es bekommt«, erwiderte er. »Aber der bin ich nicht mehr.«

»Sie ist deine Mutter«, beharrte Luisa. »Und ich bin deine Schwester. Egal, wie du dich heute nennst.«

Aber er hörte nicht mehr zu. Ein Rascheln jenseits des Zauns hatte ihn zusammenfahren lassen. Er schien ein paar Sekunden lang die Luft anzuhalten, dann wandte er sich ihr zu.

»Hör mal, Luisa«, sagte er. »Du hast hier heute leider einiges mitbekommen und ... du hast Recht. Wir hätten von Anfang an ehrlich zu dir sein müssen. Und ich hätte dich heute nicht herbestellen und dich in das alles reinziehen dürfen.« Er sah sie an, so intensiv wie gestern, als er vor ihrer Tür gestanden und verkündet hatte, er müsse mit ihr reden. »Fahr jetzt rüber und schließ die Tür zu«, sagte er. »Und morgen früh packst du deinen Wagen und fährst nach Hause. Vergiss Jaxon und mich.«

Luisa starrte ihn an. Kälte breitete sich in ihrem Inneren aus.

»Was ist mit Matilda?«, sagte sie. »Sie ist meine Nichte. Und sie hat schon viel zu viel gesehen für ihr Alter.«

Tom senkte den Blick. »Ich weiß.«

»Sie konnte nicht einschlafen, weil sie Angst hatte. Vor einem Mann, der ihrem Papa eine Waffe gestohlen hat.« Sie machte eine Pause. »Ich habe gedacht, sie fantasiert, aber ... das hat sie nicht.«

Tom presste die Lippen aufeinander. »Ich werde auf sie aufpassen.«

Ihre Blicke begegneten sich. Eine Weile sagte niemand etwas.

»Fahr jetzt.« Er trat einen Schritt beiseite, damit sie einstieg. »Und komm nicht mehr hierher.«

Luisa erwiderte nichts. Trauer erfasste sie, aber Toms Blick war ernst und unnachgiebig.

Du konntest Luis nicht finden, weil es ihn nicht mehr gibt.

Wahrscheinlich hatte Tom recht. Er war nicht der Luis, dem ihre Mutter ihr ganzes Leben lang nachgetrauert hatte. Der ihr Bruder war.

»Leb wohl«, sagte sie, dann stieg sie in den Wagen ein. Tom schlug die Tür zu und sie startete den Motor, der sie nicht im Stich ließ und beim ersten Mal ansprang. Als ihr Golf kurze Zeit später den Feldweg entlangrumpelte, sah sie im roten Rücklicht, wie Tom die Kette wieder durch das Gitter zog und das Tor verschloss.

Vierzehn

Tom hatte nie ein Kind gewollt. Ein Hund war das Äußerste, woran er sich emotional binden wollte, hatte er immer gesagt. Matilda zu bekommen, war Judiths Wunsch gewesen. Sie hatte geglaubt, ein eigenes Kind zu haben, würde ihr dabei helfen, die Dämonen zu vertreiben, die nicht aufhören wollten, sie zu verfolgen. Oder es könnte den Teil von ihr, den sie verloren hatte, als sie selbst noch ein Kind gewesen war, auf irgendeine Weise ersetzen.

Aber es hatte nicht funktioniert. Zwar hatten sie zu Beginn, als Matilda beinahe rund um die Uhr Judiths Aufmerksamkeit in Anspruch genommen hatte, eine gute Zeit gehabt. Aber Matilda war ein selbstständiges Kind, ihr Aktionsradius war schnell größer geworden und Judiths Depressionen waren zurückgekommen.

Trotzdem, dachte Tom, als er im abgedunkelten Kinderzimmer auf Matildas Bett saß und ihr beim Schlafen zusah. Nie im Leben hätte er gedacht, dass Judith es fertigbringen würde, ihre Tochter zurückzulassen. Ihn, ja. Obwohl sie jedes Mal für die Möglichkeit gesorgt hatte, dass er es noch rechtzeitig schaffen und sie abhalten würde. Aber vom Beginn der Schwangerschaft an war für ihn die Gefahr, Judith könnte sich das Leben nehmen, gebannt gewesen. Und mit dem Lauf der Jahre waren ihre Versuche dazu zu einer dunklen Erinnerung verblasst.

Tom beugte sich nach vorne und hob Matildas zerfransten Stoffwolf vom Fußboden neben dem Bett auf. Er stützte die Unterarme auf den Knien ab, drehte das Stofftier in den Händen und sah Matilda durch seine langen Haare hindurch an.

Dann also nur noch du und ich, dachte er. Er begann gerade, sich bewusst zu machen, was das bedeutete, als Matilda sich bewegte und die Augen öffnete. Als wäre sie kein bisschen überrascht darüber, ihn frühmorgens mit ihrem Lieblingskuscheltier auf dem Schoß auf ihrem Bett sitzend vorzufinden, erwiderte sie seinen Blick. Hinter ihr bewegten sich die Wolfsilhouetten ihrer Lampe im Schneckentempo über die Wand, immer im Kreis.

»Ich war bei Kent zuhause«, brach Tom nach einer Minute das Schweigen.

Matildas Gesichtsausdruck blieb unverändert. Sie stemmte sich auf die Unterarme und rutschte etwas im Bett nach oben.

»Dein Koffer war dort.« Tom schüttelte den Kopf. »Ich konnte ihn nicht mitbringen. Aber ich habe das rausgeholt.« Er zeigte ihr die rote Mappe, die neben ihm auf dem Bett lag. Matilda kannte sie und wusste, dass sie ihr U-Heft, ihren Impfausweis und anderen langweiligen Erwachsenenkram enthielt. Tom klappte die Mappe auf, holte einen gelben Briefumschlag heraus und reichte ihn Matilda.

Matilda setzte sich weiter im Bett auf und zog die Beine in den Schneidersitz. Ihr Blick wanderte von dem Umschlag in seiner Hand zu ihm herauf.

»Kannst du lesen, was draufsteht?«

Sie nickte. Sie konnte ihren Namen lesen.

Tom wedelte mit dem Umschlag. »Willst du ihn nicht nehmen?«

Matilda rührte sich nicht. Sie sah den Umschlag an, als wäre er eine besonders schöne, aber unbekannte Blume.

Tom zog die Hand zurück. »Soll ich ihn für dich öffnen?«

Zunächst reagierte Matilda nicht. Dann nickte sie und

Tom öffnete den Briefumschlag. Er sah hinein und kippte den Inhalt auf Matildas Bettdecke. Bunte Origamitiere und ein gefalteter Zettel fielen wie ein Schauer heraus.

Tom beobachtete Matildas Reaktion. Wie sie die Tiere anstarrte. Wie sie nach einer gefühlten Ewigkeit eine Hand unter der Decke hervorzog und ein rosa-weißes Einhorn zwischen die Finger nahm. Als ihr die Tränen in die Augen stiegen, spürte er einen scharfen Schmerz in der Brust, rückte näher an sie heran und zog sie unter der Decke hervor und in seine Arme. Als hätte er sie nicht aus ihrem Bett, sondern aus den Tiefen eines zugefrorenen Sees gefischt, klammerte sie sich an ihn und begann zu weinen.

Oh Gott, dachte er, als sie ihre kleinen Hände in die Schultern seines T-Shirts krallte und sich ihr ganzer Körper schüttelte.

Er wusste nicht, wie lange sie so an ihn geklammert dasaß, aber als sie sprach, war es heller im Zimmer und die Wölfe an den Wänden bewegten sich nicht mehr. Die Hälfte der Origamitiere lag auf dem Boden. Tom spürte ihre Tränen und ihren Atem in seiner Halsbeuge.

»Sie haben Kents Klappspaten mitgenommen.«

Er erstarrte. Zorn über Judith und Kent kochte in ihm hoch und begann alles andere, den Schmerz und die Traurigkeit, zu verdrängen. Er musste sich dazu zwingen, sitzenzubleiben und normal weiterzuatmen.

»Ich weiß«, brachte er im normalen Tonfall heraus. Aber Matilda holte zitternd Luft. Die Worte sprudelten aus ihr heraus.

»Kent ist allein zurückgekommen. Er hat Oma erzählt, dass Mama erschossen ist. Er und Oma haben die ganze Zeit geweint.«

Tom schluckte. »Schon gut. Du musst jetzt nichts mehr sagen.«

»Mama hat auch geweint, bevor sie gegangen ist. Einen ganzen Tag lang.«

»Matilda, hör zu.« Er schob sie ein wenig von sich, um sie ansehen zu können. Sie war das stärkste Kind, das er kannte. Viel stärker als er oder Judith in ihrem Alter gewesen waren. Sie jetzt so verletzt und verzweifelt zu sehen, schnürte ihm die Brust zusammen.

»Ich schwöre dir, sie hätte dich nie verlassen, wenn sie eine Wahl gehabt hätte«, sagte er.

Er nahm den zusammengefalteten Zettel, der mit den Tieren zusammen aus dem Umschlag gefallen war, und versuchte, einen munteren Ton anzuschlagen. »Wollen wir nachsehen, was sie dir geschrieben hat?«

Matilda wischte sich mit dem Schlafanzugärmel über die Augen, zog die Nase hoch und nickte.

Mit einer Hand faltete Tom den Zettel auseinander. Da war sie, Judiths vertraute, spitze Schreibschrift. Sie erinnerte ihn auf schmerzliche Weise an all die Notizen, die sie ihm geschrieben hatte, ihre Einkaufszettel, mit denen er durch die Geschäfte gelaufen war. In mancher Hinsicht, dachte er, waren sie ein ganz normales Paar gewesen.

Er konnte nicht fassen, dass sie nie wieder zu ihm zurückkommen würde.

Er musste an den Montagnachmittag vor einem Monat denken und die letzten Worte, die sie an ihn gerichtet hatte.

Hör auf, dir einzubilden, du wüsstest, was das Beste für mich ist, denn das weißt du nicht. Und fang an, meine Entscheidungen zu respektieren.

Er begegnete Matildas Blick und räusperte sich.

»Sie schreibt, dass sie dich nie vergessen wird«, sagte er. »Und dass du das Beste bist, was ihr passiert ist in ihrem Leben.«

Zitternd atmete Matilda ein. Dann schmiegte sie sich wieder an ihn. Ihr Atem ging ruhiger, sie weinte nicht mehr. Tom hielt sie fest und machte sich bewusst, wie verzweifelt Judith gewesen sein musste, um einen solchen Schritt zu gehen. Um Matilda zurückzulassen.

***

Es war kurz vor Mitternacht und still im Haus. Tom saß an der Küchentheke vor seinem Laptop, einen Drink in der Hand, eine Handvoll Papiere vor sich. Er hatte ein Bildbearbeitungsprogramm geöffnet und war dabei, ein Foto von Jaxon auf die richtige Größe zuzuschneiden.

Normalerweise erledigte er solche Dinge ja oben in seinem Arbeitszimmer, aber in diesen Tagen war gar nichts mehr normal. Jaxon und er hatten heute bis in den Abend hinein das Gelände nach dem mysteriösen Waffendieb abgesucht, aber keine Spur von ihm gefunden. Entweder war er längst über alle Berge, oder er hatte sich ein Stück entfernt vom Anwesen im Wald versteckt. Wie auch immer, dachte Tom, während er das bearbeitete Foto abspeicherte und in die Cloud schob, sie hatten verdammt großes Glück gehabt, dass während ihrer Abwesenheit vergangene Nacht nichts passiert war.

Beim Anblick von Jaxons biometrischem Porträtfoto, das er heute an der Garagenwand von ihm geschossen hatte, fiel ihm wieder ein, wie ungehalten er nach dem Einbruch bei Kent reagiert hatte.

Ich gehe nicht in den Knast zurück, hörst du? Nie wieder.

Er hat Recht, dachte Tom, der Einbruch war eine Kurzschlussreaktion von ihm gewesen. Ein Risiko, das er ab jetzt nicht mehr eingehen durfte. Denn wenn ihm irgendetwas zustieße oder er verhaftet werden würde, hätte Matilda niemanden mehr.

Tom schnappte sich die die Whiskyflasche, die hinter dem aufgeklappten Laptop auf der Theke stand, und füllte sein Glas erneut auf. Während er trank, ließ er seinen Blick durch den im Dunkeln liegenden Raum wandern und versuchte zum ersten Mal, ihn durch Matildas Augen zu sehen. Wie sehr sie alles hier an Judith erinnern musste. Der große Esstisch, an dem Judith und sie letzten Monat erst zusammen Geburtstagskekse gebacken hatten; die Macke an der Theke, die entstanden war, als Judith sie auf einem Rutschauto durch das ganze Erdgeschoss geschoben hatte; das Sofa, auf dem sie abends unter einer Wolldecke aneinander gekuschelt *Der kleine Drache Kokosnuss* gelesen hatten.

Tom schloss die Augen. Oh Gott, es war wirklich an der Zeit, einen Neuanfang zu machen. Für sich und für Matilda. Und es würde ihm nicht einmal leidtun. Er hatte zwar viel in die Veränderungen hier investiert, Zeit und auch Geld, aber das war nichts, was sich woanders nicht wiederholen ließe. Vor allem mit Jaxon an seiner Seite.

Er exte seinen Whisky und begann damit, das Dokument mit den neuen Daten zu dem Foto hochzuladen, um es Milo zu übermitteln, seiner Kontaktperson für gefälschte Papiere. Dann löschte er es von seiner Festplatte, schaltete seinen Laptop aus und verstaute die Unterlagen in einer Mappe. Er stand auf, sah zu dem schwach beleuchteten Sofa hinüber und entschied gerade, dass er aus Sicherheitsgründen hier schlafen würde, als er das unverkennbare Knirschen eines Wagens wahrnahm, der sich dem Tor näherte.

Lautlos stellte er das Glas auf der Theke ab und hielt den Atem an. Sein whiskybenebeltes Gehirn versuchte, sich daran zu erinnern, ob Jaxon nochmal weggefahren war. Aber nein, er hatte sich nach ihrer Suchaktion und einem Abendessen nach oben verabschiedet.

Zügig durchquerte Tom den Wohnraum und schaltete die Leselampe neben dem Sofa aus. Durch die Terrassentür der Küche verließ er das Haus und schlich durch das hohe Gras an der Hauswand entlang, bis er Sicht auf den Hof und das Tor hatte. Der Mond schien hell und zwei Nachtigallen veranstalteten einen Höllenlärm, dennoch hörte er, wie eine Autotür klappte und Schritte, die sich dem Tor näherten.

Wer, verdammt nochmal, kreuzte mitten in der Nacht vor seinem Anwesen auf?

Eine Gestalt erschien auf der anderen Seite des Tores. Sie war schwarz gekleidet und trug eine Kapuze, aber Tom war sich dennoch ziemlich sicher, wer sich da gerade an seiner Eisenkette zu schaffen machte.

»Hey!«, schrie er und überquerte den Hof. Die schwarze Gestalt hielt inne und schien unter die Bäume zurückzuweichen. Erst als Tom direkt vor dem Eingang stand, konnte er Kents verhasste Visage unter der Kapuze erkennen.

»Wolltest du damit etwa gerade mein Tor aufbrechen?«, fragte Tom mit Blick auf den riesigen Bolzenschneider, der an Kents Hand hing und ihm sogar leichte Schlagseite verpasste.

»Warum so überrascht?« Kent näherte sich wieder dem Tor, bis sie sich genau gegenüberstanden. »Auge um Auge.«

»Wie bitte?« Seine belesene Ausdrucksweise war eine Sache, die Judith an Kent geschätzt hatte.

261

Kent funkelte Tom aus seinen hellblauen Augen heraus an. »Du bist bei mir eingebrochen, Tom. Zweimal.«

»Aus gutem Grund.«

»Du bist mitten in der Nacht in meine Wohnung gekommen, hast Matilda aus dem Bett gerissen und ihrer Oma ein Messer an die Kehle gedrückt!« Kent sprach ziemlich laut. »Sie steht immer noch unter Schock. Ich weiß ja, dass du ein ziemlich kaputter Typ bist, aber das war selbst für deine Verhältnisse ein starkes Stück.«

Sagte jemand, der mit Judith, einer Knarre und einem Klappspaten losgezogen und ohne Erstgenannte zurückgekommen war.

Tom versuchte mühsam, ruhig Blut zu bewahren. Aber es hatte keinen Sinn, Kent gleich wieder zu vertreiben, nachdem er so bereitwillig vor seiner Pforte erschienen war.

»Das alles wäre nicht nötig gewesen, wenn du nicht gemeinsame Sache mit Judith gemacht und mich belogen hättest«, knirschte Tom zwischen den Zähnen hervor.

Kent stieß so etwas wie ein Seufzen aus. »Es ging nicht anders. Wenn es um Judith ging, konnte man dich nur belügen. Bei ihr hattest du immer so etwas wie ein Brett vor dem Kopf.«

Die Art, mit der Kent in der Vergangenheitsform sprach, schmerzte Tom, aber es war auch eine Chance. Vermutlich wäre er jetzt bereit, über jene Nacht, in der Judith gestorben war, zu sprechen. Tom wusste allerdings nicht, ob er selbst es war. Er schob eine Hand in seine hintere Jeanstasche und zog den Origamidrachen heraus, den Judith ihm in Kents Schrank hinterlassen hatte. Er war so zerknickt, dass er kaum mehr als Drachen zu erkennen war.

Kent trat näher an das Tor heran. »Was hast du da?«

Tom steckte den Drachen wieder weg und hob den Kopf. »Was willst du hier, Kent?«

»Das sage ich dir, wenn du mich reinlässt.«

Misstrauisch spähte Tom über Kents Schultern hinweg auf den Weg, der sich hinter ihm in der Schwärze verlor. Einen Moment lang dachte er, etwas wie einen Schatten zu sehen, der links zwischen den Bäumen verschwand, aber er war sich nicht sicher. Es war zu dunkel. Außerdem gab es in dieser Gegend Wölfe, Wildschweine und andere Tiere, die nachts unterwegs waren.

»Und warum sollte ich das tun?«

»Weil du mit mir reden willst.« In einer fast vertrauensvollen Geste legte Kent seine freie Hand an eine der Gitterstreben des Tores. Tom war geneigt, seiner Bitte nachzukommen. Kent hatte Recht. Er *wollte* mit ihm sprechen. Und der Grund ihrer Feindschaft existierte nicht mehr.

»Bring erstmal den Totschläger da zum Wagen.« Er nickte zu Kents rechter Hand hinunter. »Und was du sonst noch so am Körper trägst.«

Kent wandte sich ab, öffnete den Kofferraum seines Hondas und legte den Bolzenschneider sowie irgendwas aus der Tasche seiner schwarzen Kapuzenjacke, wahrscheinlich eine Pistole oder ein Messer, hinein. Als er zurückkam, schloss Tom das Tor auf und ließ ihn eintreten.

»Wir reden hier«, sagte er, als sie ein paar Schritte Richtung Haus zurückgelegt hatten. Das Erdgeschoss lag nach wie vor im Dunkeln, aber in zwei der oberen Fenster brannte Licht.

»Du setzt keinen Fuß in dieses Haus. Also.« Einander zugewandt blieben sie stehen und sahen sich an. »Was willst du hier?«

Kent streifte sich die Kapuze ab. Seine kurzen blonden Haare, normalerweise sorgfältig frisiert, standen ihm kreuz und quer vom Kopf ab.

»Kannst du dir das nicht denken?«

Seinen Hund vergiften? Ihn umbringen? Die Reifen seines Amaroks aufschlitzen?

»Ehrlich gesagt, nein.«

»Tom, du bist bei mir eingebrochen und hast Matilda mitgenommen. Du hast ein kleines Mädchen entführt!«

Tom schnappte nach Luft. »*Ein kleines Mädchen entführt?* Ich habe meine Tochter nach Hause geholt!«

»Das stand dir nicht zu.«

»Was sagst du da?«

»Sie ist Judiths Tochter.«

»Und meine!«

»Das weißt du nicht genau«, wagte Kent zu behaupten, wich bei seinen Worten aber wohlweislich einen Schritt zurück. »Sie könnte auch meine sein.«

Unkontrollierte Wut kochte in Tom hoch und brachte seinen guten Vorsatz, Kent nichts anzutun, bedrohlich ins Wanken.

»Oh nein«, erwiderte er, »das ist sie ganz offensichtlich nicht.«

»Judith wollte, dass ich sie …«

»Was Judith wollte und was nicht, davon hast du keine Ahnung, Kent. Sorry«, fiel ihm Tom ins Wort. »Judith wollte nicht sterben. Aber das hast du nicht begriffen.«

Ein paar Sekunden lang antwortete Kent nicht. Trotz der Dunkelheit erkannte Tom Schmerz in seinem Gesicht. Und Wut. Eigentlich genau das, was er selbst dabei fühlte, Kent gegenüberzustehen und über Judiths Tod zu sprechen.

»Judith wollte sterben«, brachte Kent heraus. »Schon immer.«

Tom glaubte, seinen Ohren nicht zu trauen. Es war eine Sache, zu wissen, wie Kent über all das dachte, aber eine ganz andere, es aus seinem Mund zu hören.

»Und du lässt das zu?«, rief er, »wie konntest du nur? Sie war *krank*!«

»Sie war krank wegen *dir*!«, schrie Kent zurück. »Du hast verhindert, dass sie diese ganze Scheiße verarbeiten konnte, die ihr angetan wurde. Ständig warst du da und hast sie daran erinnert, aber nicht mit ihr drüber gesprochen. *Das* hat sie krank gemacht.«

»So ein Schwachsinn«, erwiderte Tom, aber er wusste, dass an Kents Worten etwas Wahres dran war, denn er hatte sie von Judith selbst schon gehört.

»Schwachsinn, ach ja? Die zwei Jahre, die du aus ihrem Leben verschwunden warst, waren die besten ihres Lebens, Tom. Sie war nicht wiederzuerkennen. Kein einziger Selbstmordversuch.«

Nein, dachte Tom, er wäre ja auch nicht dagewesen, um ihn zu verhindern.

»Aber du musstest ja wieder aufkreuzen«, fuhr Kent mit Bitterkeit in der Stimme fort. »Und der ganze Mist hat von vorne angefangen.«

»Matilda war das Beste in ihrem Leben«, erwiderte Tom mit trockener Kehle.

»Ja«, sagte Kent und wandte sich plötzlich ein wenig von ihm ab. »Es schien fast so.«

Einen Moment lang standen sie beide im Hof herum, zusammen und doch jeder für sich. Sie hatten dieselbe Frau geliebt und verloren und gaben sich gegenseitig und gleichermaßen die Schuld daran. Es erschien Tom auf einmal so sinnlos, wie den Mond anzuheulen, der direkt über ihnen stand und den Hof auf gespenstische Weise erleuchtete. Zum ersten Mal fühlte er so etwas wie Verbundenheit zu Kent.

»Was willst du wissen?«, durchbrach Kent plötzlich mit müder Stimme die Stille.

Alles. Und nichts.

Warum ausgerechnet in dieser Nacht? Hatte Judith Angst? Warum hatte Kent es nicht geschafft, sie davon abzubringen, er hätte sie doch einfach nur Zuhause einsperren müssen? Wie hatte Judith sie nur verlassen können? Wie?

»Ich will wissen, wo ihre Leiche liegt«, hörte er sich selber sagen. Seine Stimme klang hart.

Kent sah ihn an. »Warum?«

»Ich will wissen, wo ihre Leiche liegt, Kent«, fuhr er auf. »Ich weiß nicht, warum. Vielleicht bin ich einfach sentimental in diesen Dingen.«

Kent senkte den Blick. Das alles war eine riesengroße Scheiße und Kent wusste es, wurde Tom klar. Er hatte es getan, weil er wirklich geglaubt hatte, dass es das Richtige gewesen war.

»Sie liegt in einem Bunker in Tangersdorf.«

Tom spürte einen scharfen Schmerz in der Brust, als sich das Bild unmittelbar auf Kents Worte hin vor seinem inneren Auge aufbaute.

»Tangersdorf? Auf dem ehemaligen Truppenübungsplatz?«

Kent nickte.

»Hast du sie dort … vergraben?«

Kent stieß hörbar die Luft aus und sah zu ihm auf. »Willst

du das alles wirklich wissen? Willst du dir das wirklich antun? Verdammt, das hat sie nicht gewollt. Du solltest eigentlich für immer und ewig glauben, dass sie über alle Berge ist.«

»*Was sollte ich glauben?*« Tom sah auf einmal rot. Unglaube und Wut überrollten ihn geradezu und er musste an sich halten, um nicht auf Kent loszugehen, der abwehrend die Hände hob. »Was glaubst du eigentlich, wen du hier vor dir hast? Ich bin mit Judith auf diesem gottverdammten Hof hier aufgewachsen. Ich habe *gesehen*, was dieser Dreckskerl mit ihr angestellt hat. Ich habe sie von *zig* Dächern runtergeholt, da hast du noch Zuhause auf deinem Autoteppich gesessen und Lego gespielt.«

Tom atmete ein paarmal tief ein und aus. Kent ließ die Hände sinken. »Also willst du es wissen?«

»Natürlich will ich es wissen. Ich will wissen, was dich verdammt nochmal geritten hat, diesen Horror durchzuziehen.«

»Sie war verzweifelt. Sie war des Lebens müde und wollte es. Und sie konnte es nicht alleine tun.«

Kents Ruhe und Aufrichtigkeit waren auf einmal zu viel für Tom. Er drehte sich weg und sah zum See hinüber, der schwarz im Mondlicht glitzerte.

»Sie hat mich angefleht. Jahrelang, wenn du es genau wissen willst. Sie wusste, dass ich alles für sie tun würde.«

Ja, allerdings. Buchstäblich *alles*.

»Und dann, als ihr beide wieder einmal gestritten hattet und sie zu mir kam …«

»Überspring das.«

»Wir sind nach Tangersdorf gefahren. Dort ist überall Munition im Boden, das Gelände ist praktisch verseucht und darf nicht betreten werden. Es ist … naja, *sicher* dort.«

Tom schloss die Augen. Es war unerträglich für ihn, Kent zuzuhören. Aber er musste es wissen. Er wusste, diese Geschichte musste er irgendwie aushalten. Sie würde sich nicht in eine Schublade sperren und wegschieben lassen.

»Wie hat sie sich gefühlt? Was hat sie gesagt?«

»Sie hat zuerst viel geweint. Aber dann, als es beschlossene Sache war und wir unterwegs waren, war sie sehr ruhig und gefasst.« Kent machte eine Pause. »Kurz bevor sie es tun wollte, hatte sie Angst«, sagte er. »Da hat sie versucht, dich anzurufen.«

Tom erstarrte. Sein Herzschlag setzte für ein paar Takte aus, dann begann es hart in seiner Brust zu hämmern. Es wäre seine Chance gewesen. Aber er hatte sie verpasst.

»Ich sollte sie für einen Moment allein lassen. Ich wusste, sie würde versuchen, dich zu erreichen.« Tom hörte Kent von hinten näherkommen. »Und weißt du, was seltsam ist? Ich hatte *gehofft*, dass du nicht rangehen würdest. Weil ich genau wusste, dass du es schaffen würdest, sie umzustimmen. Und dann würde das Ganze wieder von vorne losgehen. Es würde kein Ende haben.« Er stand jetzt direkt hinter Tom. »Aber du gehst ja immer dran, oder?«

Tom spürte, wie sich sein ganzer Körper versteifte. Er ballte die Hände zu Fäusten. »Diesmal nicht.«

»Nein, diesmal nicht. Ich konnte es nicht glauben. Es war, als wärst du plötzlich Teil des Teams geworden. Als würdest du ihr damit deinen Segen geben.«

»Nein.« Tom fuhr herum, das Gesicht verzerrt. »Ich habe diesen verdammten Anruf verpasst, sonst nichts. Ich hätte Judith niemals meinen Segen zum *Selbstmord* gegeben. Und wer weiß, ob es tatsächlich Selbstmord war. Wenn ich dich so reden höre, bin ich mir da auf einmal gar nicht mehr so sicher.« Langsam kam er auf Kent zu, der ein paar Schritte rückwärtsging. »Eigentlich glaube ich nämlich nicht, dass sie überhaupt dazu in der Lage gewesen wäre, abzudrücken. Sie hatte schon früher die Möglichkeit dazu und hat es nie getan.«

Er musste an Judith in dem Lagerraum denken. An ihre kalten Arme, die sich um seinen Hals schlangen.

Gottseidank bist du gekommen.

»Sie hatte keine Chance«, sagte Kent. »Sie hätte niemals glücklich werden können. Niemand hat das geschafft. Du nicht, ich nicht, nicht einmal Matilda. Danach habe ich sie vergraben. Ihre Sachen habe ich im Stechlinsee versenkt.«

Tom hörte Kents Worte und konnte auf einmal nur noch an Matilda denken, die ein Stockwerk über ihnen in ihrem Kinderzimmer lag und schlief.

Mama hat geweint, bevor sie gegangen ist. Einen ganzen Tag lang.

»Wo habt ihr diesen Wahnsinnsplan eigentlich geschmiedet? Am Frühstückstisch? Oder woher weiß Matilda davon?«

Kent klappte den Mund zu. »Nein«, stieß er nach einer Pause hervor. »Wir haben nicht gedacht, dass sie …«

Tom hatte genug gehört. Grob stieß er Kent gegen die Schulter in Richtung des offenstehenden Tores.

»Fahr zur Hölle, Kent. Was du getan hast, war Mord. Ganz gleich, wer am Ende den Abzug gedrückt hat. Ich wäre niemals Teil eures *Teams* geworden.«

Sie waren ein paar Schritte gegangen, als plötzlich jemand aus der Dunkelheit der Straße in die Toröffnung trat. Wie angewurzelt blieben sie stehen. Es war eine abgehalfterte Person mit einer Schirmmütze, zu großen Klamotten und

Toms Smith & Wesson in den zitternden Händen. Seine weit geöffneten Augen, mit denen er Kent fixierte, flackerten wie wahnsinnig in den Höhlen.

»Stopp!«, schrie er in einem Tonfall, der Tom weit mehr beunruhigte als sein übriges Auftreten.

Tom spürte, wie Kent neben ihm erstarrte.

***

Luisa hörte Amelies Twingo schon von Weitem. Sie ging ihrer Schwester entgegen und fiel ihr um den Hals, sobald sie den Wagen verlassen hatte.

»Gottseidank.« Sie hatte den ganzen Tag gewartet und war noch nie so erleichtert gewesen, sie zu sehen.

»Ist ja gut.« Amelie schob Luisa von sich und zupfte ihre Haare zurecht. »Ich bin fix und fertig.«

»Schon klar.« Luisa öffnete den Kofferraumdeckel ihres Golfs und hievte zwei Reisetaschen heraus. Sie hatte ihr Auto heute früh vollgepackt, aber es war nicht angesprungen und so hatte sie ihre Schwester anrufen und bitten müssen, sie abzuholen.

»Was soll diese Hektik?« Amelie spazierte auf dem Feldweg hin und her, dehnte ihren Rücken und sah Luisa beim Umpacken zu. »Du bist seit mehr als zwei Monaten hier, da kommt es auf einen Tag ja wohl auch nicht mehr an.«

Luisa zerrte zwei Tüten mit Lebensmitteln aus den Tiefen ihres Kofferraumes. »Ich will so schnell wie möglich hier weg.«

Amelie stöhnte. »Kann ich vielleicht wenigstens einen Kaffee trinken, bevor wir fahren? Es ist kurz nach Mitternacht.«

»Der Kaffee ist eingepackt. Genau wie der Zucker und die Milch.«

»Oder ein paar Stunden schlafen? Ich bin mehr als siebenhundert Kilometer gefahren.«

Luisa antwortete nicht. Eine der Tüten riss auf und die Sachen, die sie heute Morgen aus Gabriellas Küchenschränken geräumt hatte, fielen auf die Straße und rollten unter den Twingo.

»Scheiße.« Luisa stöhnte auf. Seit sie sich von Tom verabschiedet und in den Bungalow zurückgekehrt war, hatte sie bei jedem Laut, jedem herannahenden Fahrzeug aufgehorcht und kaum geschlafen. Als sie heute Vormittag nach Hause hatte fahren wollen und ihr Wagen nicht einmal den Versuch eines startenden Motors hatte hören lassen, hatte sie zum ersten Mal die Nerven verloren. Jetzt, wo nächtliche Stille über dem Grundstück und dem See lag, sie mit Amelie allein hier draußen stand und dabei war, so schnell wie möglich ihr Gepäck umzuladen, war sie kurz davor, in Tränen auszubrechen.

»Mein Gott, was ist denn los mit dir?« Amelie ließ sich dazu herab, eine Packung Emmentaler aufzuheben. »Wieso schleppen wir den Käse mit?«

Luisa riss ihrer Schwester die Packung aus der Hand. »Ich hab dir doch gesagt, dass wir sofort umpacken und zurückfahren, egal wie spät es ist.«

Amelie verdrehte die Augen. »Ja, schon. Aber nicht, dass du dabei so aggressiv bist.« Sie schnappte sich ihre Handtasche vom Beifahrersitz, zog eine angebrochene Weingummitüte heraus und schlenderte kauend über den Weg in Richtung See.

Luisa schlug den Kofferraumdeckel ihres Autos zu und versuchte, sich zu beruhigen. Sie hatte Amelie am Telefon nicht genau erzählt, was vorgefallen war. Nur, dass Jaxon und Tom irgendetwas am Laufen hatten, womit sie nichts zu tun haben wollte, sie sich mit Jaxon gestritten hatte und schnellstens von hier fortmusste. Amelie hatte wissen wollen, warum ausgerechnet sie ihr heiliges Wochenende dafür opfern musste. Warum nicht Jaxon ihren Wagen reparieren konnte. Aber diese Möglichkeit hatte Luisa noch nicht einmal in Erwägung gezogen. Sie wusste genau, dass es die Zündkerzen waren, die endgültig den Geist aufgegeben hatten. Jaxon hatte ihr vor einer Woche bereits gesagt, dass das passieren würde, aber sie hatte sich nicht darum gekümmert. Sie würde den Teufel tun und ihn um Hilfe bitten.

»Oder Tom.« Amelie hatte ein kehliges Geräusch ausgestoßen. »Er ist schließlich unser Bruder.«

»Glaub mir«, hatte Luisa erwidert. »Er ist nicht unser Bruder.«

Amelie begriff das alles nicht. Sie stand kauend am Seeufer, knisterte mit ihrer Tüte und spähte in die Ferne. Der Mond warf ihren schwarzen Schatten auf das Gras.

»Da drüben ist irgendwas los«, sagte sie.

Luisa schloss den vollbeladenen Twingo und trat neben Amelie an das Ufer. Der See lag spiegelglatt da, eine leichte Brise wehte in ihre Richtung und trug den Schall aufgeregter Stimmen herüber. Jemand schrie etwas.

Luisa begann zu frösteln. »Komm«, sagte sie und legte ihre Hand zwischen Amelies Schulterblätter. »Lass uns fahren.«

Amelie hob ihre Hand und ließ ihren Autoschlüssel an einem Finger baumeln. »Ich habe heute lang genug am Steuer gesessen. *Du* fährst.«

Luisa schnappte den Schlüssel aus Amelies Hand. »Von mir aus.«

Gemeinsam stapften sie den Rasenhang zur Straße hinauf. Luisa steckte den Schlüssel und die Papiere für ihren Golf in Gabriellas Briefkasten. Der Bungalow war verlassen, den Hausschlüssel hatte sie heute Vormittag bereits bei Dora in der Kneipe abgegeben.

Sie überlegte ein letztes Mal, ob sie an alles gedacht hatte, aber die Stimmfetzen von der anderen Seeseite lenkten sie ab. Sie waren nur ganz leise zu hören, sie konnte keine einzelnen Wörter ausmachen oder hören, wer sprach, aber sie klangen erregt.

Sie musste an Matilda denken. Wie verschlossen und bedrückt das kleine Mädchen war. Wie sie Luisa mit großen Augen angesehen und Stück für Stück Vertrauen zu ihr aufgebaut hatte. Es mochte sein, dass Tom sich weigerte, ihr Bruder zu sein. Matilda jedoch war ihre Nichte. Es tat ihr in der Seele weh, das Mädchen bei Tom und Jaxon zurückzulassen.

Ein Knall schallte zu ihnen herüber. Amelie schrie auf.

»Hast du das gesehen?«

»Was?«

»Da war ein Blitz!«

Ein Schreck durchzuckte Luisa. Toms Worte kamen ihr in den Sinn.

Ich werde auf sie aufpassen.

Was, wenn Jaxon und ihm etwas passiert und Matilda schutzlos war?

Ihr Herz begann zu rasen. »Amelie, steig ein!«

Sie startete den Wagen, während ihre Schwester die Autotür zuzog. »Wir müssen nach Matilda sehen.«

***

Jaxon hatte heute die Garage fertiggestellt. Er hatte den Hof aufgeräumt, Bauschutt zur Deponie gebracht und mit Tom zusammen die Gebäude und das umliegende Gelände durchkämmt. Seit er hier war, stürzte er sich geradezu in Aktivitäten. Und wenn Tom mit dringend zu erledigenden Aufgaben wie dem Besorgen eines neuen Nummernschildes oder einer Razzia bei Kent um die Ecke kam, sprang er nur zu gerne auf den Zug auf. Er wollte sich nicht damit befassen, in welcher Situation er sich befand. Und wie er sich aus der Sackgasse, in der er feststeckte, befreien wollte.

Daher war er fast erleichtert, als ihn laute Stimmen aus dem Hof aufschreckten und von seinen Gedanken ablenkten, die ihn immer dann heimsuchten, wenn er im Begriff war, einzuschlafen.

Er hörte Tom, dazu eine weitere männliche Stimme und Satzfetzen, deren Inhalt ihm die Nackenhaare aufstellen ließ.

Er stand vom Bett auf und zog sich Jeans und T-Shirt über, während er aus dem Fenster in den Hof hinunterblickte. Er konnte nicht erkennen, mit wem sich Tom stritt und er konnte keine Waffe sehen, doch dass ihnen um kurz nach Mitternacht jemand einen Besuch abstattete, war alarmierend genug.

Er wollte sichergehen, dass Matilda schlief, daher blieb er vor ihrer Zimmertür stehen und wartete einen ruhigen Moment ab, bevor er sie einen Spaltbreit aufschob. Die Kleine lag tiefschlafend im Bett, die Decke weggestrampelt auf dem Fußboden.

»… *hätte Judith niemals den Segen zum Selbstmord gegeben!«*, drang in diesem Moment Toms Stimme bis in den oberen Flur hinauf und Jaxon zog die Tür wieder zu und lief die Treppe ins Erdgeschoss hinunter.

Als er in die Nacht hinaustrat, sah er, dass es Kent war, der Tom mitten im Hof gegenüberstand. Und er erkannte auch, dass Tom, anders als er ihn vergangene Nacht in Kents Flur erlebt hatte, hart und gefasst wirkte. Jaxon versuchte, einen Blick mit ihm zu wechseln, als er eine Bewegung in der Nähe des Tores wahrnahm. Er spähte in die Finsternis, die sich dahinter erstreckte. War Kent etwa nicht alleine hergekommen?

Tom war auf Kent konzentriert und schien es nicht zu bemerken. Laut blaffend stieß er ihn auf das Eingangstor zu.

Jaxon ging einen Schritt auf die Treppe hinaus und setzte dazu an, eine Warnung auszurufen, als die Gestalt den Schatten der Bäume verließ und sich in der Toröffnung aufbaute.

Sie hielt eine Pistole in beiden Händen und zielte damit auf Tom und Kent, die wie vom Donner gerührt stehenblieben.

»Stopp!«, schallte eine irre Stimme über den Hof und Jaxon rutschte das Herz in die Hose.

Was, in Gottes Namen, tat *er* hier?

Ohne nachzudenken lief er los, im Schutz der Gebäude bleibend, den Blick unverwandt auf das Tor gerichtet. Die Mündung der Pistole war jetzt auf Kent gerichtet, der die Hände auf Hüfthöhe angehoben hatte.

»Was soll diese Scheiße, Tom?«, hörte Jaxon ihn rufen.

Tom wich ein paar Schritte zurück, sein Blick sprang zwischen Kent und der Pistole hin und her, bis er Jaxon sah, der sich von der Seite her näherte.

»Der gehört nicht zu mir«, rief er und an Jaxon gewandt: »Das ist doch *dein* verdammter Bruder.«

»Ruhe!«, schrie Oliver dazwischen. »Ich bin hier der mit der Waffe, verstanden?«

Die Pistole in seinen Händen zitterte so unkontrolliert, dass Jaxon sich wunderte, dass sie nicht längst losgegangen war. Ein paar Schritte vor Oliver blieb er stehen und streckte eine Hand aus.

»Ganz ruhig. Gib mir die Pistole.«

Olivers Kopf fuhr zu Jaxon herum, den Pistolenlauf weiterhin auf Kent gerichtet, der drei Meter entfernt stand und sich nicht rührte.

»Ich werde den da jetzt abknallen«, schrie Oliver. Obwohl es Nacht war, glänzte sein Gesicht vor Schweiß und die Haarstoppel, die unter seiner Schirmmütze zu sehen waren, sahen feucht aus.

»Nein, das wirst du nicht.« Jaxon ging einen Schritt auf ihn zu. »Du gibst mir jetzt die Waffe.«

»Du kannst mich mal! Du denkst wohl, ich krieg das nicht hin?« Oliver stieß ein kehliges Lachen aus. »Was du kannst, kann ich schon lange.«

Jaxon blinzelte und ließ die Hand sinken.

Er hat dich vermisst. Er hat oft von dir gesprochen.

Verdammt, dachte er, wenn dieses Kind nicht bereits in den Brunnen gefallen ist.

»Komm, Oliver, mach keinen Scheiß jetzt.«

Oliver reagierte nicht. Das Zittern nahm jedoch ab und er fokussierte Kent mit einem entschlossenen Blick.

Dieser kleine Scheißkerl. Er musste näher an ihn heran, um ihm die Waffe abzunehmen, ohne dass Oliver die Nerven verlor.

»Hey«, sagte er, wobei er versuchte, einen Plauderton anzuschlagen, »wie hast du uns hier überhaupt gefunden?«

Oliver senkte die Brauen über die irre flackernden Augen und schwenkte mit dem Pistolenlauf zu Tom herüber, der sich in die Dunkelheit zurückgezogen hatte und das Geschehen aus sicherer Entfernung beobachtete. Unbemerkt trat Jaxon einen weiteren Schritt auf Oliver zu.

»Ich bin dem da hinten aufs Auto gestiegen.«

»Scheiße«, rief Kent dazwischen, der jetzt, wo das Damoklesschwert nicht mehr direkt über ihm schwebte, die angehaltene Luft ausstieß. »Nimm diesem Idioten doch endlich jemand die Waffe ab.«

»Du halt's Maul!« Zitternd schwenkte Oliver zu Kent zurück, der sich direkt wieder versteifte. »Du hast hier gar nichts zu sagen, kapiert?«

Er war vollkommen durchgedreht. Wenn Jaxon ihn nicht kennen und wissen würde, dass er schon immer neben der Spur gelaufen war, würde er sagen, Oliver hätte sich einen Trip geworfen. Ihm brach der Schweiß aus, als ihm klarwurde, dass er keine Ahnung hatte, wie er zu ihm durchdringen sollte. Er versuchte, sich daran zu erinnern, wie er sich selbst in der Situation gefühlt hatte. Bedroht und in die Ecke gedrängt, die Waffe in seiner Hand das einzige Heilmittel dagegen. Seine Mutter hatte dagestanden und ihn angeschrien, hatte ihm Dinge an den Kopf geworfen, die ihn verletzt hatten und gegen die er unbedingt etwas hatte ausrichten wollen.

»Das ist Kent, Oliver. Er hat dir überhaupt nichts getan, okay?«

»Er hat versucht, mit einem Bolzenschneider hier einzubrechen.«

»Du kommst ins Gefängnis, wenn du abdrückst.«

»Das ist mir doch egal. Du hast das auch gemacht. Du hast das auch überstanden. Ich werde erst ihn erschießen und dann gehe ich zurück und erledige alle, die mir sagen wollen, wo es langgeht.«

»Der Knast wird dich kaputtmachen«, sagte Jaxon, so brüderlich er konnte. Noch zwei Schritte und er hätte Oliver erreicht. »Er hat mich auch kaputtgemacht.«

Oliver wandte sich ihm zu. Die Pistole sank etwas herunter, während er seinen Blick über Jaxons Brust und seinen Bizeps wandern ließ. Wenn Kent jetzt zuschlagen würde, könnte er ihm die Waffe mit einem gezielten Tritt aus den Händen befördern. Aber Kent, der ja nicht wissen konnte, dass Oliver eigentlich ein Kaninchen war, rührte sich nicht.

»Hat er nicht. Er hat dich stark gemacht.«

Noch ein Schritt. Gleich würde er Oliver packen und ihm die Waffe entreißen können.

»Am Gefängnis ist nichts Gutes, glaub mir. Ich wäre froh gewesen, wenn damals jemand dagewesen wäre und mir gesagt hätte, dass ich aufhören könnte. Dass alles gut werden würde.« Er streckte die Hand wieder aus und sah Oliver in die Augen. »Du kannst jetzt aufhören und mir die Waffe geben. Und dann kannst du nach Hause gehen und alles wird gut, okay?«

Oliver starrte ihn an. Er gab ein würgendes Geräusch von sich. Die Waffe, die er immer noch in beiden Händen hielt, sank noch weiter herab und zielte jetzt auf Kents Knie.

Kent ließ die Arme sinken. »Verflucht nochmal«, bellte er Jaxon an, »jetzt pack ihn dir doch endlich!« Entschlossen ging er einen Schritt auf Oliver zu, der mit geweiteten Augen herumwirbelte und die Waffe anhob. Jaxon, nur noch eine Armlänge von ihm entfernt, versuchte seine Arme zu packen und hochzureißen, aber der Schuss hatte sich bereits gelöst und knallte laut und hell durch die Nacht. Kent gab einen erstickt-überraschten Laut von sich und sank auf den Schotter.

Kälte erfasste Jaxon. So schnell, dass Oliver nicht reagieren konnte, riss er ihm die Pistole aus den Händen, holte aus und schlug ihm das Ende des Pistolengriffs so hart gegen den Kopf, dass er bewusstlos zu Boden fiel.

Ein paar Atemzüge lang herrschte Totenstille im Hof. Mit der Pistole in der Hand stand Jaxon da, das Blut pulsierte ihm in den Ohren und er versuchte zu rekapitulieren, was geschehen war. Der Waffendieb, den sie gesucht hatten, war Oliver. Und jetzt lag ein Mann mit einem Loch in der Brust nur drei Meter von ihm entfernt im Hof und bewegte sich nicht mehr.

Tom kam heran, wachsfahl im Gesicht. Er sah auf Kent hinunter.

»Verdammter Idiot«, sagte er mit angespannter Stimme. »Du hattest ihn fast.«

Er hatte Oliver nicht ernst genommen. Sein Bruder war zu ihm gekommen und hatte ihn um Hilfe gebeten, aber er hatte ihn abgewiesen.

Bei allem, was er je getan hatte, war es ihm völlig gleichgültig gewesen, was Oliver darüber gedacht hatte. Dass er einen jüngeren Bruder hatte, auf den seine Handlungen Auswirkungen hatten, war ihm noch nicht einmal bewusst gewesen.

Doch heute war es soweit.

Er starrte Kent an, unter dessen Körper sich allmählich eine tiefschwarze Lache bildete, und merke, wie ihm die

Luft wegblieb. Jetzt waren sie wieder da, seine Taten von damals. Verfolgten ihn bis heute, bis hierhin, zu diesem abgelegenen, einsamen Ort.

Eine Hand legte sich auf seine Schulter und er hob den Kopf. Er hatte nicht gemerkt, dass Tom neben ihn getreten war.

»Verdammt«, brachte er heraus. »Das ist alles meine Schuld.« Er spürte Toms Blick auf sich, wich ihm jedoch aus und sah stattdessen Oliver an, der direkt vor dem Toreingang auf der Erde lag, ein Stück von ihm entfernt seine speckige Käppie, die ihm vom Kopf geflogen war. Seine Haare hatte er sich bis auf wenige Millimeter abrasiert. Er trug dieselbe Kleidung wie vor zehn Tagen, als sie sich in Toms Wohnung getroffen hatten. Als Jaxon ihn mit einem Geldschein abgespeist und sich selbst überlassen hatte.

Jaxon spürte Toms Hand, die sich von seiner Schulter in seinen Nacken legte und seinen Blick von Olivers lebloser Gestalt fort und zu ihm hinzog.

»Jaxon, hör mir zu.«

Ihre Köpfe berührten sich fast. Jaxon hob den Blick und sah in Toms schwarze Augen, die ruhig und gefasst wirkten.

»Es ist nicht deine Schuld«, sagte er.

»Er ist mein Bruder…«

Toms Griff an seinem Nacken verstärkte sich. »Es ist meine Waffe, die er gestohlen hat. Ich habe den Schrank nicht vernünftig gesichert. Und ich habe den Jungen vor meiner Wohnungstür abgefertigt, obwohl ich es wirklich besser hätte wissen müssen.«

Jaxon schüttelte den Kopf. Es reichte, dass Tom zu all dem Mist, den er in den letzten Wochen durchgemacht hatte, eine Leiche und einen niedergestreckten Mörder auf seinem Hof liegen hatte. Und jetzt stand er hier und versuchte, Jaxons Schuld auf sich zu nehmen und ihn aufzubauen.

Egal, was ihn umhaute, Tom stand immer wieder auf und ging weiter, zog den nächsten Schritt seines Plans durch. Der Kerl hatte ihm früher schon dabei geholfen, sich in brenzligen Situationen nicht zu verlieren, und er tat es auch jetzt.

Er ließ Jaxon los und verpasste ihm einen Stoß. »Lass uns aufräumen.«

Er ging zu Kent hinüber, packte seine Füße und Jaxon gab sich einen Ruck, bückte sich und schob seine Hände unter Kents Achseln hindurch.

»Da rüber mit ihm.« Tom nickte zur Garage hinüber und Jaxon versuchte, Kent nicht ins Gesicht zu sehen und auch nicht darüber nachzudenken, dass er vor fünf Minuten noch quicklebendig gewesen war und mit Tom gestritten hatte.

Dass es sein Bruder gewesen war, der ihn getötet hatte.

Sie legten den leblosen Körper vor dem Pickup ab. Tom verschwand für einen Moment in der Garage, bevor er zu Oliver zurückging, der immer noch reglos auf dem Kopfsteinpflaster lag.

Oh Gott, dachte Jaxon, was sollten sie bloß mit ihm tun? Ihn ausliefern? Nach Hause schicken? Er sah Tom zu, der ihn am Arm vom Tor wegzog und mit einem Kabelbinder am Zaun fesselte und musste an seine Mutter denken. Ab heute hatte sie zwei Söhne, die jemanden umgebracht hatten.

Er versuchte, diesen Gedanken von sich zu schieben. Sich darauf zu konzentrieren, was als Nächstes zu tun war. Kent die Autoschlüssel abnehmen. Die Abdeckung der Ladefläche öffnen, um die Leiche aufzuladen.

Motorengeräusch ließ ihn innehalten. Er sah zu Tom herüber, der es ebenfalls gehört hatte.

»Verdammt nochmal«, fluchte er, »was ist das für ein Betrieb hier mitten in der Nacht?«

Jaxon antwortete nicht. Hatte jemand den Schuss gehört und die Polizei alarmiert? Er dachte daran, abzuhauen. Oliver vom Zaun loszubinden. Die Leiche abzudecken. Aber alles, was er tun konnte, war, die Pistole unter dem Shirt in seinem Hosenbund zu verstecken, bevor Autoscheinwerfer durch die Finsternis zwischen den Bäumen zuckten.

Ein dunkler Kleinwagen tauchte auf der Straße auf. Jaxon erkannte das Auto nicht, aber als es näherkam und vor Tom anhielt, der sich in der Tordurchfahrt positioniert hatte, sah er Luisas weißes Gesicht hinter dem Steuer.

Tom ging einen Schritt auf das geöffnete Fenster zu. »Hab ich dir nicht gesagt, dass du nicht mehr herkommen sollst?«

»Was ist passiert?« Luisas Blick sprang von Tom über Jaxon auf den dahinterliegenden Hof. »Wir haben einen Schuss gehört.«

Jaxon spürte, wie bei dem Gedanken daran, dass Luisa die Leiche entdeckte, sein Adrenalinspiegel anstieg. Er setzte dazu an, etwas zu sagen, aber Tom hielt ihn mit einer Handbewegung zurück.

»Und da ist euch nichts Besseres eingefallen, als direkt hierherzukommen?«, sagte er.

Luisa öffnete den Mund, erwiderte jedoch nichts. Neben ihr saß ihre Schwester, aufrecht, das Gesicht wächsern, Angst in den flackernden Augen.

»Gott, Luisa, lass uns fahren.«

Luisa wandte sich an Tom. »Was ist mit Matilda?«

Tom verschränkte die Arme vor der Brust. »Was soll mit

ihr sein? Es ist mitten in der Nacht. Sie ist oben und schläft.«
Er stand so, dass er Luisas Blick auf Oliver verdeckte, aber
Jaxon war sich nicht sicher, ob sie ihn nicht längst gesehen
hatte. Ebenso wie die schwarzglänzende Blutlache direkt
vor ihrer Kühlerhaube. Er konnte nicht aufhören, das leuch-
tende Handydisplay in Amelies zitternden, weißen Händen
anzustarren und tastete mit einer Hand nach der Pistole unter seinem Shirt.

»Jetzt fahr endlich!«, drang Amelies Stimme aus dem Inneren des Wagens.

Luisa presste die Lippen aufeinander. Dann legte sie den
ersten Gang ein und ließ das Auto anrollen. Durch das geöffnete Fenster begegnete ihr Blick Jaxons, aber nur einen
Herzschlag lang. Reglos sah er zu, wie der kleine Wagen auf
den aufgeräumten Hof fuhr und in einem engen Kreis wen-
dete. Die Scheinwerfer glitten über das Garagengebäude,
den davor abgestellten Pickup und eine Sekunde lang über
Kents Körper, der davor lag. Der Motor heulte auf, als Luisa
Gas gab und über die Blutlache vor dem Toreingang hinweg
auf die Straße hinausfuhr.

Eine Weile war nichts zu hören außer dem Motor des
Twingos, der in der Dunkelheit verschwand. Als die nächt-
liche Stille zurück war, wandte sich Tom zu Jaxon um, das
Gesicht angespannt.

»Das sind verdammt viele Zeugen«, sprach er Jaxons Gedanken aus. »Jetzt wird es nicht lange dauern, bis die Bullen
auf der Matte stehen.«

Jaxon nickte. Luisa und ihre Schwester hatten den Schuss
gehört und wahrscheinlich auch die Leiche gesehen. Und
jetzt hatten sie sieben Stunden gemeinsame Fahrt vor sich,
auf der sie den Schock verarbeiten und gemeinsam darüber

entscheiden konnten, was die moralisch richtige, die einzige Art und Weise war, damit umzugehen.

»Wir müssen hier weg.« Jaxon fing Toms Blick auf und sah von Kents Leiche, die mittlerweile die Farbe einer frischverputzen Wand angenommen hatte, zur Garage hinüber. »Und zwar für immer.«

Er wartete, bis Tom nickte, dann packte er Kent ein weiteres Mal unter den Achseln und zog ihn in die leerstehende Garage hinein. Sie würden Oliver den Behörden überlassen, entschied er. Sie konnten ihn nicht mitnehmen, ihn nicht beschützen. Sollten die sich mit ihm herumschlagen.

Er legte Kent mitten in der Garage auf dem Betonboden ab, holte ein paarmal tief Luft und sah sich um. Keine Frage, es war schade um das brandneue Gebäude. Es war aus hochwertigem Lärchenholz gebaut, hatte mittlerweile mehrere Schwerlastregale aus Holz und Metall an den Wänden und eine Beleuchtung unter der Decke.

Jaxon nahm den Benzinkanister vom Regalbrett, schraubte die schwarze Plastikkappe ab und begann damit, den Inhalt zunächst über Kent auszuschütten, was sich merkwürdig endgültig anfühlte. Dann über die Regale, den Fußboden und die Wände. Scharfer Benzingeruch stieg ihm in die Nase und begann, den Duft nach frischgeschlagenem Holz zu überdecken, der hier bisher vorgeherrscht hatte. Er nahm den Werkzeuggürtel, die große Werkzeugkiste und den Benzinkanister mit, bevor er das Licht ausschaltete und die Garage verließ. Tom stand in der Nähe und sah ihm zu, wie er die Abdeckplane des Pickups öffnete und das Werkzeug auf die Ladefläche packte.

»Du kannst«, sagte Jaxon mit einem Blick zur Garage hin. Toms Gesicht war ausdruckslos. Ein paar Sekunden lang stand er einfach nur da, als hätte er Jaxon nicht gehört und Jaxon dachte, er würde es sich vielleicht anders überlegen. Dann zog er seine Zigaretten und ein Sturmfeuerzeug aus der Tasche. Er trat in den Eingang der Garage, zündete sich seine Zigarette an und warf das brennende Feuerzeug in das Gebäude hinein.

***

Tom zog tief an seiner Zigarette und sah den hellen, roten Flammen zu. Sie breiteten sich erst über Kent aus, erfassten seinen ganzen Körper, verbrannten sein schwarzes Sweatshirt, seine Jeans, seine Haare, seine Haut, bevor sie über die Benzinlache in Richtung Wände und Regale tanzten. Innerhalb von Sekunden, so schien es, stand der ganze Innenraum der Holzgarage in Flammen. Als sie höher schlugen und er die Hitze schmerzhaft im Gesicht spürte, wich er von dem offenen Garageneingang zurück. Die Rauchwolke stieg hoch in den schwarzen Nachthimmel und machte ihm bewusst, dass nicht mehr viel Zeit blieb.

»Das war richtig solide Arbeit«, sagte er, als er spürte, dass Jaxon neben ihn trat und ebenfalls zusah, wie das Feuer wuchs und das Bauwerk allmählich verschluckte.

Jaxon zog Kents Autoschlüssel aus seiner Tasche. »Ich werde uns eine neue bauen«, sagte er und wandte sich ab. »Und noch einiges mehr.«

Tom blieb stehen und gab sich eine Zigarettenlänge, um zu begreifen, dass Kent tot war. Und dass dieser kleine Scheißkerl Oliver, über den er neulich halbbesoffen im Treppenhaus gestolpert war, als blinder Passagier auf seiner

Ladefläche mit nach Parlow gefahren, in sein Arbeitszimmer eingebrochen und tagelang bewaffnet auf dem Gelände herumgeschlichen war. Dass er Kent erschossen hatte, den Tom kannte und hasste, seit er sechzehn Jahre alt war.

Wie gut, dachte er und schnippte seine Kippe ins Feuer, dass Kent ihm zuvor noch hatte sagen können, was er unbedingt hatte wissen müssen.

Jaxon fuhr Kents alten Honda auf den Hof und Tom wandte sich dem Haus zu. Er sollte loslegen. Auch wenn die Feuerwehr aus dem zehn Kilometer entfernten Friedrichswalde oder aus Joachimsthal anrücken musste, würde es keinesfalls länger als fünfzehn Minuten dauern, bis sie hier sein und ihnen mit ihren Löschfahrzeugen den Fluchtweg versperren würden.

Tom hatte sich bereits vor langer Zeit angewöhnt, für den Fall eines überstürzten Aufbruchs die wichtigsten Dinge stets an ein und demselben Ort aufzubewahren. So brauchte er jetzt lediglich die Treppe zum Arbeitszimmer hochzulaufen, die schwarze Sporttasche vom Regal zu nehmen und den Inhalt der obersten Schublade seines Rollcontainers hineinzuschütten, in der Geld, Unterlagen, Festplatten, USB-Sticks und Handys lagen. Bevor er das Arbeitszimmer verließ, steckte er noch seine Glock samt Munition ein. Er lief hinüber in das Kinderzimmer, schob Matildas Stoffwolf und den Umschlag mit dem Abschiedsbrief von Judith in die Netztasche, hob die Bettdecke vom Boden auf und Matilda samt der Decke auf seinen Arm. Als er schwer bepackt die Treppe wieder in das Erdgeschoss hinunterstieg, hörte er bereits das Martinshorn der Feuerwehr. Er wusste, dass der Schall weit trug und sie vermutlich gerade erst aus Friedrichswalde losgefahren waren, und mahnte sich zur Ruhe.

Matilda regte sich in seinem Arm, während er die Tasche auf der Theke abstellte, mit einer Hand seinen Laptop und den Kiffbeutel aus dem Brotkorb hineinstopfte und dann das Haus verließ.

Hitze schlug ihm entgegen. Er sah Kents Auto in Flammen auf dem Hof stehen. Der Qualm biss ihn im Hals und raubte ihm den Atem. Die Garage brannte mittlerweile lichterloh, ebenso die Schaukel, die in ihrer unmittelbaren Nähe hing.

Tom sah sich nach Jaxon um und entdeckte ihn unten am Seeufer, wo er gerade die Smith & Wesson im hohen Bogen in den See schleuderte.

Genau, dachte Tom, erleichtert darüber, dass Jaxon angesichts der herannahenden Sirenen die Nerven bewahrt und daran gedacht hatte, die Tatwaffe loszuwerden. Bloß weg damit.

Sobald Jaxon auf den Hof zurückgekommen war, reichte Tom ihm seine Sporttasche an, dann drückte er ihm Matilda in die Arme, die mittlerweile erwacht war und die Flammen anstarrte, als wäre sie sich nicht sicher, ob sie nicht noch träumte.

»Hast du noch was im Haus?«, fragte er.

Jaxon schüttelte den Kopf. »Ich habe nichts Wichtiges mehr.«

Tom hob den Benzinkanister auf, der neben dem Amarok auf dem Boden stand, und lief ins Haus zurück. Hinter ihm knallte es ohrenbetäubend, als sich der Tank in Kents Honda erhitzte und explodierte. Er versuchte, nicht auf die Geräusche draußen zu hören, während er durch das Erdgeschoss lief und das Benzin verschüttete. Über das alte, ausladende Sofa und die Sessel, die schon seit seiner Kindheit hier waren; den Esstisch, auf dem noch ihre Gläser und Flaschen vom Abendessen standen; die Stühle, den Holzfußboden und die Theke, die er selbst gebaut hatte und wirklich mochte; den Teppich und die Kommode im Flur, in der Matildas Wintermütze und Laikas Leine lagerten.

Vielleicht, dachte er, während er eines der Streichhölzer aus der Schale auf der Flurkommode anriss, würde ihm das Wissen darum, dass es das alles hier nicht mehr gab, dabei helfen, die elenden Erinnerungen loszuwerden, die ihn in den letzten Wochen heimgesucht hatten.

Er warf das Streichholz auf den Flickenteppich zu seinen Füßen und sah noch, wie die Flammen des brennenden Teppichs nach den Kommodenfüßen leckten, auf denen der weiße Lack braune Blasen warf. Dann drehte er sich um und ging die Treppe in den Hof hinunter, wo Laika stand und ihn aufgeregt begrüßte.

Die Sirenen der Feuerwehrautos waren jetzt beunruhigend nahe. Der ein Kilometer lange Zufahrtsweg zum Anwesen war schmal und einspurig, so dass sie einen ordentlichen Vorsprung brauchen würden, um unbemerkt von hier wegzukommen. Tom ließ den leeren Kanister neben der Eingangstreppe stehen und lief mit Laika zusammen zum Pickup, in dem Jaxon bereits am Steuer saß. Als sie einstiegen, startete er den Motor und gab Gas, noch während Laika auf den Rücksitz sprang und Tom die Tür zuzog.

Sie konnten noch einen letzten Blick auf Oliver werfen, der in sicherem Abstand zu den brennenden Gebäuden eng an den Zaun gebunden dasaß, offensichtlich erwacht, den Kopf jedoch gesenkt. Dann passierten sie das Tor und rasten über seine Schirmmütze hinweg, die mitten auf dem Weg lag.

Kurz bevor das Grundstück aus seinem Blickfeld verschwand, drehte sich Tom noch einmal um. Er sah Matilda in ihre Bettdecke gewickelt auf der Rückbank sitzen und aus dem Heckfenster hindurch die Gebäude und das Auto in Flammen stehen. Die Rauchwolke würde bald kilometerweit zu sehen sein. Sicher würde hier in der nächsten Stunde eine ganze Armada anrücken; Polizei, Rettungswagen, Medienleute, Schaulustige. Fernsehteams, vermutlich.

»Du musst richtig Gas geben«, sagte Tom, obwohl der Allrad bereits in halsbrecherischem Tempo über die unebene Straße rumpelte. »Und nach einem Kilometer, an der Bushaltestelle, links abbiegen. Sie kommen von geradeaus.«

Sie sahen das Blaulicht mehrerer Fahrzeuge näherkommen, aber sie hatten die Kreuzung fast erreicht. Kurz nachdem sie links in den Waldweg eingebogen waren, brauste der Löschzug an ihnen vorbei auf die Zufahrtsstraße und das Grundstück zu.

Tom lehnte sich zurück. Einen Moment lang ging ihm durch den Kopf, was er alles zurückließ: eine Ruine, eine hoffentlich bis zur Unkenntlichkeit verbrannte Leiche samt Autowrack und einen großen Berg unerwünschter Erinnerungen. Und einen Kerl, den sie am Zaun hatten zurücklassen müssen. Und der leider Jaxons Bruder war.

Macht nichts, dachte Tom, die neuen Papiere für ihn waren bereits auf dem Weg.

Er wandte seinen Blick Jaxon zu, der zurückgelehnt dasaß, den Wagen über den Waldweg lenkte und so entspannt aussah, wie er ihn all die Tage nicht erlebt hatte. Überhaupt, dachte Tom, fühlte sich dies nicht an wie das Ende. Obwohl er gerade sein einziges Zuhause niedergebrannt hatte und mit denen, die noch von seiner Familie übrig waren, auf der

Flucht war, war es eher, als würden sie gerade die Tür zu etwas Neuem aufstoßen.

Als sie, immer noch begleitet von Sirenengeheul, aus dem Wald herauskamen und auf die nächste Kreuzung zurollten, legte Tom eine Hand auf Jaxons Arm, damit er den Fuß vom Gas nahm.

»Wohin als Nächstes?«, fragte er.

Jaxon wandte ihm den Kopf zu. »Ich glaube, ich weiß wohin.«

Epilog

Vier Jahre später

Matilda stand vor dem Schulgebäude auf der Landstraße und wartete seit einer Ewigkeit. Der Schulhof hatte sich geleert, selbst die Pausenaufsicht hatte sich bereits von ihr verabschiedet und war ins Wochenende verschwunden, als endlich der vertraute Pickup die Straße hinaufrollte und kurz darauf neben ihr hielt.

Matilda öffnete die Beifahrertür und stieg ein. Ihr Onkel Jaxon, der in voller Arbeitsmontur am Steuer saß, drehte das Radio leiser.

»Sorry, Kleine.« Er beugte sich herüber, nahm ihr den Geigenkoffer ab und deponierte ihn auf der Rückbank, während sie ihren vollgepackten Schulrucksack zwischen sie auf der Vorderbank abstellte. »Ich bin nicht früher von der Baustelle losgekommen.«

»Jaja.«

Sie schnallte sich an und lehnte sich zurück, während Jaxon bereits wieder anfuhr. Auf einmal spürte sie, wie müde und hungrig sie war. »Warum konnte Papa mich nicht einfach abholen?«

»Was?« Jaxon zog sich die Basecap tiefer ins Gesicht. »Den klingel ich doch wegen fünfzehn Minuten nicht aus dem Büro.«

Matilda verschränkte die Arme vor der Brust und rutschte etwas tiefer in den Sitz. Fünfzehn Minuten? Das war eine halbe Stunde gewesen, mindestens.

»Das nächste Mal, wenn du zu spät kommst, laufe ich einfach«, sagte sie nach einer Weile. »So weit ist das auch wieder nicht.«

Wie erwartet, warf er ihr einen verärgerten Blick zu. Sie konnte förmlich sehen, wie sich sein Gesichtsausdruck bei der Vorstellung, wie sie alleine mit Rucksack und Geigenkoffer die sieben Kilometer durch den einsamen Wald und die Felder lief, verfinsterte.

»Auf keinen Fall! Du wartest gefälligst auf dem Schulgelände, bis dich jemand von uns abholt. Egal, wie lange es dauert. Verstanden?«

Matilda schwieg dazu, merkte jedoch, wie sich ihre Laune gleich ein wenig besserte. Jaxon und ihr Vater waren in mancher Hinsicht so ängstlich, dass es fast schon komisch war. Einige ihrer Klassenkameradinnen fuhren schon seit einem Jahr mit dem Fahrrad nach Hause. Sie war fast neun Jahre alt und durfte nicht einmal den Wald hinter ihrem Haus alleine durchqueren.

Die Heimfahrt dauerte knapp fünfzehn Minuten und führte an blühenden Wiesen, Reihen von Kopfbaumweiden und kleinen Bächen vorbei. Dann, nachdem sie das kleine Waldstück zwischen den beiden Ortschaften Görmin und Trantow durchquert hatten, tauchte Peenegrund vor ihnen auf. Das umzäunte Grundstück mit dem Haupthaus, der Werkhalle und den Anbauten lag zwischen der Landstraße und dem Fluss, der dahinter vorbeifloss. Die nächsten Nachbarn waren fast zwei Kilometer entfernt.

Jaxon gab den Code für das massive Eingangstor ein, woraufhin sich die Flügeltüren automatisch öffneten und er den Pickup samt Anhänger am Wohnhaus vorbei bis vor die Werkhalle rollen ließ. Das Tor, das sich jetzt mit einem leisen

Klacken wieder hinter ihnen schloss, hatten sie erst vor ein paar Monaten eingebaut, kurz nachdem sie das angrenzende Grundstück gekauft hatten. Überhaupt kam es Matilda so vor, als würden sie sich Jahr für Jahr weiter vergrößern. Als Erstes, eigentlich noch bevor Jaxon und ihr Vater damit begonnen hatten, das Wohnhaus zu renovieren, hatten sie im hinteren Teil des Grundstücks die Werkhalle der Zimmerei hochgezogen, vor der Jaxon den Pickup jetzt abstellte.

Die Tür des Büros über der Werkhalle öffnete sich und Tom kam, gefolgt von Laika, die metallene Außentreppe hinunter.

»Hey«, sagte er, umarmte Matilda zur Begrüßung und begann damit, den leeren Anhänger vom Pickup abzukoppeln. Jaxon reichte Matilda den Geigenkasten und den Schulranzen an und lud dann das Werkzeug von der Ladefläche in die offenstehende Halle.

»He, warte mal«, sagte Tom, noch bevor sich Matilda unauffällig aus dem Staub machen konnte.

Sie blieb stehen und hoffte, er würde sie nicht zum Einsortieren des Werkzeugs oder Abfegen der Ladeflächen abkommandieren. Ebenso wie Jaxon hatte er ein untrügliches Gespür dafür, ungenutzt herumstehendes Arbeitspotenzial direkt für irgendwelche niederen Aufgaben einzusetzen.

»Wie war die Schule?«

Matilda bückte sich und kraulte Laika hinter den Ohren. »Okay.«

»War heute nicht das Vorspiel?«, fragte Tom mit einem Seitenblick auf die Geige in ihrer Hand.

»Ja, stimmt.«

»Und?«

»Das war gut.« Matildas Stimmung hellte sich auf, als sie

wieder an das Talent-Scouting in der ersten Stunde dachte, das sie fast vergessen hatte.

»Ich spiele *äußerst gefühlsbetont* und habe ein *außergewöhnliches Talent.*«

Tom grinste und nickte Jaxon zu, der aus der Halle kam, den Anhänger anpackte und mit Tom zusammen in den Carport hineinschob.

»Hast du gehört? Das Kind ist talentiert.«

Jaxon warf Matilda einen anerkennenden Blick zu. »Klar ist sie das.«

»Und bei Toralf?«, erkundigte sich Tom bei Jaxon nach der aktuellen Baustelle. »Seid ihr im Zeitplan?«

Matilda nutzte den Moment, in dem die beiden aufeinander konzentriert waren, und ging zum Haus hinüber. Tom und Jaxon hatten die Zimmerei Cato & Cato gegründet, kurz nachdem sie vor vier Jahren hergezogen waren und arbeiteten seitdem praktisch ununterbrochen. Während sich ihr Vater meistens bis spätabends um die Kundenakquise kümmerte und die Buchhaltung erledigte, war Jaxon jeden Tag mit seinem Team draußen auf den Baustellen in der Umgebung, wo sie hauptsächlich Dachstühle und Treppen bauten. Aus irgendeinem Grund hatten sie außerdem vor kurzem damit begonnen, auf dem neuerworbenen Nachbargrundstück ein Haus hochzuziehen.

Matilda warf ihren Rucksack auf das Bett, stellte den Geigenkasten neben den Notenständer und trat ans Fenster, wobei sie fast schon unbewusst den roten Papierdrachen berührte, der dort in einem Mobile hing. Es bestand aus einem Stück Flussholz und den bunten Origamitieren, die ihre Mutter ihr hinterlassen hatte. Tom hatte Draht an den Tieren befestigt und sie hier aufgehängt. Sie waren, neben ein paar alten Fotos aus seinem Handy, die einzige Erinnerung, die sie an ihre Mutter hatte. Und außer ihrem Stoffwolf das Einzige, das sie damals aus Parlow mitgenommen hatte.

Sie starrte die Tiere an, die sich leise im Wind bewegten, der die Stimmen aus dem Hof durch das gekippte Fenster hereinwehte. Sie wollte sich gerade in Erinnerungen wie diesen verlieren, als Toms Ruf sie aus ihren Gedanken holte.

»Matilda?«

Sie ging zur geöffneten Zimmertür. »Ja?«, rief sie in den Flur hinein.

Tom stand am unteren Treppenabsatz. »Willst du mit mir vor dem Abendessen noch eine Runde mit Laika drehen?«

Matilda lief ihm entgegen. »Ja, klar.«

Meistens schickte Tom sie nach der Schule alleine, eine kleine Runde mit dem Hund zu gehen, aber wenn er es einrichten konnte, gingen sie gemeinsam. Matilda liebte diese Momente, in denen sie ihren Vater ganz für sich alleine hatte. Meistens unterhielten sie sich dann über alltägliches Zeug. Die Schule, ihre Freunde oder seine Arbeit. Manchmal, wenn sie es konnten, über ihre Mutter.

Gemeinsam verließen sie das Haus und überquerten den Hof.

»Hey, Jax«, rief Tom, als sie an dem Fundament des Neubaus vorbeigingen, wo sich Jaxon gerade zusammen mit seinem Kollegen Natan und einer Flasche Bier auf seine zweite Schicht einstimmte. »Hast du ihn heute erreicht?«

Jaxon nickte Tom über die Baustelle hinweg zu. »Er sagt, er kommt in sechs Monaten raus«, rief er zurück.

Tom zog die Brauen hoch und ließ seinen Blick über das aufgeschichtete Holz und die Paletten mit Baumaterialien schweifen, die am Rande der Baustelle lagerten.

»Dann haltet euch mal lieber ran«, sagte er. Dann ging er mit Matilda zusammen weiter auf die Werkhalle zu, aus deren Schatten sich Laika erhob und schwanzwedelnd herbeikam.

Matilda wollte Tom gerade fragen, wen er denn mit *ihn* meinte, da wandte er sich ihr zu.

»Sag mal, du hast doch Geburtstag nächste Woche.«

Matilda hob einen Stock vom Boden auf und warf ihn in Richtung Fluss. »Ja, stimmt.«

»Was wünschst du dir eigentlich?«

Matilda dachte nach. Sie musste an einen lang zurückliegenden Geburtstag denken. Den letzten, an dem ihre Mutter noch gelebt hatte. Es fiel ihr immer schwerer, sich daran zu erinnern, wie sie gewesen war.

»Ich weiß nicht«, sagte sie. »Vielleicht können wir drei etwas zusammen machen? Jaxon, du und ich?«

Tom nickte, packte den Stock, den Laika im Maul herbeitrug, und zerrte daran. »Das lässt sich sicher einrichten«, sagte er. Dann überquerten sie die Brücke über den Fluss und gingen in den Wald hinein.

Ende

Lesen Sie auch:

Im Schatten des Jägers (Wanted Men, Band 1)

Sechs Jahre zuvor – Bei dem zwanzigjährigen Jaxon Lindberg
scheint alles in Ordnung zu sein: Er geht mit Freunden feiern,
trifft Mädchen und macht sich keine großen Gedanken um seine
Zukunft. Doch als seine Mutter eines Tages ihren neuen Freund
mit nach Hause bringt, beginnt sein Leben zu entgleisen. Wenige
Wochen später begeht er ein Verbrechen, das seine Familie
erschüttert zurücklässt.

»Du musst mit der Schuld nicht leben, wenn du nicht kannst.«

Suza Hensson
Im Schatten des Jägers

ISBN: 9783755700869
Als eBook und Paperback